한국의 독자들을 만나게 되어
매우 기쁘고,
또한 영광입니다.
호칸 네세르

INTRIGO

사마리아의 야생난

ORMBLOMMAN FRÅN SAMARIA

INTRIGO

사마리아의 야생난

ORMBLOMMAN FRÅN SAMARIA

호칸 네세르 소설 ㅣ 김진아 옮김

대원사

차 례

톰

TOM

I
1995, 마르담

전화가 온 것은 수요일에서 목요일로 넘어가는 새벽 3시 반이 막 지났을 때였다. 번호를 보니 외국에서 걸려 온 것 같았다. 평소였다면 그런 시간에 모르는 번호로 걸려 온 전화는 받지 않았을 것이다.

당연한 것 아닌가. 그러나 그녀는 막 꿈을 꾸다가 깬 참이었고, 주위가 온통 어두웠음에도 정신이 번쩍 들었다. 방 안은 물론이고 커다란 호두나무 가지가 기대고 있는 창밖도 칠흑처럼 어두웠다. 어쩌면 그녀로 하여금 수화기를 들게 한 것은 그 어둠이었는지도 모른다. 그리고 느닷없이 중단된 꿈. 꿈에서 깼을 때도, 나중에 시간이 지나고 나서도 그 내용이 전혀 생각나지 않는데, 그 꿈이 어둠과 비밀스러운 조화를 부려 전화를 받게 만든 것만 같았다.

"여보세요?"

"유디트 벤들러?"

"네, 맞는데요."

"저 톰입니다."

그리고 침묵이 이어졌다. 전화선을 통해 들려오는 낮은 웅성거림 같은 소음만이 이어졌다. 들릴 듯 말듯, 마치 바위 해변에 부서지는 파도 소리 같았다. 전화를 끊고 나서 남은 심상도 그것이었다. 긴 여행을 마치고 드디어 안전한 해변에 도착한 파도. 바위투성이이지만 안전한 해변의 품에 안기며 소리 없이 하얀 거품으로 부서지는 파도.

이상한 일이었다. 원래 그녀는 이미지에 집착하는 사람이 아니다. 값싼 비유 같은 것에 현혹되는 유형도 아니다. 신앙도 없고 시라면 질색하는 사람이다.

"톰이요?"

이윽고 그녀가 물었다.

"어느 톰이요?"

"톰을 여러 명 알아요?"

그녀는 잠시 생각해 보았다. 그녀가 아는 톰은 한 명이다.

단 한 명뿐이었다.

"한번 만나는 게 어떨까 해서요. 시간도 많이 흘렀잖아요."

"네……."

순간 거대한 전율이 그녀의 온몸을 훑고 지나갔다. 어쩌면 몇 초간 정신을 잃었는지도 모른다. 만약 그때 일어섰더라면 의식을 잃고 쓰러졌을 것이다.

다행히 그녀는 침대 한쪽에 누운 채였고, 자동적으로 로버트 쪽으로 손을 뻗었다. 로버트가 런던에 있다는 사실을 깨달을 때까지 다시 몇 초가 흘렀다. 그는 영화 때문에 월요일에 출장을 갔고, 금요일에 돌아올 예정이다. 늦어도 토요일 오후에는 돌아올 것이다. 유명한 영화배우가 나온다고 했던 것 같은데, 이름은 생각나지 않았다. 로버트는 함께 가자고 제안하기까지 했다. 런던을 그다지 좋아하지 않기에 그녀가 정중히 사양했지만.

"여보세요?"

그 소리를 듣는 순간 그녀는 전화를 끊어버리고 싶은 충동을 느꼈다.

"네?"

"어떻게 생각하세요? 대답을 하셔야죠."

"무슨 대답을?"

"만나는 거요."

"무슨 말인지 잘… 모르겠는데요."

그가 뭔가 마시는 소리가 들렸다.

"그럼 이렇게 하죠. 며칠 후에 다시 연락할 테니까 한번 잘 생각해 보세요."

"그러지 않아도……."

전화가 뚝 끊겼다. 그녀는 수화기를 내려놓고 침대에 누운 채 꼼짝도 하지 않았다.

두 손을 가슴에 얹고 눈을 감았다. 그리고 다시 눈을 번쩍 떴다. 여기엔 뭔가가 있다. 그걸 이해해야 한다. 어둠은 천천히 물결치며 어떤 의미를 만들어 내는 것 같았다. 그녀에게 뭔가를 설명하려는 것 같았다. 그 의미는 거리에 관한 것이었다. 시간과 공간 속에서 무한대로 커지는 거리. 그리고 그 멀고도 가까운 안개 속 깊은 곳, 그의 목소리가 공중에 걸려 있었다. 그의 목소리는 약간 허스키하고, 뭐랄까… 목소리가 어땠지? 그녀는 생각했다. 시니컬한 말투? 자신감 넘치는 목소리?

톰?

한번 잘 생각해 보라고?

머릿속으로 계산해 보니 22년이 지났다.

정확히는 22년하고도 2개월.

그녀의 심리상담사 이름은 마리아 로젠버그. 케이메르가의 오래된 벽돌 건물 4층에서 상담센터를 운영하고 있다. 유디트 벤들러는 거의 10년째 이 상담센터의 고객이다. 연달아하는 집중적인 상담이라기보다는 한 달에 한두 번 정도 가고, 주로 목요일 오전으로 시간을 잡는다. 이왕 마르담 시내에 나가는 김에 상담이 끝난 다음에는 친구를 만나 점심을 먹거나 쇼핑을 하거나 데이크 가 지구에 있는 갤러리에 들르기도 한다. 마침 문이 열려 있으면 쿠핀스키스 로에 있는 크란체스 골동품점을 구경하기도 한다.

홀테나르까지 가는 데는 기차로 30분 정도 걸린다. 강가에 위치한 아름다운 집, 그보다 훨씬 아름다운 정원. 그녀는 해가 더할수록 집을 떠나기가 싫어졌다. 천국 한가운데에 사는데 왜 굳이 떠나야 한단 말인가?

재회의 기쁨을 위해서? 그녀의 질문에 로버트는 이렇게 답했었다. 그리고 그 말은 백퍼센트 옳았다. 언제나처럼.

그에게는 문제의 핵심을 짚어 내는 능력이 있고, 그것은 그녀도 인정하는 바였다.

어쩌면 마리아 로젠버그와의 재회도 그녀에게 잔잔한 기쁨을 주는지도 몰랐다. 매번 그랬다. 세상의 종말이 온다고 해도, 전쟁이 일어나고 사람들이 마을을 불태우고 아이들을 죽인다고 해도 그녀는 언제나처럼 그녀의 자리에 앉아 있을 것이다. 두꺼운 커튼이 처지고 기하학무늬의 붉은 비단 양탄자가 깔린 상담실의 안락의자에. 그리고 귀를 기울일 것이다.

유디트가 그녀를 처음 만났을 때, 그러니까 로버트의 스캔들이 있고 일주일쯤 지난 후 그녀를 찾아갔을 때 그녀는 이미 늙은 사람이었다. 그런데 지금도 여전히 딱 그만큼만 늙은 사람이다. 언젠가 그녀는 더 이상 늙지 않고 변치 않음에 대해 이렇게 설명했다. 이제는 세월이나 시간이 자신에게 힘을 쓰지 못하는 그런 지점에 다다랐노라고. 그녀도 언젠가는 죽을 것이다. 그러나 그게 언제든, 몇 달 아니면 몇 년 뒤든 그녀는 그 마지막 여행을 할 때까지 늙을 생각이 없었다. 아마 더 지혜로워지고 맑아지기는 할 터였다.

늙는건 거부해도 지혜로워지는 걸 거부할 사람은 없으니까.

어쨌든 어둡고 조용한 상담실에서 하게 될 얘기는 마리아 로젠버그에 대한 것이 아니다. 당연히 아니다.

"어서 와요, 유디트. 오는 길은 어땠어요?"

"괜찮았어요. 자리가 나서 앉아서 왔어요."

"자, 그럼 일단 루이보스 차 한잔하죠?"

"네."

언제나 이렇게 똑같은 말로 시작된다.

그녀가 칸막이 뒤에 있는 간이 부엌에서 차를 준비하는 동안 유디트는 외투와 신발을 벗었다. 그리고 소파에 앉아 체크무늬 담요로 무릎을 덮고 쿠션을 등 뒤에 끼워 편안한 자세로 앉았다. 기다리는 동안 그녀는 신경이 곤두서는 것을 느꼈다. 그 이유가 뭔지는 묻지 않아도 자명했다.

"좀 불안해하는 것 같네요. 아니면 내가 틀렸나요?"

유디트는 그 전화 통화에 대해 말해야 할지 아직 결정하지 못한 상태였다. 그러나 찻잔 너머로 넌지시 바라보는 심리상담사의 눈빛에 결국 털어놓기로 했다. 이 세상에 거부할 수 없는 눈빛이라는 게 있다면 그건 바로 마리아 로젠버그의 눈빛일 것이다. 정말이다. 그리고 유디트 그녀 또한 한 시간 전 기차에 탈 때부터 이미 그렇게 될 걸 알고 있었는지도 모른다, 털어놓게 되리라는 걸.

"사실 일이 좀 있었어요."

"그래요?"

"아주 이상한 전화를 받았어요."

마리아 로젠버그는 고개를 끄덕이고 차를 한 모금 마신 후 찻잔을 내려놓았다.

"오늘 새벽 3시 반에 전화가 왔어요."

"3시 반에요? 그래서 받았나요?"

"네, 왜 그랬는지 그때 막 잠이 깼거든요. 전화벨 울리기 30초 전쯤인 것 같아요. 그리고 전화를 끊은 다음엔 도저히 잠이 안 오더라고요"

"전화 건 사람은 누구였죠?"

"모르겠어요."

"몰라요?"

그녀는 크게 숨을 들이마시고 무릎 위의 담요를 잡아당긴 후 작은 책장 두 개 사이에 걸려 있는 그림을 바라보았다. 카스파르 다비드 프리드리히의 '바닷가의 수도승'을 축

소 복사한 그림. 그녀는 우중충한 바다를 바라보며 서 있는 수도승의 뒷모습을 보며 생각에 잠겼다. 그전에도 여러 번 같은 생각을 했었는데, 지혜로운 마리아 로젠버그가 상담실에 왜 하필 저 그림을 걸어 놓았을까? 하지만 백 번이 넘는 상담을 하는 동안 단 한 번도 물어본 적은 없다.

"남자였는데 자신이 톰이라고 했어요."

"톰? 톰이라면 그……?"

그녀는 그림에서 고개를 돌리지 않은 채 고개를 끄덕였다. 마리아 로젠버그가 차를 한 모금 마시고 무릎 위에 양손을 포갰다. 보지 않아도 느낄 수 있다. 다음 말이 나오기를 기다리는 것이다.

"만나자고 했어요."

그림 속의 수도승은 미동도 하지 않았다. 마리아 로젠버그도 마찬가지였다.

"그래서요?"

그녀가 물었다.

"그 사람은 톰일 수가 없어요."

상담 중 톰에 대해 말한 적이 있지만 오래전 일이다. 상담을 막 시작했을 때 그 얘기가 나왔었고, 그 뒤에도 상담 초기에 몇 번인가 그 슬픈 주제로 돌아간 적이 있었다. 그러나 그녀 기억엔 지난 4, 5년간 그에 대해 말한 적이 없었다. 어쩌면 더 오래전부터 그 이름이 거론되지 않았는지도 모른다. 그의 이름을 들먹일 일이 아예 없었다.

다 지난 얘기다. 톰은 지나간 어두운 역사의 한 페이지일 뿐이다. 분석하거나 마음으로 받아들이기 위해 노력할 필요도 없다. 로버트와도 톰에 대해서는 이야기하지 않았다. 무언의 약속 같은 건데, 그 누구도 그 약속을 깨뜨리지 않았다. 교외에 있는 홀테나르로 이사한 뒤로는 아마 한 번도 그 얘기를 꺼낸 적이 없었을 것이다.

"먼저 어떤 일이었는지 얘기해 주겠어요? 물론 그 얘기를 하는 게 괜찮다면요. 대충은 기억이 나는데 워낙 오래된 일이라⋯⋯."

"22년이나 지났으니까요."

유디트가 대답했다.

"22년하고 몇 달 더 됐어요."

"그때 그 아이 나이가⋯⋯?"

"열여덟이요."

"계속 얘기해 보세요. 아니면 중단하고 싶으면 중단해도 돼요. 난 들어주는 사람일 뿐이니까. 비밀이 새어나갈염려는 없어요. 굳이 얘기 안 해도 알겠지만."

유디트는 차를 한 모금 마신 후 잠시 망설였다. 아니, 망설이는 척했다. 의식적이든 무의식적이든 A를 말했다는건 B를 말하기로 결심했다는 뜻이었다. 이미 수문은 활짝열려 있었다. '난 B를 말하기 위해 여기 앉아 있는 거다.'그녀는 속으로 생각했다. 만약 지금 입 밖에 내어 말하지않으면 머릿속에서 계속 갈팡질팡할 것이다.

"네, 그때 톰은 열여덟 살이었어요."

그녀가 입을 열었다.

"막 생일을 맞았을 때예요. 생일파티 같은 건 생각도 할수 없는 상황이었지만요. 로버트가 꽤 값비싼 시계를 생일선물로 사줬던 게 기억나요. 다음 날 홀라당 팔아먹어버렸죠."

"생일선물을 팔았어요?"

"네, 그랬어요."

"이유는?"

"마약 살 돈이 필요해서죠. 아니면 외상으로 산 마약 값을 갚느라 그랬을 수도 있고요. 그때 우린 톰에게 빚이 얼마나 있는지, 어떤 범죄에 연루돼 있는지 잘 몰랐어요. 추측만 할 뿐이었죠. 그 규모가 얼마나 큰지 대략적으로나마알게 된 건 그 일이 있고 나서예요."

"문제 청소년이었군요?"

"좋게 말하면요. 사춘기 이후로 톰은 나쁜 길로 빠지기 시작했어요. 아니 그전에도 마찬가지이긴 했죠. 학교 다닐 때에도 툭하면 친구들과 싸우고 교사들과도 부딪쳤어요. 검사도 많이 받았어요. 진단서만 몇 개가 나왔는지…….그러다 마약이 끼어드니 나락으로 떨어지는 건 순식간이더라고요. 한번은 사회복지사와 부모 상담을 하는데, 로버트가 '이 아이는 절벽을 향해 맹렬히 질주하고 있다.'고 했죠. 딱 맞는 표현이었어요."

"로버트와 전 부인 사이에 난 자식이죠?"

"네. 아이 엄마는 톰이 세 살 때 죽었어요. 그로부터 1년 뒤에 제가 나타났고, 여름에 결혼식을 올렸어요. 톰이 학교 들어가기 전에요."

"그래서 아이를 입양했나요?"

"네. 부모로서 아이에 대한 책임을 진다는 서류에 서명했어요. 로버트가 그렇게 해주길 원했고, …당연히 저도 원했고요."

"당연히?"

마리아 로젠버그는 한쪽 눈썹을 치켜 올렸다. 그러나 아무 말도 하지 않았다.

밖에서는 오토바이 한 대가 요란한 소리를 내며 달려갔다. 두 사람 사이에는 잠시 침묵이 감돌았다. 그 방은 원래 소음이 잘 들리지 않는다. 옛날 건물이라 튼튼하게 지어졌고, 커튼 뒤에 있는 유리창도 소음 차단이 잘 되는 두꺼운 유리이기 때문이다. 상담 초기에 이와 관련해 마리아 로젠버그가 말하길, 보통은 조용한 가운데 이야기를 풀어가는 게 좋지만 경우에 따라서는 잠깐씩 바깥세상의 존재를 상기하게 되는 것도 나쁘지 않다고 했다.

유디트는 공중에 떠 있는 듯한 물음표를 지우기 위해 헛기침을 했다.

"처음엔 정말 좋은 엄마가 될 수 있을 거라고 확신했어요."

그녀가 말했다.

"처음에는 그랬어요. 아이 엄마는 죽었고, 아이는 엄마에 대한 기억이 전혀 없는 것 같았어요. 그런데 아이가 자꾸 그런 방향으로 나가니까 자연스럽게 생각이 많아지더라고요."

"그건 몇 년 지난 다음의 얘기죠?"

"네. 하지만 그건 중요하지 않아요. 내가 낳은 아이였다면 다른 감정일 수도 있었겠다, 그런 생각이 들더라고요. 물론 로버트에게 그런 얘기는 하지 않았지만요. 당연히 못하죠, 그런 얘기⋯⋯. 너무 민감한 주제잖아요."

"그럼요, 충분히 이해해요. 그런 얘기는 심리상담사에게 하는 편이 연착륙할 확률이 훨씬 크죠. 이런 건 잘 기억해두는 게 좋아요. 남편이 한참 연상이라고 들었는데⋯, 열 살이 많았나요? 아닌가?"

"거의 열한 살 차이예요. 여름이면 칠순이 돼요. 건강도 별로 좋지 않아요. 하지만 일을 그만두는 건 생각도 못 해요. 항상 하는 말이, 영화제작자는 75세에서 80세까지가 전성기래요. 믿거나 말거나죠뭐."

마리아 로젠버그가 소리 내어 웃었다.

"우리 심리상담사들도 그래요. 상담 능력이 절정에 이르는 건 관에 들어가기 직전이라고들 하죠. 그런데 그 열여덟 살짜리 탕아에겐 대체 무슨 일이 있었던 거죠? 내가 기억하기론 흔적도 없이 사라졌던 거 같은데?"

유디트는 한숨을 쉬었다.

"맞아요. 연기처럼 사라졌어요."

"흠. 그래서 계속 찾으러 다녔었죠?"

"물론이죠. 로버트와 저만 찾으러 다닌 게 아니었어요. 경찰도 톰을 찾아야 할 이유는 수두룩했죠. 사라진 것 자체도 범죄와 연관돼 있을 가능성이 있었고, 다른 범죄에 대한 혐의도 있었거든요. 만약 그때 사라지지 않았다면 아마 소년원에서 몇 년 살아야 했을걸요. 경찰이 톰이 연루된 범죄 목록을 보여 줬는데 정말이지 끝까지 읽기가 힘들더라고요."

마리아 로젠버그는 다시금 고개를 끄덕였다.

"톰에게 무슨 일이 생겼다고 생각하세요? 지난번에도 질문하긴 했는데, 그동안 대답이 바뀔 수도 있으니까요."

"제 대답은 똑같아요. 톰은 죽었어요. 칼에 찔렸든, 맞아 죽었든……. 누군가에게 죽임을 당했을 거예요. 아니면 스스로 목숨을 끊었거나."

"아무런 흔적도 없이요?"

"그럴 수도 있죠."

"그럴 수도 있겠죠. 관청 쪽은 어때요? 공식적으로 사망자 처리됐나요? 실종 후 10년인가 15년 지나면 사망자로 처리되는 거 아닌가요?"

유디트는 고개를 저었다.

"사망자로 처리된 적 없어요."

"왜요?"

"로버트가 반대해서요. 친족이 살아 있는 경우 신청 여부는 그 친족의 판단에 따르게 돼 있어요."

"맞아요. 그건 나도 아는데, 왜 로버트가 그 절차를 진행하지 않았느냐는 거죠. 아직 희망을 버리지 못해서?"

"아마도 그렇겠죠. 그런 얘기 안 한 지 오래됐어요. 그리고 사망자 처리는 어차피 형식적인 절차일 뿐이니까요. 톰은 무일푼이에요. 유산을 상속할 사람도 로버트와 저뿐이고…, 이런 경우에 관한 규정이 있을 테니 어떻게든 처리되겠죠."

"그럼요, 그럼요."

마리아 로젠버그는 연신 고개를 끄덕였다. 그리고 상체를 앞으로 기울이며 온화하면서도 재촉하는 듯한 미소를 지었다.

"그런데 자신이 그 아들이라고 주장하는 사람에게서 전화가 왔다…, 그것도 한밤중에. 사라진 지 22년도 넘은 아들에게서. 그런 것 치고는 상당히 차분해 보여요. 보통은 그러지 못할 텐데."

유디트는 대답을 하기 전 수도승을 잠시 쳐다보았다.

"전혀 차분하지 않아요. 오늘 아침에는 토했고, 기차에서 내릴 때에도 케이메르 플레진에서 내려야 하는데 즈빌레에서 내려 5분 늦게 도착했어요."

심리상담사는 여전히 점잖은 미소를 띤 채 그녀를 응시했다.

"차분하다는 게 아니라 차분해 보인다고요. 그래서 어떤 추측을 하시나요?"

"전화에 대해서요?"

"네."

"추측이 아니라 확신해요."

"뭘요?"

"그 남자가 사기꾼이라는 것을요."

"어떤 목적일까요? 사기꾼들은 어떤 이득을 좇아서 움

직이지 않나요?"

유디트는 고개를 저었다.

"솔직히 전혀 모르겠어요."

"다시 연락하겠다고 했다면서요?"

"네, 말은 일단 그렇게 했어요."

마리아 로젠버그는 의자에 파묻혀 잠시 생각에 잠겼다.

"기분 나쁠 수도 있겠지만 혹시 꿈꾼 거라는 생각은 안 해 봤어요?"

물론 꿈일지도 모른다는 생각을 해 봤고 그런 질문도 예상했었다.

"해 봤죠. 그런데 오늘 나오기 전에 전화기를 확인했어요. 저희 집 전화기는 걸려 온 번호가 뜨거든요."

"네, 어떤 건지 알아요. 그래서 메모했나요?"

"하려고 했죠. 그런데 옆에 필기도구가 없었고, 그 순간 런던에 있는 로버트에게서 전화가 와서 거기에 정신이 팔렸어요. 하지만 외국 전화번호였던 건 확실해요. 그래서……."

"그래서?"

"그 시간에 전화가 온 거죠."

"시간대가 다르다?"

"네."

"다시 말하면 상당히 먼 곳에서 사기를 치고 있는 거네요."

"그렇죠."

그녀는 마리아 로젠버그가 공감하는 것인지 살짝 놀리는 것인지 분간이 되지 않았다. 어쩌면 그녀에게는 그 두 가지를 동시에 할 수 있는 능력이 있을 것 같기도 했다. 지혜가 많아지면서 자동적으로 한데 녹아들었다고나 할까?

"로버트는 뭐라고 하던가요? 그 전화에 대해 얘기했겠죠?"

"아뇨…, 얘기하지 않았어요."

"왜요?"

"로버트가 바빴거든요. 바로 회의에 들어가야 해서 잠깐 아침 인사만 하려고 전화한 거였어요."

마리아 로젠버그는 일어나 방을 한 바퀴 돌았다. 그것은 아마도 다리의 혈액순환 때문인 것 같았다. 하지만 유디트가 느끼기에는 대화를 중단하는 그녀만의 방식이기도 했다. 잠시 숨을 돌리면서 이제 화제를 바꿀 때가 됐다는 것을 에둘러 표현하는 것이다. 유디트는 심리상담사가 다시 자리에 앉아 화제를 바꾸기를 기다렸다.

"계속 전화 이야기를 할까요? 아니면 다른 얘기를 할까요?"

거의 수사에 가까운 말투였다. 가까워도 그렇게 가까울 수 없었다. 유디트는 다시 한 번 바위 해변의 파도를 떠올렸다. 그 먼 거리, 그 엄청난 거리를.

"전화 얘기는 충분히 한 것 같아요."

"정말이요?"

"네. 다음번에 전화 오면 그때 다시 얘기하면 되지 않을까요?"

"그렇죠. 그럼 그렇게 하도록 합시다. 자, 개는 수술 후에 어떻게 지내고 있나요?"

목요일 저녁 로버트와 통화할 때 그녀는 그 전화에 대해 말하지 않았다. 로버트는 무척 피곤하고 경황이 없어 보였다. 말하지는 않지만 병이 깊어진 것 같기도 했다.

그래서 그녀는 더 그 얘기를 꺼내지 않았다. 말해 봐야 로버트를 화나게 할 뿐이니까.

마리아 로젠버그에게도 말했지만 그는 곧 일흔 살이 된다. 과연 그는 일흔 살 생일까지 살 수 있을까? 어쩌면, 어쩌면 아닐 수도 있다. 남편을 여의고 이 아름다운 집에서 혼자 지내야 할지도 모른다는 생각은 꽤 오래전부터 했다. 그럴 때, 사실 딱히 불안해지지는 않는다. 그렇다고 해서 그렇게 되길 바라는 것도 아니다.

나이가 들수록 외로움이, 이 상대적 외로움이 점점 더 편안하고 만족스럽게 느껴지는 것은 사실이다. 어쩌면 그녀에게 형제자매가 없기 때문인지도 모른다. 타인의 간섭이나 방해 없이 혼자 자라서인지도 모른다. 그녀의 아버지는 언제나 부재중이었고 오직 어머니뿐이었다. 친구도 거의 없었다. 아주 오래전부터 뭐든 혼자 알아서 하고 혼자 노는 데 익숙했다. 그렇다, 이런 요소도 분명 영향을 끼쳤을 것이다. 외로움을 친구 삼으면 절대 실망할 일이 없다는 말을 어디선가 읽은 적이 있다. 어떤 의심도 없이 고개를 끄덕이게 되는 말이다. 그래서 로버트가 런던에 하루더 머물러야 한다고 했을 때도 아무렇지 않았다. 밤에 잠도 잘 잤다. 또 새벽에 전화벨이 울리지 않을까 조금 걱정이 되긴 했지만 전화기도, 집 안의 다른 살림살이들도 각자의 내면을 향한 채 침묵했다.

장고는 여느 때와 마찬가지로 부엌 벤치 아래 깔린 매트 위에 엎드려 있었다. 마리아 로젠버그에게도 얘기했지만 수술 경과는 좋았다. 하지만 장고도 이미 열두 살이 됐다. 한때 그렇게도 위풍당당했는데, 이제 갈 날이 얼마 남지 않은 상태다. 로버트가 생을 마감해 혼자가 된다 해도 유디트는 다시 결혼하거나 애인을 만들 생각은 없었다. 그러나 개는 꼭 한 마리 다시 들일 생각이었다. 되도록이면 장고

같은 로트바일러로.

편안한 개인적 삶이란 것은 어디까지나 한계가 있다. 감정적인 면에서도 현실적인 면에서도. 크고 좋은 집에서 혼자 사는 여자와 그 크고 좋은 집에서 충실한 경비견을 데리고 혼자 사는 여자는 분명히 다르다.

아침 식사를 마친 후 그녀는 장고를 데리고 산책을 나갔다. 나무가 빽빽하지 않은 숲길로 해서 급수탑까지 올라간 다음, 다시 내려와 물길을 따라 조금 걷다가 오래된 나무다리를 건넌 후 반대편에서 다시 집으로 돌아오는 데 딱 한 시간 정도가 걸렸다. 개가 어리고 개주인도 아직 쉰이 안 된 나이였을 때는 똑같은 거리를 가는 데 30분이면 됐던 코스다. 나뭇잎은 노랗게 물들었지만 아직 떨어진 나뭇잎은 없다. 이 계절에만 볼 수 있는 청명한 가을 날씨다.

그녀는 되도록 톰과 그 전화에 대해 생각하지 않으려 했다. 그러나 한번 생각난 것을 애써 외면하는 것도 힘들었다. 22년 전의 장면들이 머릿속에 주마등처럼 스쳐 갔다. 마치 오래된 사진첩을 발견했을 때 펼쳐 보지 않고는 못 배기는 것처럼.

움직이는 장면이었다. 사진첩이라기보다는 영화의 장면이 스쳐 가는 것 같았다. 그녀, 톰, 그리고 로버트가 등장했다.

아를라흐의 칸토르스테그에 있던 집.

그해 칠월.

그 마지막 밤.

폭력. 공포. 행위.

젊은 사람이 어떻게 저렇게까지 망가질 수 있는가? 어떻게 저렇게 증오로 가득 차 있고 세상 모든 것에, 온 세상 사람들에게 오만불손할 수 있는가? 특히나 제 부모에게?

당시 그녀는 그렇게 자문했고, 그 질문은 오늘날에도 변함없었다.

그녀는 더 오래전 기억을 떠올렸다. 여섯 살 때 톰은 자기 뜻이 받아들여지지 않자 아빠인 로버트의 종아리를 물었다. 마치 투견처럼 꽉 물고 놓아주지 않았다. 로버트는 두꺼운 책으로 때려서 겨우 떼어내야 했다. 학교 심리상담사들 중 한 사람이 말하길, 그런 부류의 아이들은, 정말 '그런 부류의 아이들'이란 표현을 썼다. 사춘기가 되면 나아지는 게 일반적이라고 했다. 무슨 근거로 그런 말을 했는지는 모르지만 맞는 말이었다. 적어도 부분적으로는.

열네 살이 되자 톰은 변했다. 그러나 알고 보면 나아진 게 아니었다. 그는 내향적으로 변했다. 폐쇄적이고 반항적인 아이였고, 친구가 생기긴 했지만 세상의 그 어떤 부모라도 기겁할 만한 친구들이었다. 그녀는 그중 한 명을 아직도 기억한다. '샤크'라는 아이였는데, 그게 이름인지는 모르겠지만 어쨌든 그렇게 불렸다. 그는 톰보다 적어도 세 살은 위였고, 팔 아래쪽에 나치 문신이 있었다. 그의 아버지와 형은 살인 내지 살해 죄로 둘 다 교도소에 수감 중이었다. 그리고 그런 친구가 샤크 하나뿐이 아니었다.

힘든 시간. 그 시절을 떠올릴 때마다 그 표현이 함께 떠올랐다.

그녀는 대문을 열고 장고를 들여보냈다. 잊어버리자. 이미 다 지난 일이고 기억 속에 묻혔다. 전화를 건 사람이 누구였든 톰일 리는 없다. 사람이 부활하려면 사흘째 되는 날 해야지 22년 후에 갑자기 하는 법이 어디 있단 말인가.

그녀는 금요일 오후 내내 책상에 앉아 일을 했다. 작업 중인 에라스무스 폰 로테르담의 전기는 다음해 가을 출간

예정으로, 첫 번째 완성 원고는 크리스마스 전까지 넘겨주기로 돼 있었다. 이 프로젝트가 시작된 지도 거의 4년이 다 됐다. 처음에는 3년을 생각했으나 그때는 에라스무스라는 인물의 방대함을 제대로 몰랐다. 그에 대한 책이 얼마나 많은지, 또 그가 남긴 저서가 얼마나 많은지 몰랐다. 출판사는 다행히 옳은 판단을 했고, 재정적으로 여유도 있었다. 또한 그녀의 명성과 이전 작업들이 출판사가 목표하는 품질을 담보했으므로 2년에 어중간한 책 한 권보다는 5년이 걸리더라도 제대로 된 책 한 권을 내기로 한 것이다.

7시쯤 로버트가 다시 전화를 했다. 아침보다는 활기찬 목소리였다. 영화 프로젝트를 시작할 때마다 숱하게 등장하는 기이한 문제들과 회의가 어느 정도 정리된 듯해서 그녀는 이야기를 꺼낼 타이밍을 살폈다. 그리고 불필요한 마찰을 최소화하기 위해 시간을 24시간 뒤로 옮기기로 했다. 그런다고 해서 문제될 건 전혀 없었다.

"오늘 새벽에 무슨 일이 있었어요. 아침에는 일정 때문에 정신없을 것 같아 말 안 했어요."

"음?"

"전화가 왔었어요."

"음."

"새벽 3시 반에 전화가 왔는데, 톰이라고 하더라고요."

"뭐?"

"네, 전화벨이 울려서 받았어요……. 아무 생각 없이 받았는데 자기가 톰이라면서 만나자고 했어요."

"그게 무슨 말도 안 되는 소리야?"

"그러게요. 저도 깜짝 놀랐죠. 게다가 그전에 이상한 꿈을 꿨거든요."

"그래서, …그래서 그 사람이 뭐래?"

"말도 거의 안 했어요. 그냥 만나야 한다면서 다시 연락하겠다고 했어요. 그러고는 끊었어요. 통화한 시간은 1분도 안 될 걸요…, 아니면 그보다 더 적거나."

전화선 너머에서는 아무 말이 없었다. 하지만 로버트의 숨소리가 들렸다. 다시 아침처럼 힘겨워하는 호흡이었다. 말하지 말걸, 그녀는 속으로 생각했다. 그냥 아무 말도 하지 말걸.

"발신지는 어디야?"

"외국이에요. 정확히 어딘지는 모르겠어요."

"번호 안 떴어?"

"떴는데 나중에 다시 봤더니 없어졌더라고요."

"없어져?"

"버튼을 잘못 누른 것 같기도 하고……. 모르겠어요, 어쨌든 없어졌어요."

실제로 그랬다. 심리 상담을 마치고 와서 찾았을 때 번호는 사라지고 없었다. 아니면 실수로 지웠는지도 모른다. 아마 로버트와 통화하다가 그랬을 것이다.

아니면……?

그녀는 애써 그 생각을 지웠다.

"목소리가 어땠는데?"

"목소리가… 특별한 건 없었어요. 그냥 평범한 남자목소리였어요. 걸걸하지도 않고 그렇다고 가늘지도 않고…, 약간 허스키했던 거 같긴 해요. 그리고 아주 잠깐 통화했다고 했잖아요."

"다시 연락하겠다고 했다고?"

"네, 일단 말은 그렇게 했어요."

"혹시…, 혹시 아는 사람 같다는 느낌은 없었어?"

"아니 그건 아니죠, 로버트."

"미안해. 너무 뜻밖이라서 그래. 당연히 톰을 사칭한 사기꾼이겠지……. 그런데 왜 그런 짓을 해? 그게 문제인 거지."

"하루 종일 생각해 봤는데 답을 모르겠어요. 실없는 장난이 아니라면 분명 무슨 꿍꿍이가 있을 텐데……."

"장난?"

로버트는 갑자기 기침 발작을 일으켰다. 수화기를 멀리 떼고 누군가에게 물 한잔 달라고 하는 소리가 들렸다.

"옆에 누가 있어요?"

그는 물을 몇 모금 마신 후 대답했다.

"호텔 바에서 전화하고 있어. 걱정 마, 도청당하진 않으니까."

도청? 그가 왜 도청을 당한단 말인가?

"내일 오후에 도착하니까 집에 가서 얘기하자고."

"네, 알았어요."

"만약 또 전화 오면 번호 메모해 두고 나한테 전화해. 한밤중이라도 괜찮으니까. 그 전화가 온 게 몇 시였다고?"

"새벽 3시 반이요. 삼십 몇 분이었어요."

"젠장."

"그러게요. 당신 말대로 내일 얘기해요. 그런 짓을 재미

있다고 생각하는 미친놈인지도 모르잖아요."

로버트는 생각에 잠긴 듯 말이 없었다. 잠시 힘겨운 호흡이 이어졌다.

"그래, 일단 그렇게 생각하자고. 이 세상엔 미친놈들이 수두룩하니까."

"듣기론 영화업계 사람이라는 것 같던데요?"

그것은 그들이 자주 하는 농담이었다. 로버트는 웃으며 전화를 끊었다.

그녀는 젊은 경찰관에 대해서도 기억해 냈다. 톰이 사라진 후 투입된 사람이었는데 꽤 젊은 수사관이었다. 이름이 데윰? 데용 아니면 그냥 융이었던 것 같기도 하다. 그는 톰이 사라진 그 달에 몇 번 집으로 찾아왔었다. 한 번은 여자 동료와 함께였고, 나머지는 혼자였다. 그는 조신하고 예의 바른 태도로 그들에게 깊은 인상을 남겼다. 사실 그들을 취조했던 것이지만 로버트도, 그녀도 그렇게 받아들이지 않았다. 유도신문을 한다는 인상도 받지 못했고, 톰이 사라지는 데 관여하지 않았음을 확인하는 것도 아니었다. 아들이 난처한 상황에 처한 것을 알고 먼 대륙의 구석진 피난처로 몸을 숨기도록 조치했다거나 법의 손길이, 적어도

마르담 경찰의 손길이 닿지 않는 곳으로 빼돌렸다는 의심
은 더더욱 아니었다.

　부분적일지라도 그 대화의 목적이 그것이었다는 것을
깨달은 것은 나중의 일이었다. 그들 부부는 자신들의 순진
함에 혀를 내둘렀다. 한번은 데용, 데용 혹은 융이 이렇게
물었다. 만약 톰이 수중에 거액의 돈이 들어오자 멀리 떠
나 신분 세탁을 하고 영영 돌아오지 않을 생각을 한 것이
라면 놀라겠느냐고.

　"그 애가 은행이라도 털었단 말입니까?"

　로버트가 물었다.

　"그렇게 말하진 않았습니다."

　수사관이 차분하게 대꾸했다.

　"하지만 그렇게 비유하시니, 만약 그렇다면 어떻겠습니
까?"

　"상상불가입니다."

　로버트가 잠시 생각한 후 답했다.

　"톰은 마약에 중독된 좀도둑이지 그런 거물 범죄자가 아
닙니다."

　그 말을 들으며 그녀는 친아들을 그런 식으로 평가하는

것이 기분 좋은 일은 아닐 거라고 속으로 생각했다. 데용, 데용, 용은 가볍게 고개를 끄덕이며 입가에 살짝 미소를 지을 뿐이었다.

그 친절한 수사관이 아직 경찰로 있을까? 그녀는 생각해 보았다. 만약 그 사기꾼이 약속대로 다시 연락을 해 온다면 바로 그 사람을 찾아가도 될까?

그건 아니다. 그녀는 뉴스를 보는 동안 함께한 와인 잔을 비우며 결정을 내렸다. 절대 경찰을 끌어들여선 안 돼.

그러나 연락은 오지 않았다. 토요일, 일요일, 그 다음 주가 지나도 연락이 없었다. 한 달이 지났지만 아무 소식이 없었다. 그녀는 로버트와 여러 번 그 주제로 대화를 나누었고, 그가 특정한 의심을 가지고 그녀를 대한다는 것을 바로 눈치챘다. 그녀는 꿈을 꾸었고, 한밤중의 전화 통화 같은 건 없었다는 의심 말이다.

그가 그 주제를 깊이 파고들지 않았기에 그녀도 굳이 고집하지는 않았다. 그러고 보니 마리아 로젠버그도 똑같은 말을 했었다. 그렇게 아무 일도 일어나지 않은 채 시간이 흐르자 슬그머니 의심이 들었다.

한밤중에 걸려 와 30초 만에 끝난 전화 통화.

22년 전 실종된 사람으로부터 걸려 온 전화.

전화기 화면에서 지워진 번호.

이 모든 게 착각이고 사실은 꿈이며, 진짜 같지만 실제로 일어나지 않았다고 정황들은 증명하고 있었다.

그녀는 상담할 때 그 얘기를 꺼낸 걸 후회했다.

로버트에게 말한 것도 후회했다.

시간은 흐르고 낙엽이 지기 시작했다. 그녀는 에라스무스 폰 로테르담과 16세기 속으로 점점 깊이 빠져들었다.

두 번째 전화가 걸려 온 것은 11월 첫째 주가 지나고 나서였다.

비가 내린 어느 우중충한 화요일 오후, 그녀는 원고의 가장 어려운 부분을 작업하고 있었다. 에라스무스와 마르틴 루터 사이의 복잡한 관계에 대한 부분이었다. 처음에는 아예 전화를 받지 않을 생각이었다. 원래 작업할 때는 전화기를 꺼두는데, 점심시간에 편집자와 통화를 하고 버튼 누르는 것을 잊어버렸다.

전화를 끊고 난 후 그녀는 혹시 예감이 아니었을까 생각했다. 어떤 예감 때문에 전화를 받게 된 게 아닐까 하고. 아니, 그건 아닐 것이다. 다 지나간 후 불길한 예감과 징조에 대해 얘기하는 것은 쉬운 일이다. 미래가 불투명할수록 지나간 일을 좋게 생각하려는 욕구 때문에 그런 생각이 드는 것이리라. 그러고 보니 얼마 전에 로버트와 그 문제에 대해 이야기를 나눈 적이 있었다. 패턴, 이런 종류의 것들, 단순화에 대해.

"여보세요?"

"유디트 벤들러?"

"네, 맞는데요."

"저 톰입니다."

순간 등줄기에 소름이 쫙 끼쳤다. 7주 전과 똑같다는 생각에 그녀는 깜짝 놀랐다. 그리고 순간적으로 시야가 좁아지며 벽이 달린 누르스름한 터널 속으로 빠져드는 착각을 느꼈다. 맥박 치듯 흔들리는 터널이었다. 그러나 바로 정신을 차렸고, 그 와중에도 전화기 화면에 뜬 번호 확인을 잊지 않았다.

발신자 불명.

"여보세요?"

"네, 듣고 있어요. 무슨 용건이시죠?"

그가 약간 쉰 듯한 소리로 짧게 웃었다.

"용건이 뭐냐고요? 당연히 만나는 거죠. 지난번에도 말했잖아요."

"누구시죠?"

"톰이요. 설마 벌써 잊어버린 거예요?"

"톰 누구요?"

"당신 아들 톰이요. 내 어머니시잖아요. 지금 무슨 주장을 하려는 거예요?"

"아니…, 무슨 주장을 하려는 게 아니고 믿기지 않아서 그래요."

"왜 믿기지 않으실까?"

그녀는 잠시 생각했다. 조소 내지 조롱에 가까운 말투였다. 마치 그녀와 이런 식으로 얘기하는 게 즐겁다는 듯. 그녀는 마른침을 꼴깍 삼켰다. 그리고 작정한 듯 말했다.

"우리 아들은 실종된 지 20년도 넘었어요. 우리 부부는 아들이 죽었다고 생각하고 있어요."

"저 안 죽었는데요."

"물론 안 죽었겠죠. 그리고 그쪽의 주장과 달리 내 아들 톰도 아니겠죠."

"부끄러운 줄 아세요!"

"뭐라고요?"

"부끄러운 줄 아시라고요! 저한테 그런 식으로 말하는

게 부끄럽지도 않으십니까?"

"아니요, 사기꾼에게는 그렇게 말할 수도 있죠."

"전 사기꾼 아니에요."

"그걸 어떻게 알죠?"

"만나 보면 알죠. 그래서 전화한 거 아니에요. 지난번에 전화한다고 했잖아요. 벌써 잊어버렸어요?"

그녀는 잠시 생각했다.

"왜 나를 만나려고 하는 거죠?"

"아들이 어머니 만나고 싶어 하는 게 이상한가요?"

"네, 그 아들이 22년간 연락이 없었다면요."

"그럴 만한 이유가 있었죠. 아시잖아요?"

"아니요, 무슨 이유가 있었다는 건지 모르겠는데요."

"만나서 다 설명해드리죠."

"그런데 내게 만나고 싶은 생각이 없는데 어떡하죠? 그리고 이 통화도 계속하고 싶지 않다면?"

약 5초간 침묵이 이어졌다. 아니, 그보다 더 길었을 수도 있다. 숨소리도, 아련하게 들리던 파도 소리도 없었다.

'신이시여, 제발 이자가 포기하고 전화를 끊게 해주세요. 그리고 다시는 연락하지 않게 해주세요.'

그는 헛기침을 한 번 했다.

"절 만나지 않으면 나중에 후회할 겁니다."

협박? 협박인지 아닌지 판단하기 힘들었다. 어쨌든 그는 낮게 깔린 목소리에 느린 말투를 썼다.

"지금 어딘데요?"

그녀가 물었다.

"어디긴요."

그가 바로 대답했다.

"여기 마르담이에요. 내일 만나는 게 어때요?"

"내일이요?"

"네, 안 될 거 없잖아요."

"로버트는 지금 출장 중이에요. 일요일에 돌아와요."

"우리 둘이 만나는 것으로 충분해요. 어떻게 할래요?"

그녀는 속으로 생각했다. 왜 진즉 끊어버리지 않고 이 전화를 계속 받고 있는 거지?

그러나 이미 늦은 듯 그녀가 물었다.

"장소는? 어디서 만나죠?"

"인트리고, 내일 오후 3시에 인트리고에서 보죠. 오후엔 항상 빈자리가 있거든요."

그녀는 마른침을 꼴깍 삼켰다.

"좋아요. 그런데 미리 말해두는데, 4시엔 시내에서 약속이 있어요."

"한 시간이면 충분해요. 오케이, 그럼 내일 봅시다."

4시엔 약속이 있다고? 왜 그런 말을 했을까? 거짓으로 지어낸 일종의 보안 장치였다. 그녀는 에라스무스와 마르틴 루터 자료를 밀어놓고 턱을 괸 채 비 내리는 창밖을 바라보았다. 잎이 다 떨어진 나무들을 보고 있자니 적당한 거짓말이었다는 생각이 들었다.

그런데 로버트는 어떻게 하지? 말해야 하나? 그는 아침에 제네바로 떠났고, 그 사기꾼에게 말한 대로 일요일에 돌아온다. 로버트에 관해서는 진실에서 벗어나는 말을 한 게 없었다.

아니, 로버트에게는 나중에 말하자. 그녀는 마음을 정했다. 어차피 내가 다 상상한 걸로 아는데, 그렇지 않다는 걸 설득시켜 봐야 걱정이나 할 테고, 이래라 저래라 쓸데없는 간섭이나 하겠지. 그럴 거면 돌아온 다음에 결과나 얘기하는 게 낫지. 이 게임은…, 나 혼자 하는 게 좋겠어.

적어도 당분간은.

그런데 게임이라니?

인트리고에 가본 지 10년도 더 됐는데, 카페는 기억 속
의 모습과 똑같았다. 적어도 겉으로 보기엔 그랬다. 약간
낡고 을씨년스러워 보이지만 여전히 건재했다. 그 쓸쓸함
은 아마도 가게 앞에 있던 탁자와 의자들을 들여놨기 때문
이리라. 때는 바야흐로 11월이었고, 야외 테이블의 계절은
지났다.

그래, 언젠가는 다 지나가지. 그녀는 이 식상한 생각을
애써 머릿속에서 쫓아냈다. 홀테나르에서 1시 반 기차를
탔으니 약속시간까지는 아직 한 시간이나 남았다. 어쩌면
의도적으로 일찍 출발했을 것이다. 그러나 막상 부슬부슬
내리는 이슬비 속에서 도로 건너편을 바라보노라니 일찍
도착한 의미를 찾을 수 없었다. 죽은 양아들과 마주 앉기
위해 딱히 할 일도 없이 50분 남짓한 시간을 기다려야 한
다니…, 정말이지 기분 좋은 일은 아니었다. 다른 생각을
해야 해. 그녀는 스스로를 질책했다. 정신 차려야 한다, 그
렇지 않으면 일이 어긋날 수도 있다.

그녀는 걷기 시작했다. 좁은 수로 랑흐라흐트의 옆길을 따라 북쪽으로 계속 걸었다. 문득 40년 전 대학생이 되어 이 도시에 왔을 때가 생각났다. 전공은 문학과 철학. 그녀는 다른 여학생 두 명과 함께 루벤 가에 있는 작은 집을 구해 함께 살았다. 지붕 밑 다락방에서 산 것은 3학기 정도로 짧았지만 그녀의 인생에서 가장 흥미진진하고 중요한 시기였다. 1년도 안 돼 로버트가 그녀의 인생에 나타났다는 것은 어찌 보면 어이없는 일이기도 했다. 대학에 다니는 동안에도, 그리고 나중에 돌아봤을 때도 보람과 희망으로 가득 찬 시절이었는데, 알고 보면 대학시절이 그토록 짧았다니!

그리고 거기서 귀결되는 또 다른 사실 하나, 로버트와의 결혼생활은 매우 길었다. 37년. 같은 남자와 거의 40년을 함께 살고 있다. 성인이 된 이후 죽 함께 산 것이다. 이건 대체 어떻게 된 일인가?

처음 든 생각은 아니었다. 당연히 여러 번 생각했다. 그런데 머뭇거리며 치즈와 와인을 파는 모퉁이 가게를 지나는 그 순간 그 생각은 전에 없는 무게로 그녀를 짓눌렀다. 인생에서 시간이 촘촘해지고 의미와 보람으로 채워지는 것은 무엇 때문일까? 그리고 점점 엉성해지고 식상해지는 것은? 속력을 잃는 것, 그녀는 생각했다. 착륙을 위해 서서히 내려앉는 비행기처럼. 죽음이라는 활주로를 향해.

다시 그 요상한 그림이 떠올랐다. 바위 해변에 부서지는 파도? 묘지로의 착륙?

그녀는 잡생각을 쫓으려는 듯 도리질 치며 우산을 접었다. 비는 일단 그치는 듯했다. 구름 사이를 뚫고 나온 태양이 빌머스흐라흐트를 따라 늘어선 벌거숭이 나무 사이로 햇빛을 쏘아 댔다. 이게 빌머스흐라흐트가 맞던가? 길가 모퉁이에 세워진 이정표를 보니 제대로 맞혔다.

어찌 됐든 난 내가 지금 어디 서 있는지 알고 있어, 그녀는 속으로 생각했다. 적어도 공간적으로는.

그리고 시간을 확인했다. 3시 15분 전. 인트리고에 도착하면 3시가 조금 넘을 것이다. 오히려 잘된 일이다. 그녀는 그를 기다리게 할 생각이었다. 그녀가 먼저 가서 기다리는 모양새를 만들고 싶지는 않았다.

그녀는 문을 열고 안으로 들어갔다. 그리고 입구를 돌아 좁고 긴 카페 안으로 두 발짝 들어가 멈춰 섰다. 그녀는 앞쪽과 왼쪽에 죽 늘어선 탁자들을 훑어보며 누군가 그녀

를 알아봐주기를 기다렸다. 아니 그가 그녀를 알아보기를
기다렸다.

인트리고에는 룸이나 격리되어 앉을 수 있는 구석자리
가 따로 없다. 그러니까, 그녀가 서 있는 입구 위치에서 모
든 손님들을 한눈에 볼 수 있다.

손님은 몇 되지 않았다. 왼쪽 공간에 노부인 네 명이 앉
아 있었고, 그보다 약간 큰 홀에는 혼자 온 남자 세 명이 각
각 있었다. 둘은 창가 자리, 나머지 한 명은 바 건너편 벽
쪽에 앉아 있는데 모두 입구를 향한 채였다. 그들은 차례
로, 그녀가 느끼기에는 그랬다, 한 명씩 차례로 그녀를 쳐
다보았다. 쳐다본 것은 아주 잠깐이었고, 곧 다시 하던 행
동을 했다. 한 사람은 국수요리를 먹는 중이었고, 한 사람
은 책을, 다른 한 사람은 맥주를 마시며……. 그녀가 제대
로 봤다면 경마 정보지를 읽고 있었다. 그녀는 손목시계를
확인했다. 3시 7분.

종업원이 다가와 짧은 미소를 지었다.

"저기… 누굴 만나기로 했는데 아직 안 온 것 같네요."

"앉아서 기다리시겠어요?"

그녀는 그 말대로 했다. 가게 입구에서 가장 가까운 곳

에 자리를 잡았지만 주문은 하지 않았다. 종업원은 물러갔다. 세 남자는 자리에서 꼼짝도 하지 않았다. 셋 모두 그녀에게 관심을 보이지 않았으므로 그녀는 그들을 자세히 관찰할 수 있었다.

첫 번째로 눈에 띈 것은 세 남자 모두 연령대가 비슷하다는 것이다. 마흔에서 다섯 살이 많거나 적거나. 톰이 지금 살아 있다면 서른아홉일 것이다. 저 셋 중 하나가 그자일까? 그녀는 속으로 생각했다. 그렇다면…, 그렇다면 왜 꼼짝도 않고 앉아 있는 거지? 왜 서로를 알아볼 수 있는 표식을 약속하지 않았을까? 행여 정말 톰이라고 해도 내가 저를 알아볼 거라고 기대하진 않았을 것 아닌가? 그리고 내가 어떻게 변했는지 알고 나를 알아보려 했단 말인가?

달리 생각하면, 시간은 3시였고 가게 안에 혼자 온 여자는 그녀뿐이었다. 그렇다면 그는 어떤 이유에선가 아직 도착하지 않은 것이다.

혹은?

그녀는 세 남자를 더 자세히 뜯어보았다. 신기하게도 세 사람의 외모가 비슷했다. 턱수염이나 콧수염을 기른 사람도 없고, 안경을 쓴 이도 없다. 그리고 모두 머리가 짧았다.

나중에 그녀에게서 가장 먼 자리에 앉은 남자가 잠깐 고개를 돌렸을 때 보니 꼬랑지머리가 보이긴 했지만. 세 사람 모두 어느 정도 근육이 있어 보였고 평균적인 체구였다. 배가 나온 사람도 없었다. 어두운색 셔츠에 진회색 재킷, 흰색 셔츠에 편물 조끼, 진청색 폴로셔츠. 눈에 띄는 옷차림을 한 사람도 없었다. 한창 때의 지극히 평범한 유럽계 남자 세 명이었다.

저 세 사람 중에 고른다면 누구? 그녀는 속으로 생각해 보았다. 가장 가까이 앉은 저 남자? 그는 창가에 앉아 커피 한 잔을 앞에 놓고 손때 묻은 두꺼운 소설책 속에 빠져 있었다. 그러나 열일곱 살 당시 톰의 얼굴을 떠올려 보니 별로 닮지 않은 것 같았다. 미간이 너무 좁고 턱은 너무 길고, 입술은 너무 얇았다.

어이구, 맙소사! 그녀는 문득 정신이 들었다. 당연히 톰일 리가 없지 않은가. 내가 지금 무슨 생각을 하고 있는 거지? 톰은 죽었어.

그녀가 이런 겁 없는 상상에 몰두해 있는 동안 종업원은 노부인들의 탁자에서 계산을 마치고 그녀에게 다가왔다.

"정말 아무것도 안 드시겠어요?"

그녀는 다시 손목시계를 보았다. 3시 15분.

"아니요, 괜찮아요. 아마 오해가 있었던 모양이에요. 일행이 오지 않을 것 같네요. 앉아서 기다릴 수 있어서 고마웠어요."

그는 별 표정 없이 물러갔고, 그녀는 일어서서 의자를 밀어 넣은 뒤 카페 인트리고를 나왔다.

"참 이상하네요. 그렇죠?"

마리아 로젠버그는 자못 심각한 표정이었다. 인간 행동의 틀에서, 그녀가 경험한 광범위한 틀에서 어긋나는 기묘한 경우에 맞닥뜨렸다는 표정이었다.

"네, 저도 이상하다고 생각해요."

유디트 벤들러는 그렇게 대꾸하고 등 뒤 쿠션을 바로잡았다.

"아무리 생각해 봐도 뭐가 뭔지 모르겠어요."

"그걸 알면 더 이상한 거죠."

그녀가 말했다.

"솔직히 좀 걱정이 되네요."

목요일 오전의 일이었다. 그날 원래 상담 약속이 잡혀

있었지만 그렇지 않았다고 해도 유디트는 어떻게든 상담을 잡았을 것이다. 무슨 수를 써서라도.

카페 인트리고에 헛걸음을 하고 온 날 저녁과 밤은 힘들었다. 기차를 타고 홀테나르로 가는 동안 아무렇지도 않았고 집에 와서 몇 시간 동안도 괜찮았다. 그런데 장고와 함께 짧은 오후 산책을 마치고 돌아와 개가 부엌 매트 위로 가 엎드린 순간, 갑자기 속에서 뭔가가 터지는 느낌을 받았다. 틈이 벌어지고 그 틈으로 크기를 알 수 없는 두려움이 쏟아져 나왔다. 저녁 9시쯤 로버트에게 전화가 왔을 때 그녀는 이미 와인 석 잔을 마신 상태였다. 로버트는 그녀의 목소리에서 술을 마셨음을 바로 눈치챘고, 그녀는 두려움의 진짜 이유를 말해버리지 않기 위해 엄청난 자제심을 발휘해야 했다. 그렇다, 그녀는 몸이 안 좋아서 와인을 두 잔 마셨다고 했다. 취하다니 천만의 말씀. 만약 죽은 아들을 만나러 갔다가 바람맞고 왔다고 말했다면 로버트가 뭐라고 했을지, 그건 상상하기도 싫었다.

"그런데 왜요?"

마리아 로젠버그가 물었다.

"왜 굳이 이 일에서 로버트를 제외시키려고 하는 거죠?"

그녀는 2초간 생각했다. 그러나 더 부드러운 표현이 생각나지 않았다.

"로버트는 이 모든 게 다 제가 상상해 낸 거라고 생각해요. 그 사기꾼이 카페에 나타나지 않았다고 하면 더 심증을 굳힐 거예요. 벌써 잊으셨어요? 그……."

"그, 뭐요?"

"그 시기가 두 번 있었잖아요."

"마요란 정신과 클리닉 말하는 거예요?"

"바로 그거요. 한번 정신 병력이 있는 사람이 다시 정신병원에 들어가는 건 쉬워요. 그건 선생님이 다른 누구보다도 잘 아시잖아요."

마리아 로젠버그는 고개를 끄덕였다. 그리고 혼잣말로 뭐라고 구시렁거렸다. 약간 불만이 담긴 말투로 사물의 질서와 사람들의 어리석음에 대해 중얼거렸다. 그런 다음 차를 한 모금 마셨다.

"그건 망상이에요."

"망상이요?"

"로버트의 망상이라고요. 난 단 한 순간도 유디트가 그걸 상상해 냈다고 믿은 적이 없어요. 클리닉에 있을 때도 그런 증상 없었잖아요. 그리고 내 기억이 맞는다면 이미 10년도 더 된 일 아닌가요?"

그렇다. 두 시기 모두 10년이 넘은 일이다. 유디트는 클리닉에서 나온 뒤 바로 심리 상담을 받기 시작했다. 그리고 10년 전에도, 12년 전에도 뭔가 문제는 있었겠지만 환각 같은 건 전혀 겪지 않았다. 로버트가 어떻게 생각하는지는 로버트의 문제였다. 그리고 두 번 다 클리닉 체류기간은 2주에 불과했다.

"그건 그렇다 치고."

마리아 로젠버그가 말했다.

"그럼 우리 당분간 로버트는 빼놓고 생각하기로 하죠. 그리고 이성적으로 한번 생각해 봅시다. 먼저 우리가 확실히 알고 있는 게 뭐죠?"

유디트는 어깨를 으쓱했다.

"계속 말씀하세요."

"그러죠. 먼저 우리가 확실히 아는 건 유디트를 불안하게 만들고 싶어 하는 남자가 있다는 거예요. 이 남자는 두 번 전화를 걸어왔고 실종된 지 20년도 넘은, 아마도 죽었을 아들인 척하고 있어요. 당신은 이 남자와 어느 카페에서 만나기로 약속했고 그는 나타나지 않았어요. 그렇다면 남은 문제는 …당연히 그 사람의 속셈이 뭔가 하는 거겠죠. 이렇게 요약하면 되겠어요?"

"네, 맞아요."

"또 다른 문제는 우리가 예방 조치를 생각해 둘 필요가 있다는 거예요."

유디트는 '우리'라는 대명사를 사용하는 심리상담사에게 문득 고마움을 느꼈다. 무슨 큰 도움을 받는다기보다는 들어줄 사람이 있다는 게 고마웠다. 누군가 자신의 문제를 함께 고민해 주는 사람이 있고, 그 사람이 자신을 잘 아는 사람이라는 게 고마웠다.

하지만 예방 조치라니?

"무슨 말씀이죠?"

그녀가 물었다.

마리아 로젠버그는 안경을 벗더니 안경다리를 깨물었다.

"다음번에 또 전화가 오면 어떻게 처신할 건지 그걸 생각해 놔야 한다는 거죠. 내 생각엔 지금 우리가 해야 할 얘기는 그것인 것 같네요."

"지난밤에 네 시간 동안 잠 못 자고 생각해 봤어요. 그런데 결국 아무 결론도 내리지 못한 걸요."

유디트가 말했다.

마리아 로젠버그는 걱정스럽다는 듯 머리를 좌우로 흔들었다.

"1차 시도와 2차 시도 사이에는 꽤 시간 간격이 있었어요. 과연 이번에도 그럴 것인지 그것도 문제겠네요. 지난번엔 거의 두 달 만이었죠?"

"네, 거의. 제 계산으론 7주 정도였어요."

유디트가 대답했다.

"경찰에 연락하는 건 어때요?"

"안 돼요."

유디트가 바로 말을 잘랐다.

"저도 밤에 그 생각을 해 봤는데 그건 아니라는 결론을 내렸어요. 경찰에 전화해서 뭐라고 해요? 경찰이 추적할 수 있는 단서가 전혀 없잖아요. 전화번호도 없고. 그리고 그 남자가……."

"그 남자가?"

"그 남자가 대놓고 협박을 한 것도 아니거든요. 그냥 만나자고 한 거고, 제가 알기로 그건 죄가 안 되거든요."

"그렇겠죠."

마리아 로젠버그는 가만히 고개를 끄덕이더니 한숨을 쉬었다.

"그렇다면 일단 경찰 없이 해결할 생각을 해 봐야겠군요, 당분간은. 기분은 어때요? 정상적으로 생활하고 일하는 데 지장은 없나요?"

유디트는 잠시 생각했다.

"선생님과 더 자주 연락할 수 없을까요? 예를 들어 전화 드려도 되나요?"

"그럼요, 당연히 되죠."

마리아 로젠버그는 마치 고객을 안아주려는 듯 두 팔을 벌렸다. 그녀가 그렇게 편안한 자세로 앉아 있지 않았다면, 그리고 그들 사이의 거리가 약 1.5미터보다 가까웠다면 그런 의도로 읽혔을 것이다.

"아무 때나 전화해도 좋아요. 그리고 특별한 일이 없더라도 일주일에 한 번씩 상담하는 게 좋을 것 같아요. 그리고 필요하다고 생각되면 더 자주 만나는 거죠. 어때요?"

"네, 좋아요."

유디트가 선뜻 응했다.

"그럼 로버트에게는 언제 얘기할 생각이에요?"

"모르겠어요."

"지금 어디 있죠?"

"제네바에요."

"영화 때문에?"

"네, 일요일에 돌아와요."

마리아 로젠버그는 잠시 생각했다.

"그럼 며칠 생각할 시간이 있겠군요. 내가 보기엔 이미 마음이 기운 것 같긴 한데……."

"네, 다음 전화가 올 때까지 기다릴 생각이에요."

유디트 벤들러가 말을 이었다.

"그쪽이 나을 것 같아요."

"올라잇, 그럼 그렇게 하는 걸로 하죠."

마리아 로젠버그는 대화를 정리했다.

그래도……. 상담을 마치고 거리로 나온 유디트는 생각했다. 그래도 로버트가 알아야 할 일이긴 해.

물론 시간을 두어야 할 것이다. 그날 밤 정말 무슨 일이 있었는지 아는 사람은 그들 두 사람뿐이었다. 마리아 로젠버그와 어떤 얘기든 다 할 수 있지만 절대 침범해서는 안 되는 경계가 있었다. 혹시 모르니 근처에 얼씬도 하지 말아야 할 경계가.

그녀는 우산을 놓고 나온 것을 깨달았지만 그새 비는 그쳤고, 기차역까지는 200미터 정도이므로 그냥 가기로 했다.

7주까지 기다릴 필요는 없었다.

사흘이 지나자 전화가 왔다.

카페 인트리고에 헛걸음한 때부터 계산하면 딱 사흘이
었다. 토요일 오후 3시 반이 막 지난 시각이었고, 이번에는
확실히 예감이 왔다. 전화기 화면에 다시 '발신자 불명'이
뜬 것을 보고 그녀는 그임을 직감하며 수화기를 들었다.
아마 다른 사람 목소리였다면 실망했으리라.

"네?"

"유디트 벤들러?"

지난 두 번과 마찬가지로 그는 이번에도 전화 받은 사람
이 그녀인지 먼저 물었다. 순간 다른 사람인 척해 보면 어
떨까 하는 생각이 머리를 스쳤다. 예를 들어 민원 전화를
받고 출동한 여자 경찰관이라고 하면 무슨 일이 벌어질까?

그러나 그녀는 바로 그 생각을 접었다.

"무슨 용건이죠? 시간 없는데."

"시간 있잖아요. 카페에도 왔던데?"

"어떻게 알았어요? 카페에 없었잖아요."

"거기 있었어요."

"거짓말. 내가 거기서 15분 동안 기다렸는데 안 왔거든요."

"거기 있었다니까요."

무슨 헛소리를! 유디트는 카페에 있던 세 남자의 모습을 머릿속에 떠올렸다. 책, 국수요리, 경마 정보지, 폴로셔츠, 재킷, 편물 조끼, 그녀에게 전혀 관심이 없던 그들의 표정. 지나고 생각해 보니 거의 성가시다는 듯한 표정이기도 했다. 그렇다면 역시 그 세 사람 중 하나가……?

"연베이지색 코트에 파란색 스카프 두르고 있었죠? 코트를 의자 등받이에 걸어놓고 문 바로 옆 탁자에 앉았고요. 정말 저 기억 못 해요?"

그녀는 아무 대답도 하지 않았다. 무슨 말을 해야 할지도 알지 못했고, 갑자기 정신이 기우뚱거리는 느낌이었다. 아니면 가루가 되어 부서진다고 해야 할까? 둘 다였다. 머릿속에 아무 생각도 떠오르지 않고. 혹시 이러다 머리가 터지는 건 아닌가 싶었다.

몇 초의 침묵이 흘렀다.

"왜 기억을 못 해요?"

수화기 내려놔. 그녀는 자신을 나무랐다. 전화 끊어. 지금 전화 건 사람은 죽은 사람이야. 이러다간 정신을 놓게 될 거야. 그러나 그녀의 목소리는 그녀에게 충분히 파고들지 못했다. 그녀는 수화기를 꽉 움켜쥔 채 복도 의자에 앉았다. 장고를 데리고 잠깐 나갔다 돌아온 참에 복도에서 전화를 받은 것이었다. 개는 문 앞에 서 있었고, 약간 책망이 담긴 눈길로 그녀를 쳐다보았다. 개가 망설이듯 꼬리를 흔들었다. 그 애는 죽었어. 그녀는 속으로 생각했다. 톰은 죽었어. 그래서 만나지 못한 거야.

수화기 속에서는 침묵이 이어졌다. 파도 소리도 숨소리도, 아무 소리도 들리지 않았다.

죽은 자는 숨을 쉬지 않으니까.

그 애가 나를 벌하려고 돌아온 거야.

"왜 아무 말도 안 하세요? 카페에서 저랑 얘기도 했잖아요."

그녀는 겨우 힘을 내어 반박할 말을 찾았다.

"카페에서 얘기했다고요? 오지도 않았는데 어떻게 얘기를……."

미처 말을 끝맺기도 전에 감이 왔다.

"그래요, 높으신 분들은 시중드는 사람 잘 신경 안 쓰니까."

종업원.

그녀는 수화기를 내려놓고 일어서서 개 목줄을 잡았다.

"고민되는 문제가 있어 개를 데리고 오랫동안 산책을 했는데도 아무 해결책을 얻지 못했다면 그 문제를 손에서 놓는 게 낫다."

학창시절, 철학과 종교를 가르친 클림케 선생님의 명언이다. 클림케 선생님은 수업시간에 이 지혜로운 구절을 칠판에 쓰셨다. 그리고 말씀하시길, 이것은 다른 고전적 문제, 즉 싸울 만한 가치가 있는 일은 과연 무엇인가에 대한 해결책이 될 수 있다고 하셨다.

장고와 함께 천천히 다녀온 토요일 산책은 거의 두 시간이 걸렸다. 그녀가 옛 스승의 말을 따랐다면 이 싸움은 포기해야 옳다. 해결책을 찾지 못했으니 모든 걸 잊고 그 사기꾼도 무시하는 게 옳다. 도대체 어떤 이유에서 그녀를 괴롭히기로 작정했는지 모르겠지만. 그리고 그 이유도 아마 허황되고 병적인 것이겠지만.

문제는 이 문제를 무시해버릴 수 없다는 데 있었다. 이론적으로는 가능할지 몰라도 현실적으로는 불가능했다.

이 드라마의 악당이 종업원이라니, 덕분에 한 가지는 확실해졌다. 드디어 비현실성의 늪에서 헤어날 수 있게 됐다는 것이다. 죽은 자의 복수나 유령의 짓이 아니었다. 그 멍청이가 누구든, 어떤 미친 생각으로 그런 짓을 저지르든 피와 살을 가진 사람이라는 것만은 분명해진 것이다.

그래, 이거라도 어디야. 유디트는 그 사기꾼의 세 번째 전화를 받은 현관 복도에서 장고의 발을 닦아 주며 생각했다. 잘 꾸며진, 아늑하고 편안해 보이는 현관이다.

그래, 이거라도 어디야. 유디트는 내일 카페 인트리고에 전화를 걸어 그 종업원의 이름을 알아낼 생각이었다. 그의 생김새도 잘 기억하고 있었다.

왜 내일까지 기다려야 하는지, 그녀도 그 이유를 설명할 수는 없었다.

그 종업원 또한 카페에 있던 다른 세 남자와 똑같이 마흔 살 언저리로 보였기 때문에?

아니면 나중에 생각난 것이지만 종업원의 얼굴이 어딘지 낯익어 보였기 때문에?

전화를 받은 사람은 젊은 여자였다.

그녀는 실례인 줄 알지만 좀 엉뚱한 부탁을 하겠다고 말하고, 그곳 카페 인트리고에서 일하는 종업원의 연락처를 알 수 있는지 물었다. 며칠 전 그곳에 갔을 때 문제가 좀 있었는데 그 종업원이 잘 도와주어서 직접 고맙다는 말을 전하고 싶다고 했다.

정확히는 수요일 오후 3시경이었고, 머리색은 어둡고 짧은 머리였으며 40세 정도의 남자인데 공손하고 싹싹했다, 그리고 이미 말했듯 친절했다고 했다.

젊은 여자는 잠시 망설였으나 서류철에서 당직표를 확인해야 하니 잠시 기다려달라고 했다. 그리고 30초쯤 후 다시 수화기를 들었다.

"먼저 전화 거신 분의 성함을 말씀해 주세요."

"네, 유디트 심머링이에요."

유디트는 이런 질문이 있을 줄 알고 미리 생각해둔 처녀적 이름을 댔다.

"지금 말씀하신 직원은 톰 벤들러일 거예요. 수요일 그 시간대에 당직이었거든요."

벤들러. 유디트는 전화를 끊어버리고 싶은 충동을 느꼈으나 참았다.

"그 직원에게 연락할 방법이 있을까요? 아니면 다음번 당직이 언제인지 알 수 있을까요?"

"이제는 저희 직원이 아니에요. 금요일이 마지막 근무였거든요."

"금요일이 마지막 근무였다고요? 왜… 카페 인트리고를 그만둔 거죠?"

"원래 한 달간만 일하기로 하고 들어왔거든요. 정직원 대신이었는데 그 직원이 복귀했어요."

"연락할 수 있는 전화번호나 주소가 있나요?"

"주소밖에 없네요. 아르마스텐 가 25B예요. 그런데 이제 그만 일을 해야 해서요. 꼭 연락되시길 빌어요."

"고마워요, 큰 도움이 됐어요."

"당연히 도와드려야죠. 저희 카페에 또 방문해 주세요."

사립 탐정을 고용해야겠다는 생각이 들었을 때 그녀는 그렇게 생각한 사실에 조금 놀랍기도 했고, 너무 당연하게 느껴지기도 했다. 사실 이런… 이럴 때 뭐라고 하더라? 현 상황으로 볼 때 지극히 필요한 조치였다. 경찰의 도움을 바랄 수도 없고, 로버트에게도 당분간은 비밀로 해야 하고, 마리아 로젠버그는 고려의 대상이 되지 않았다. 72세의 심리상담사가 탐정노릇을 할 수는 없지 않겠는가. 더구나 그녀가 직접 아르마스텐 가에 가서 뭔가 시도한다는 건 더더욱 내키지 않았다.

아니면 모든 걸 잊고 이 싸움을 거부한다?

아니, 그건 아니지. 게임을 하려면 게임 규칙에 불만을 가져서는 안 되는 법. 카페 인트리고에 갔다는 건 그녀가 이미 도전을 받아들였다는 뜻이다. 문제는 어떤 도전이냐 하는 것이겠지만.

어쨌든 이제 그녀가 움직일 차례가 온 것만은 확실했다. 일이 벌어진 후 이제까지 두 달간 룰을 정하고 상황을 좌지우지한 사람은 그 사기꾼이었다. 반면 그녀는 항상 상황에 쫓기는 입장이었다. 이제는 그것을 변화시킬 때가 왔다. 이제는 때가 됐다.

회의가 밀려와 의심에 사로잡히기 전에 그녀는 바로 행동을 취했다. 전화번호부를 꺼내 탐정사무소를 찾으니 여덟 개의 회사가 나왔다. 그녀는 딱히 이유 없이 7번을 택했다. 어쩌면 그냥 이름이 마음에 들어서였을 수도 있다. 그녀의 첫 번째 남자친구 이름도 헤르베르트였다.

"헤르베르트 크놀. 사립 탐정. 비밀보장. 마르담 500221."

그녀는 전화를 걸었다. 일요일 오전인데도 누군가 전화를 받았다. 그녀 또래로 짐작되는 남자 목소리다. 그는 약간 피곤하고 경황 없는 듯했지만 어떤 사안인지 들어보겠다며 5분 내로 요약해서 얘기하면 도움을 줄 수 있는지 없는지 결정하겠다고 했다.

그녀는 상황을 설명했다. 5분 조금 더 걸리긴 했지만 말하는 도중 짤막한 질문을 한 것으로 보아 그는 호기심이 발동한 듯했다. 그 호기심은 점점 커져서 그녀가 아침에 인트리고의 여직원과 통화한 이야기를 하고 말을 끝맺자 해 볼 만하겠다고 입장을 밝혔다. 빨리 시작하는 게 좋겠다는 그의 제안에 그들은 다음 날 그의 사무실에서 만나기로 약속을 잡았다.

"오전 11시에 뤼더 스테흐 6번지 괜찮으신지?"

유디트 벤들러는 아주 괜찮다고 답했다.

전화를 끊고 나니 미루고 미루던 치과 예약을 마친 것 같은 기분이 들었다. 그 후 그녀는 네 시간 동안이나 에라스무스 로테르담에 몰두할 수 있었다.

로버트에게 공항으로 마중 나가겠다는 말은 하지 않았지만 그녀는 공항에 나가기로 했다. 톰과 관련해 최근 일어난 일들에 대해 말하지 않기로 한 것에 대한 보상 차원에서 그에게 애정의 표시를 해야 한다고 느낀 것이다.

그가 이 제스처의 의미를 해석하거나 이해하지 못할 테니 웬 괴짜 이론이냐고 할 수도 있겠지만 그녀는 거기까지 신경 쓰고 싶지 않았다. 마리아 로젠버그가 언젠가 말하길, 부부관계란 수평 저울과 같아서 당장 알아주지 않고 보상받지 못한다 해도 그 저울 위에 덕을 쌓으면 절대 손해 볼 일은 없다고 하지 않았는가.

그녀가 입국장에 서서 그런 생각을 하고 있을 때 로버트가 나타났다. 남편을 보자마자 모든 생각이 싹 달아났다.

그는 너무나 초라해보였다. 그새 몸무게가 10킬로그램은 빠진 듯했고, 키도 적잖이 줄어든 것 같았다. 그가 비행기 여행을 좋아하지 않는다는 것은 그녀도 잘 알았다. 물론 땅에서보다 하늘 위에서 보내는 시간이 더 많은 것 같다는 생각이 들 때도 있지만. 아마 산소 공급이 원활하지 않은 것과 기내의 건조한 공기 때문인 것 같은데, 그 문제는 시간이 지나도 전혀 개선되지 않았다.

그 일요일 오후, 그녀가 공항에서 본 남편은 좀 낯설게 보였다. 남의 옷을 빌려 입은 듯 헐렁한 양복 속에 쪼그라든 남자, 분명 그의 남편이 분명한 그 남자는 앞으로 살날이 많이 남지 않은 게 분명했다.

그는 병에 대해 자세히 언급하기를 원치 않았고, 그녀도 그의 바람대로 군이 알려고 하지 않았지만 그럼에도 불구하고 그의 병은 그들 삶의 일정 부분을 차지하고 있었다. 말은 하지 않지만 보이지 않게 존재하는 어떤 것, 이렇게 그녀는 종종 생각했다. 그녀는 마리아 로젠버그와 그런 로버트의 태도에 대해 여러 번 이야기했고, 문제가 있지 않은지 상의했었다. 그러나 당사자는 로버트이므로 병에 대한 처신에 있어서도 그에게 일종의 권리가 있다.

그런데 이제 그는 병자를 넘어 죽어가는 사람이었다.

항상 하듯 그녀에게 가벼운 입맞춤을 하는 그의 숨결에

서 그녀는 그것을 분명하게 느낄 수 있었다.

집으로 가는 차 안에서 그것은 더욱 분명해졌다.

"당신한테 할 말이 있어."

그가 운을 뗐다.

"제네바에 영화 프로젝트 같은 건 없었어. 아니, 어딘가에선 프로젝트가 진행 중이겠지. 내가 참여하는 건 아니지만. 사실 전문가를 찾아갔었어."

"전문가요?"

"전문의. 그 병원에 나흘 동안 입원해 있으면서 검사를 받았어. 조직검사를 한 천 번은 한 것 같아. 그리고 결과적으로…, 최종 진단이 나왔어."

그녀는 아무 대꾸도 하지 않았다. 알아요, 그녀는 속으로 생각했다. 난 알고 있었어요.

"6개월이래. 길어봐야 1년. 고통을 연장할 순 있다지만 그럴 생각은 없어."

그는 그렇게 말하고 그녀의 왼쪽 무릎에 손을 얹었다.

"미안해, 유디트. 내가 먼저 갈 것 같아."

"로버트, 무슨 말을 해야 할지 모르겠어요. 미안해요."

그녀는 흐느끼며 그의 손을 어루만졌다.

"아무 말도 할 필요 없어. 어쨌든 크리스마스와 새해는 잘 보낼 수 있을 거야. 셸란 박사 말로 이삼 개월 정도는 고통 없이… 비교적 고통 없이… 지낼 수 있을 거래. 그다음엔……."

"그다음엔?"

"나빠지겠지. 에라스무스는 잘 돼가? 어서 당신 원고 읽어보고 싶네. 토론도 하고."

로버트는 그런 사람이었다. 목전에 다가온 자신의 죽음에 대해서는 3분간 얘기하고 600쪽짜리 원고에 대해서는 하루 종일, 아니 밤새도록 토론을 하고 싶어 하는 사람이 바로 로버트다. 그녀는 그의 그런 면에 깊은 고마움을 느꼈다.

그러나 그는 톰에 대해서도 말할 준비가 되어 있을까?

좋은 질문이군.

유디트 벤들러는 홀테나르에서 고속도로를 나가며 생각했다. 현 상황으로 볼 때 그 얘기는 며칠 미루는 게 좋겠어.

크놀의 탐정사무소는 네 평 남짓 되는 크기였다.

책상과 회전의자, 서류 캐비닛, 손님용 소파. 그게 전부
였다. 그밖엔 책상 오른쪽에 졸업증서도 두 개 있었다. 읽
기 힘들게 휘갈겨 쓴 글씨이고 먼지투성이였지만. 벽돌담
을 향해 난 작고 지저분한 창문으로는 미약하나마 탁한 빛
이 들어왔다.

그의 나이는 상상한 대로 그녀 또래였고, 몸무게는 그녀
의 두 배 정도 될 것 같았다. 연한 갈색 렌즈가 든 안경은
이마 위로 밀어 올렸고, 코는 살집이 많은 복코에 머리는
깨끗하게 밀어올린 대머리인 반면, 뺨과 턱은 면도를 하지
않아 까칠했다.

"크놀 박사의 싱크탱크에 오신 걸 환영합니다."

그가 입을 열었다.

"공간이 누추하다고 해서 혹시 오해하실까 봐 말씀드리는 건데, 제가 사건을 해결하는 확률은 90퍼센트 이상입니다. 90퍼센트면 이 도시의 다른 탐정들보다 높은 겁니다. 훨씬 높다고 장담합니다. 자, 앉으시죠."

유디트는 간소한 일인용 가죽 소파에 앉았다. 박사? 문득 로버트의 영화에서 본 한 장면이 떠올랐다. 마치 진짜 사립 탐정이 아니라 유명한 영화배우를 마주하고 있는 기분이었다.

뭐, 상관없지. 그녀는 속으로 생각했다. 로버트가 항상 주장하는 대로 영화는 응축된 현실일 뿐 그 이상도 이하도 아니니까.

"자, 제가 중요한 세부사항을 놓치지 않도록 처음부터 한번 죽 얘기해 보실까요?"

헤르베르트 크놀은 수첩의 새 장을 펴더니 볼펜을 몇 번 딸깍거렸다. 그리고 눈을 가늘게 뜨며 말했다.

"디테일은 하나도 빠트리지 말고 쓸데없는 것이라도 다 말씀해 주십시오."

그녀는 세 번 전화가 걸려 온 일, 카페 인트리고에 간 일, 카페에 있던 세 남자, 그리고 종업원에 대해 이야기했다.

그리고 카페에 알아보니 그가 더 이상 그곳에서 일하지 않는다는 것, 그가 자신을 톰 벤들러라고 사칭한 것, 주소지가 아르마스텐 가 25B라는 것도 말했다.

또 사건의 배경에 대해서도 말했다. 1973년 7월 톰이 실종됐을 당시의 일, 물론 세세한 이야기는 하지 않았다. 그 이야기는 그 누구에게도 하지 않았다. 공식적인 버전, 당시 경찰수사의 토대가 된 버전만을 이야기했다. 하도 반복해서 아직도 줄줄 외울 수 있었다.

"좋습니다."

그녀의 말이 끝나자 헤르베르트 크놀은 일련의 질문에 답해 주기를 청했다. 그리고 사기꾼의 자세한 인상착의가 어땠는지, 실종 당시 톰의 인상착의가 어땠는지, 그녀의 생각에 따르면 사기꾼의 목적이 무엇인지, 남편은 이 일에 대해 뭐라고 하는지, 조사자가 중요한 단서를 포착했을 때 사기꾼을 어떻게 하기를 바라는지(그저 감시만 하기를 바라는지 아니면 다른 조치를 염두에 두고 있는지), 보고는 어떻게 이뤄져야 할지, 조사 착수금을 바로 낼 수 있는지, 이후 예기치 못한 상황이나 애로사항이 있을 경우 정해진 조건에 따라 수고비가 청구될 수 있다는 것까지.

유디트는 질문에 성심껏 답했다. 그리고 보고는 새로운 정보가 있을 때마다 받고 싶다, 매일도 괜찮다, 착수금은 사흘치 수고비를 낼 의향이 있음을 밝혔다.

헤르베르트 크놀은 책상 위로 손을 내밀며 일의 진행 상황과 상관없이 24시간 내에 전화하겠다고 말했다.

"그 사람이 누구인가, 그게 가장 중요해요. 그리고 무슨 꿍꿍이로 그러는지."

"알겠습니다. 걱정 마시고 저만 믿으십시오."

헤르베르트 크놀의 말을 끝으로 그들은 헤어졌다.

홀테나르로 돌아가는 기차 안에서 그녀는 예상치 않게 울음을 터뜨렸다. 마리아 로젠버그라면 전혀 이상하게 생각하지 않았을지 모르지만 그녀 자신에게는 너무 뜻밖이었다. 그녀는 잘 울지 않는 사람이다. 마지막으로 운 게 언제인지도 가물가물했다. 아마 두 번째로 정신병원에 입원했을 때일 것이다. 물론 그녀는 자신이 처한 심리적 위기와 울음 사이에 어떤 연관이 있다고 생각하지 않았다.

그런데 왜 그녀는 기차에 앉아서 혼자 울고 있는 걸까? 다행히 이른 오후 시간이라 기차 안에는 사람이 거의 없었다. 그래서 그녀는 운다는 사실을 숨기려고도 하지 않았다. 울고 나니 홀가분했다. 팽팽하고 단단하게 뭉쳐 있던 어떤 것이 스르르 풀리는 느낌이었다. 이래서 사람들이 우는구나 싶었다. 이래서 눈물에 굴복하는구나.

사립 탐정에 대해서는 평가를 내리기 힘들었다. 어쩌면 대단한 성과를 내지 못할지도 모른다. 그러나 적어도 가짜 톰을 찾아내 이런 저런 사실을 알아내는 것 정도는 해 줄 것이다. 어쩌면 그의 진짜 정체를 밝혀낼 수 있을지도 모른다. 그렇게 된다면 문제는 빠르게 해결되지 않겠는가. 혹은 반대일까?

그녀의 울음은 헤르베르트 크놀이나 사기꾼과는 관계가 없었다. 그녀는 이 응어리의 정체가 바로 로버트임을 깨달았다. 그녀는 그와 현기증 날 정도로 오랜 세월을 함께했다. 그의 아이를 낳지도 않았고 더 이상 살가운 관계도 아니다. 성생활도 폐경과 함께 잦아들었지만 그도, 그녀도 특별히 불만을 갖지는 않았다. 가끔은 맘이 잘 맞는 친절한 사촌오빠와 한 지붕 아래 사는 것 같았고, 이런 관계도 나쁘지 않다고 생각했다. 그들은 싸우는 일이 없었고, 서로의 신경을 건드리지도 않았다. 언제나 자상함과 배려로 서로를 대했다. 그리고 어두운 비밀을 공유하는 사이였다.

그러게 말이야, 그녀는 '어두운 비밀'이라는 말을 곱씹으며 조용히 자문했다. 과연 이 사기꾼, 느닷없이 나타난 훼방꾼, 가짜 톰. 이름을 뭐라고 붙이든 그 존재를 둘러싼 최근의 일들을 그에게 침묵해도 될까? 어찌 됐든 그가 알아야 하지 않을까? 아니면 말하지 않는 게 그를 위한 일일까?

기차가 홀테나르에 도착했을 때 그녀는 아직도 결정을 내리지 못한 상태였다. 그녀는 눈물을 닦고 코를 푼 다음 기차에서 내렸다.

결정적 추를 놓은 것은 샴페인 한 잔이었다. 한두 잔은 아니었던 것 같고, 아마 석 잔째였을 것이다. 로버트는 오후 내내 와인 창고를 뒤졌다. 그리고 자신이 벌레들과 함께 땅속에 누워 있을 때, 아니면 구름 위에서 하프를 타며 떠다니고 있을 때 아내 혼자 마시게 돼서는 안 될 것 같은 병 몇 개를 찾아냈다.

저녁에는 촛불 아래서 갑각류 요리와 샴페인으로 식사를 했다. 그저 잔뜩 흐린 11월의 평범한 월요일이었는데도 말이다. 로버트는 간경변으로 곧 죽을 사람인데 이런 것도 못하면 되겠냐며 상관없다고 했다.

그리고 일생의 중요한 날을 앞두고 모든 영화작업을 중단하기로 했다고 밝혔다. 예외 없이 모두 취소했으며, 3개월이 됐든 10개월이 됐든 집에서 조용히 여생을 보낼 생각이라고 했다. 가능한 한 책을 읽고 음악을 듣고 와인을 마시겠노라고, 그리고 착하고 아름답고 똑똑한 아내 곁에 머물겠노라고. 무엇보다 그녀의 방대한 원고를 집중해서 읽어보고 싶다고 했다. 설마 인생의 무대에서 퇴장을 앞둔 그에게 그 단순하고도 심오한 즐거움을 금지시킬 생각은 아니길 바란다고도 덧붙였다.

물론 그녀도 그럴 생각은 없었다.

게는 맛있었다. 가재도 기가 막혔다.

그녀는 자신의 주량이 샴페인 두 잔이라는 것을 알고 있었다. 멀쩡한 정신을 유지하려면 거기서 더 마시면 안 된다는 것도 알았다. 그러나 왜 멀쩡한 정신이어야 한단 말인가? 로버트가 얼음 통에서 샴페인 병을 꺼내 그녀 앞에 내밀었을 때 그녀는 고개를 끄덕였다. 난 평생 너무 고분고분하게 살았어.

그렇게 해서 그 얘기가 나온 것이다. 반쯤 잔이 비었을 때 로버트가 제네바에 있는 동안 별 일 없었는지 물었고, 그녀는 일이 어떻게 됐는지 털어놓았다.

아주 자세히 털어놓았다. 사립 탐정 크놀 얘기만 빼고.

"아니, 그걸 왜 이제야 얘기해?"

로버트가 버럭 화를 냈다.

"진즉 얘기했어야지!"

"당신이 곧 죽는다는 소식을 가지고 돌아왔잖아요. 그러니까 지금 얘기하는 거 아니에요?"

"그게 무슨 말도 안 되는 소리야?"

"당신은 내가 상상한 거라고 생각했잖아요. 그 첫 번째 통화도 내가 꿈꾼 거라고……. 아유, 나도 몰라요. 9월에 당신은 출장 중이었고, 이번 주에도 집에 없었잖아요. 어쨌든 내가 착각하거나 상상해 낸 게 아니라는 건 확실해요. 무슨 꿍꿍이속으로 그러는지는 모르겠지만 누군가 톰 행세를 하고 있다고요."

로버트는 이마를 찌푸리더니 남은 술을 단번에 들이켰다. 그리고 탁자에서 일어나 긴 창문 앞으로 갔다. 그리고 그녀에게 등을 돌린 채로 주먹을 꽉 움켜쥐었다. 그의 머릿속에도 최근 그녀를 밤낮으로 괴롭힌 절망적 생각들이

스쳐가는 것이리라.

그녀는 그런 그를 내버려 두었다. 그리고 그가 탁자로 돌아와 앞으로의 계획을 말해 주기를 기다렸다. 그러나 자리로 돌아온 그가 한 말은 다음과 같았다.

"젠장, 두 번째 병도 따야겠군."

그녀는 고개를 끄덕였다. 석 잔을 마셨으니 다섯 잔이든 여섯 잔이든 상관없었다.

"그 자가 무슨 꿍꿍이로 그러는지 정말 모르겠어?"

어느 정도 시간이 지났다. 그들은 벽난로 앞 소파로 자리를 옮겼고, 로버트가 벽난로에 불을 지폈다. 그녀는 태어나서 처음으로 그렇게 취해보는 것 같았다. 그러나 뭐어떠랴. 남편과 함께 집에 앉아 있고, 남편은 내년 안으로 죽을 사람인데. 에라스무스 로테르담도 대충 끝났으니 취한다 한들 문제될 게 뭐 있겠는가?

"뭐라고…, 뭐라고 했어요?"

"그자의 꿍꿍이가 뭔지 정말 모르겠느냐고 물었어."

"아, 그거요? 모르겠어요……. 생각은 해 봤는데…….."

"유산."

"무슨 유산?"

그렇게 말한 순간 그녀는 자신이 얼마나 바보인지 깨달았다. 로버트는 걱정스러운 표정으로 그녀를 보며 머리를 절레절레 흔들었다. 빌어먹을 샴페인, 그녀는 생각했다. 앉아 있는데도 세상이 빙글빙글 돌잖아.

어지러워… 패닉에 사로잡힌 건가?

어쨌든 뭔가 어둡고 불길한 것이 그녀에게 발톱을 박아 넣은 느낌이었다. 빌어먹을.

"내가 죽은 뒤 유산을 차지하려는 거라고."

로버트가 설명했다.

"내가 가서 커피 좀 끓여 올게. 내가 보기엔 당신 좀……."

"고마워요. 그러는 게 좋겠어요."

로버트가 부엌으로 간 뒤 그녀는 차츰 밝아오기 시작한 창밖을 내다보았다. 유산이라고? 그녀는 주먹을 꽉 움켜쥐며 말벌 떼처럼 날뛰는 생각을 진정시키려 애썼다. 집? 집. 통장에 얼마나 들어 있는지는 모르지만 돈은 모두 부부 공동의 소유로 돼 있다. 아마 가장 값나가는 재산은 이 집, 그들이 9년째 살고 있고 그녀가 목숨처럼 소중히 여기는 이 아름다운 집일 것이다. 살 때도 백만 정도가 들었고, 지금은 잘은 몰라도 두세 배는 훌쩍 뛰었을 것이다. 대출금도 다 갚았는데……. 그녀는 이 집에 들어오는 순간부터 이곳에서 여생을 보내리라 마음먹었다. 그런데…, 그런데 이제 와서? 빌어먹을! 그녀의 취한 머릿속에서는 저주의 말들이 춤을 추었다. 그 사기꾼이, 전화질을 해대는 그 종업원이 로버트 사후에 재산 절반을 탐내고 있다는 말인가? 그게 그의 계획이었단 말인가? 그걸 노렸다고?

하지만…, 하지만 그는 톰이 아니다. 어떻게 그런 가증스러운 술수가 통할 거라고 생각하지? 정말 같잖아서……. 아니, 같잖지 않다.

로버트가 커피포트와 잔이 담긴 쟁반을 들고 덜그럭 소리를 내며 돌아왔다.

"어림없는 소리 말라고 해요."

그녀가 말했다.

"그 사기꾼에게 당신 유산이 돌아갈 일은 없어요. 톰은 죽었어요. 당신도 알잖아요?"

로버트는 작은 유리 탁자에 힘겹게 쟁반을 내려놓은 뒤 소파에 털썩 주저앉았다. 무척 피곤하고 힘들어 보였다. 그리고 아까 공항에서 본 것처럼 위축돼 보였다. 마치 점점 쪼그라들어서 생명이 그 육신을 떠나버릴 것처럼.

요상한 상상이었다. 역시 빌어먹을 샴페인이 문제였다.

"톰이 죽었다는 거, 우리 둘 다 알고 있잖아요."

그가 아무 말이 없자 그녀가 반복했다.

"우리가 죽였으니까 잘 알잖아요."

그는 고개를 끄덕이며 깊은 한숨을 쉬었다.

"그런데 그게 문제가 좀 있어."

II
1973, 아를라흐

천둥번개가 친다.

그녀는 거실 창문을 통해 뒤숭숭한 하늘을 바라본다. 그리고 어쩌면 저렇게 내 마음 같을까 생각한다. 밤 11시 15분, 아무도 돌아오지 않았다.

로버트도 아직이고, 톰도 오지 않았다. 톰은 지난 이삼 일간 집에서 잠을 자지 않았다. 시간 개념이 없어져서 이틀인지 사흘인지 정확하지 않다. 그러나 낮에는 잠깐씩 들어왔고, 경찰이 두 번이나 그를 찾으러 왔다. 로버트는 두 시간 전에 전화를 해서 톰과 연락이 됐다며 곧 집에 도착할 예정이라고 했다.

도착할 예정? 마치 기차나 비행기가 연착하듯이. 로버트는 징엔 근처 호수에서 영화 촬영 중이고, 원래 10시에 온다고 했다. 늦어도 10시 반에는 집에 도착할 거라고. 그러니까 45분 연착인 셈이다. 놀랄 일은 아니다.

도망쳐야 할까? 생각이 그녀의 뇌리를 스친다. 이삼 주 전부터, 아니 어쩌면 더 오래전부터 머릿속에 맴도는 생각이었다. 이 상황은 하루아침의 일이 아니다. 이미 몇 년 전부터 시작됐고, 천천히 집요하게 그녀를 갉아먹고 있었다. 하루에 3시간 쪽잠을 자면 다행일 정도였다.

난 서른일곱 살인데 쉰일곱처럼 느껴져. 그녀는 생각한다. 톰을 죽이고도 무사히 법망을 빠져나갈 수만 있다면 죽이고 싶다.

이 생각도 갑작스런 것이 아니다. 내가 낳은 자식이었더라도 이렇게 생각했을까? 이런 생각도 했다. 좋은 질문이다. 그녀가 대답을 내놓기 전 다시 번개가 치며 주위가 대낮처럼 훤해진다. 곧이어 천둥이 치며 집을 뒤흔든다. 그녀는 부엌으로 가서 와인 한 잔을 따른다. 그리고 한 모금 마신 후 다시 불만과 원망의 말들을 되뇌기 시작한다.

톰은 저질인 데다 악질 멍청이다.

그는 2주 후에 법정에 서야 한다.

그는 내 아들이 아니다. 마약을 하고 범죄를 저지르며 우리를 죽도록 괴롭힌다.

나는 아이를 갖지 못한다.

우리의 결혼생활은 파탄날 것이다.

이미 파탄나고 있는 중이다.

톰만 아니라면 모든 게 잘 될 텐데.

내가 뭘 잘못했다고 이렇게 살아야 하지? 로버트도 마찬가지다.

와인 맛이 시큼하다. 그녀는 와인을 개수대에 부어버리고 진토닉을 새로 탄다. 조심스럽게 맛을 보니 레몬 한 조각이 부족하다. 그녀는 과일바구니에서 마지막 남은 레몬을 찾아내 식기세척기에 들어 있지 않은 유일한 칼, 큰 고기용 칼로 레몬을 썬다. 그리고 레몬을 넣어 다시 맛을 본다. 그와 동시에 현관문이 열리고 누군가 비틀거리며 복도로 들어오는 소리가 들린다. 문이 쾅 닫히더니 신발 벗는 소리, 낄낄거리는 소리가 들린다. 그리고 딸꾹질 소리.

톰이다. 그녀는 시간을 확인한다.

12시 20분 전. 저 애의 아버지는 집에서 아들을 맞이하지 않고 어디 있는 거지? 그녀는 생각한다. 왜 내가 저 꼴도 보기 싫은 인간을, 술 취한 천둥벌거숭이를 마주해야 하는 거지?

그가 부엌으로 들어온다.

"안녕, 유디트!"

그는 한 번도 그녀를 '엄마' 혹은 '어머니'라고 불러 본 적이 없다. 그는 짧게 코를 훌쩍인다. 눈빛이 이상하다. 마약을 했군, 그녀는 속으로 생각한다. 그는 분명 마약에 취해 있다. 훔친 돈으로 암거래상에게 싸구려 마약을 샀겠지. 그런데 저 눈빛은……? 대체 왜 저러는 거지?

다음 순간 그녀는 그 눈빛의 정체가 뭔지 깨닫는다.

"옷 예쁘네. 치마도 짧고. 속에 팬티는… 안 입었나?"

유디트는 깜짝 놀라 손에 들고 있던 잔을 떨어뜨린다. 유리잔은 어떤 이유에선지 깨지지 않았고, 그녀는 당황해서 원피스 치마를 끌어내린다. 이제 허벅지의 반은 가리는 길이이다.

제발 그것만은 안 돼. 제발 그것만은! 그녀는 속으로 절규한다.

"톰, 네 방에 가서 자."

그는 히죽거리며 그녀에게 다가온다. 손을 앞으로 내민 채, 번들거리는 눈동자에는 기묘한 빛을 띤 채. 머리카락이 이마에 들러붙어 있다. 그는 나보다 강하다, 라고 그녀는 속으로 생각한다. 20킬로그램은 더 나갈 것이고, 힘도 두 배는 셀 테고……

"유디트, 돌아서서 팬티 내려… 팬티 입었다면 말이야. 이제 우리도 한번 할 때가 됐잖아!"

그녀는 그를 지나쳐 나가려 한다. 그러나 그가 그녀를 거칠게 낚아채 조리대 위로 내동댕이친다. 그 바람에 그녀의 허벅지가 상판 모서리에 세게 부딪친다. 그는 뒤에서 그녀를 세게 누르며 잠시 그대로 서 있다. 그러더니 그녀의 치마를 올리고 얇은 속옷을 찢어버린 후 한 손을 그녀의 가랑이 사이로 넣는다. 그녀는 저항하려 하지만 그는 그녀의 머리채를 잡아 얼굴을 과일바구니에 처박는다. 조금 전 레몬을 꺼낸 그 바구니다. 그는 단단해진 성기를 꺼내 그녀의 다리 사이로 집어넣으려 한다. 그녀는 다리에 힘을 준 채 소리를 지르려 한다. 그러나 소리가 나오지 않는다. 그가 강한 팔꿈치로 그녀의 뒷목을 짓쳐 눌렀기 때문이다. 과일바구니 속에 얼굴이 처박힌 그녀는 순간 숨이 쉬어지지 않는다. 내 몸 안으로 들어가게 해선 안 돼, 그녀는 생각한다. 안 돼. 무슨 짓을 하건 상관없지만 그것만은……. 그러다 고기 써는 칼이 그녀의 눈에 들어온다. 아까 레몬을 썰고 도마 위에 그대로 두었던 칼. 오른쪽 50센티미터 정도 거리. 그녀는 재빨리 칼을 집어 휘두른다. 막무가내로 휘두른다. 뒤로 비스듬하게 나아간 칼은 알 수 없는 힘의 도움으로 목표물을 찾는다.

칼은 목표물을 찾았고, 그녀도 그것을 느낄 수 있다. 커다란 칼이 부드러운 살 속으로 파고들었다. 그의 신음 소리가 들리고, 위에서 찍어 누르는 그의 힘이 약해진다. 곧 완전히 힘이 빠지고, 그는 다시 신음을 토하며 '꽈당' 바닥에 쓰러진다. 그 바람에 진토닉 잔이 데구르르 구른다. 얇게 썬 레몬 조각이 여전히 컵에 끼워진 채로. 그녀는 뒤돌아서 치마를 내린다. 바로 그때, 두 번째로 현관문이 열리고 닫히는 소리가 난다.

3초 후, 로버트가 거실에 서 있다. 그가 뭐라고 말을 하기도 전에, 어떤 행동을 하기도 전에 다시 번개가 치더니 곧바로 어마어마한 뇌성이 울리며 집을 뒤흔든다.

세상이 무너진다, 라고 그녀는 생각한다.

"날 강간하려고 했어요."

"말 안 해도 알겠어."

"5분만 일찍 오지 그랬어요!"

"미안해."

날 안아줘야지, 그녀는 생각한다. 그는 그녀를 포옹한다. 그렇게 그들은 한참 동안 서서 아들 톰을 내려다본다. 바지와 속옷을 무릎까지 내린 채 성기를 내놓고 누워 있는 성폭행범 톰을. 성기는 이제 축 늘어져 있다. 칼은 옆구리 갈비뼈 바로 밑에 꽂혀 있다. 가느다란 핏줄기가 부엌 타일의 홈을 따라 흐른다. 그는 턱을 늘어뜨린 채 입을 헤 벌리고 있다. 반쯤 감긴 눈에는 흰자만 보인다.

그러나 가슴팍은 움직이고 있다.

"아직 살아 있어요."

그녀가 말한다.

"하지만 계속 저렇게 놔두면 죽을 거예요."

그는 포옹을 풀고 그녀를 바라본다. 죽어가는 아들 곁으로 달려가지도 않고, 옆구리에 꽂힌 칼을 뽑지도 않는다. 그저 아내를 빤히 응시할 뿐이다. 그녀도 눈 한 번 깜빡이지 않고 그 눈빛을 마주 본다. 그 말없는 대화 속에서 그들의 남은 인생이 결정된다. 그녀도 알고 그도 안다. 두 사람 모두 상대가 안다는 것을 안다. 그렇게 된 거다.

그가 영화사의 승합차를 타고 온 것은 천만다행이었다.

집이 일층인 것도 다행이다. 로버트는 차를 좁은 뒷마당에 바짝 갖다 댄다. 몸뚱어리를 침대시트 네 개로 돌돌 말아 밖으로 꺼낸 뒤 차 뒷문으로 집어넣는 데는 몇 분 걸리지 않았다. 이미 자정이 지난 시간이어서 불이 켜진 창문도 없고, 천둥번개는 계속된다.

"시트 걷어 내고 숲속에 두고 와요. 기다릴게요."

그는 고개를 끄덕인다. 그가 차 문을 닫기 전 그녀는 톰의 가슴이 위아래로 움직이는 것을 확인한다. 그러나 아까보다 맥박이 많이 약해져 있다.

오늘밤 우리의 결혼생활을 구하는 거야, 그녀는 생각한다.

그녀는 남편에게 입을 맞춘다.

그도 아내에게 입을 맞춘다. 그리고 차를 몰고 어둠 속으로 떠난다.

시간이 흘렀다. 그녀는 새로 탄 진토닉을 마시며 책상 앞에 앉아 기다린다. 그녀 앞에는 새로 산 전자식 타자기가, 주변에는 낱장의 종이들이 놓여 있다. 창문 앞에는 손

수 만든 책꽂이에 사전 여러 권이 꽂혀 있다.

이 작업은 이제까지 그녀가 해 온 것들 중 가장 중요한 작업이다. 카타리나 디 메디치의 전기. 출판사에서 계약금으로 받은 돈은 꽤 많아서 그녀가 6년간 일한 김나지움을 그만둘 수 있을 정도였다. 그녀는 다시 학교로 돌아가고 싶지 않다. 그리고 그것은 비현실적인 꿈이 아니다. 앞서 출간된 그녀의 책 두 권은 호평을 받았다. 기대만큼 많이 팔리진 않았지만 이번에는 상황이 다르다. 좀 더 이름 있는 출판사와 계약을 했고, 편집자로부터 계속 일거리를 주겠다는 귀띔도 받았다. 그녀의 인생은 원하던 방향으로 접어드는 중이다.

그러나 오늘밤, 그녀는 카타리나 디 메디치에 집중할 수 없다. 남편은 지금 말도 안 되는 임무를 띠고 길을 나섰다. 죽어가는 아들을 숲에 버리러 가다니. 그 전에는 그 아들을 그녀가 칼로 찔렀고, 그 전에는 그 아들이 그녀를 강간하려 했다. 만약 이런 막장드라마가 TV에 나왔다면 그녀는 꺼버렸을 것이다. 혹여나 끄지 않았다면, 그 부모를 이해할 수 있었을까, 아니면 그 아들을 동정했을까?

그것은 물론 연출을 어떻게 하느냐에 따라 달라질 것이

다. 그러나 연출가에게 진실을 말하고 싶은 열정이 있다면, 그리고 그동안 톰이 부모에게 얼마나 패악스러운 짓을 하고 못살게 굴었는지, 톰이 얼마나 이기적이고 오만방자한 무뢰한인지, 그리고 마약중독자이자 범죄자라는 팩트에 충실하다면 분명 모든 인물에게 골고루 공감이 가도록 다룰 것이다.

그녀가 칼을 휘두른 행위는 정당방위이고 다른 방법이 없어서다. 법정에 간다면 무죄가 나올 가능성이 크다. 그러나 톰이 살아나고 말고를 떠나 그런 재판을 견뎌야 할 걸 생각하면…… 여러 사람 앞에 치부를 드러내고 그 모욕과 수치… 아니, 그건 정말이지 상상할 수 없는 일이다. 이것이 바로 몇 시간 전 부엌에서 로버트와 그녀가 서로의 눈빛에서 읽어 낸 진실이다. 그리고 앞으로 그들 사이의 새로운 관계를 쌓는 첫 번째 밑돌이자 그들의 결혼생활을 유지시킬 마지막 방책이다.

4시가 다 되어갈 무렵 그가 돌아오는 소리가 들린다. 그녀는 복도로 나가 그를 맞이한다. 그는 축축하고 더러워진 옷차림으로 들어와 갑자기 울음을 터뜨린다. 어떻게 달래

볼 수도 없게 격하게 운다. 그가 울음을 그치지 않자 그녀는 그를 욕실로 데려가 더러워진 옷을 벗기고 남편을 욕조로 이끈다. 그리고 잠시 후, 그녀 자신도 욕조 안으로 들어간다. 따뜻한 물과 아내에 감싸인 그는 비로소 입을 연다.

"땅에 묻고 왔어."

그가 말한다.

"징엔에 도착해 보니 죽었더라고. 누가 발견하는 건 싫어서."

"징엔이요?"

그녀가 묻는다.

"물론 촬영했던 곳은 아니야. 그 근처에 숲이 많거든. 차 안에 삽이 있었는데 땅 파기가 쉽진 않았어. 게다가 날씨까지 그 모양이라 정말……."

"정말 뭐요?"

"정말 이대로 돌아버리는 거 아닌가 싶었어. 대체 우리가 무슨 짓을 한 거지?"

"톰은 날 강간하려고 했어요."

그녀가 기억을 환기시킨다.

"톰은 우리 인생을 망치려고 했어요, 로버트."

그는 흐느끼며 고개를 주억거린다.

"나도 알아. 자기 인생은 이미 망쳤지."

그들은 그렇게 몇 시간을 욕조에 앉아 보낸다. 그리고 다음 날 아침, 로버트는 조연출에게 전화를 걸어 장염에 걸려 집에서 쉬어야 한다고 말한다.

그들은 하루 종일 부엌을 닦고 차를 청소한다. 그리고 이틀을 더 기다렸다가 경찰에 전화를 걸어 아들이 실종됐다고 알린다. 천둥번개가 치던 밤 매우 흥분한 상태로, 아마도 마약에 취한 상태에서 집을 나갔고, 그 뒤로 아무 소식이 없다고. 그들이 이 버전의 이야기를 택한 것은 그날 밤 11시 반이 조금 넘은 시간, 톰이 집에 들어가는 것을 목격한 이웃이 있을지 몰라서다. 그로부터 45분 후 영화사 FFF의 승합차가 어둠 속으로 사라지는 것을 본 사람이 없다는 전제하에서다.

그 후 몇 달간 경찰은 별다른 성의 없이 집 나간 열일곱 살짜리의 행방을 찾았으나 아무런 흔적도 찾아내지 못했다. 로버트는 그의 여덟 번째 극영화 〈숲속의 여자〉 작업을 끝냈고, 유디트는 카타리나 디 메디치에 대한 책을 완성했다.

III
1995, 마르담

유디트는 말없이 기다렸다.

문제가 있다고 했으니 분명 다음 설명이 이어질 것이었다. '문제'라는 말을 뱉어 놓고 말을 멈추진 않을 것 아닌가?

아무리 로버트라고 해도, 지금 이 상황의 로버트라고 해도 말이다.

그녀는 달콤하고 진한 에스프레소를 한 모금 마신 후 다시 로버트에게 시선을 던졌다. 순간 그가 험프리 보가트를 닮았다는 생각이 들었다. 물론 왜소한 버전으로. 아니, 그보단 설치류 동물에 더 가까웠다. 죽어가는 설치류, 어쩌면 멸종 위기에 처한 희귀종 설치류일지도. 들쥐는 아니다. 그보단 훨씬 귀엽다. 그녀에게 모성애가 있었다면 그를 가엾게 여겼을 텐데 안타까운 일이었다.

"그래서요?"

로버트는 소파에서 등을 떼고 몸을 앞으로 기울이더니 난로에 장작을 던져 넣었다.

"유산에 관한 건데……."

"유산이요?"

"만약 그자가 노리는 게 유산이라면 우리도 그 부분에 대해서 생각을 해둬야 할 것 같아서."

그녀는 생각을 집중했다. 아니, 집중하려 했다. 그러나 샴페인 기포가 여전히 활동 중이었다.

"난 거기까진 생각 못 했는데, 아마 당신 말이 맞겠죠……. 하지만 그렇다고 해도 문제될 건 없지 않아요?"

로버트는 헛기침을 했다.

"그자의 신원이 밝혀지게 되면 그럴 수도 있어. 그자는 처음부터 내… 그러니까 톰이 아니었어."

이해가 가지 않았다. 그녀는 커피를 마저 마셨다.

"무슨 말을 하려는 거예요? 잘 이해가 안 가요."

"난 톰의 아버지가 아니야."

"네?"

"민나는 오랫동안 아이를 가지려고 노력했어. 계속 아이가 생기지 않자 병원에 갔었어. 유디트, 처음부터 말 안

해서 미안해. 난 당신이……."

그녀는 갑자기 현기증을 느꼈다. 마치 회전목마를 탄 듯 눈앞이 어지럽고 속이 뒤집힐 것 같았다. 그녀는 침을 꿀꺽 삼키며 주먹을 꽉 쥐었다. 그러자 조금 진정이 됐다.

"계속 말해 봐요. 하려는 말이 뭐예요, 로버트?"

그는 땅이 꺼질 듯 한숨을 쉬었다.

"난…, 겁이 났어. 그 사실을 말하면 당신이 날 만나 주지 않을 것 같아서. 당신은 어렸고 언젠가 아이를 갖고 싶어 할 것 같았어."

"맞아요, 그럴 생각이었어요."

"우리에겐 톰이 있었고, 민나는 죽었고……."

"그러니까 당신 정자가 무용지물이다, 그 말을 하려는 거예요?"

그는 고개를 끄덕였다.

"정말 미안해……."

5초가량의 침묵이 흘렀다. 마치 5년처럼 느껴지는 시간이었다.

"이제 와서 그 얘기를 하는 이유가 뭐죠?"

"왜냐면… 친자 확인을 하게 되면… 톰이 나와 같은 유전자를 가졌다는 전제하에 할 텐데, 사실 그렇지 않거든. 내 말은 처음부터 그렇지 않았다는 말이야."

"잠깐만요. 생각 좀 하게 가만있어 봐요."

그렇다, 생각을 할 필요가 있었다. 그녀는 소파에 등을 기댄 채 타오르는 불길을 응시했다. 왜 이 모든 일이 한꺼번에 일어나는 거지? 그녀는 생각했다. 도대체 왜?

실제로도 그렇다고 할 수 있었다. 자신이 톰이라며 웬 사기꾼이 달라붙고, 제네바에 갔던 로버트는 곧 죽는다는 소식을 가지고 돌아오더니 톰이 자신의 아들이 아니라고 한다. 그래서 친자 확인은 소용없다고……. 잠깐, 이게 무슨 뜻이지? 여기서 발생하는 최악의 시나리오는? 혹시 이거……?

"그 사실을 아는 사람이 누구예요?"

그녀가 물었다.

그는 어깨를 으쓱했다.

"아무도 몰라."

"그렇다면 모두들 톰이 당신 아들이라고 믿고 있단 거잖아요. 당신의 그 뛰어난 정자가 생산해 낸 아들이라고."

미안해요, 이런 사적인 얘기는 하면 안 되는데. 그녀는 그렇게 생각했지만 입 밖으로 내지 않았다.

"난 친자 관계임을 인정했어."

그가 말했다.

"당신도 2년 뒤에 똑같이 서명했잖아. 그 말은 톰이 우리의 유산 상속인이 됐을 거라는 얘기야."

"만약 살아 있었다면요."

"만약 살아 있었다면."

그녀는 생각에 집중했다. 커피와 샴페인의 싸움이었다. 가까스로 커피가 이겼다.

"그 말은 그 사기꾼이 이 집을 부분적으로 차지하려고 한다면… 그리고 다른 재산도… 절대 친자 확인을 해선 안 된다는 거잖아요. 당신도, 나도 톰에게 아무런 흔적도 남기지 않았으니까요. 내가 잘 이해한 거예요?"

그는 다시 고개를 끄덕였다.

"하지만 그 사실을 아는 사람이 아무도 없다면 문제없는 거 아니에요? 모두들 당신이 톰의 아버지라고 생각하는데. 오히려 친자 확인을 하자고 해야 하는 거 아니에요?"

"그렇게 단순한 문제가 아니야. 기록이 남아 있어."

"기록이요?"

"응, 관청에… 아마 법원일 거야. 내가 톰의 진짜 아버지
가 아니라고 서류에 기록돼 있어."

"거기… 뭐라고 쓰여 있는데요?"

"친부 미상."

"친부 미상?"

"응."

"왜 일을 그렇게 처리했어요? 아는 사람도 없는데?"

"왜냐면… 내가 그렇게 하길 원했어. 민나도 같은 생각
이었고. 바보 같은 짓이었지. 하지만 둘 다 철없는 나이였
으니까."

"멍청한 짓이에요."

"맞아."

"이제 어떤 얼뜨기가 찾아와서 자신이 톰 벤들러라고 주
장해도 할 말이 없다는 거잖아요?"

"적어도 유전자의 관점에서는 그렇겠지."

"그래서 진짜 아버지는 누군데요?"

"나도 몰라."

"모른다고요?"

"민나가 말 안 하려고 했고, 나도 알고 싶지 않았어."

"그럼…, 남긴 유물 같은 것도 없어요?"

"재를 남겼지. 바다에… 37년 전에."

다음 날 장고를 산책시킨 후 그녀는 차 한 잔을 들고 책상 앞에 앉았다. 그리고 관자놀이에 가벼운 맥박이 느껴지는 가운데 머릿속으로 상황을 정리해 보았다.

그리고 로버트가 한 말에 대해서도.

그리고 이것이 그 남자에게… 22년 전 죽은 그들의 아들 톰 벤들러라고 주장하는 그 남자에게 무엇을 의미하는지에 대해서도.

그녀는 심한 압박감을 느꼈다. 솔직히 말하면 공격당한 기분이었다. 지나간 일들과 현재 진행 중인 일들이 모두 자신을 공격해 오는 것만 같았다.

로버트는 자신이 톰의 친부가 아니라는 사실을 왜 한 번도 말하지 않았을까? 그리고 왜 하필 지금 그 이야기를 꺼낸 걸까? 이 사실이 중요해질 수 있다는 생각에…, 중요한 변수가 될 수 있다는 생각에? 그가 죽은 후 심각한 유산 다툼이 일어날 수도 있다는 생각에? 경우에 따라 그 빌어먹을 종업원이 이길 수도 있다는 우려에서? 정신 바짝 차리지 않으면 집을 팔아야 할지도 모른다. 뭔가 수를 내지 않으면 안 된다.

말도 안 돼. 정말이지 이건 말도 안 된다.

아니면…, 아니면 그저 그가 죽어가는 사람이라서? 더 늦기 전에 비밀을 털어놓고 싶은 마음 때문이었을까? 그래서 침묵을 깨기로 결심한 걸까?

그녀는 시간을 확인했다. 9시 15분. 로버트는 아직 일어나지 않았다. 평소의 로버트라면 진즉에 일어났을 것이다. 하지만 어젯밤 술이 과했을 수 있다. 아니면 그가 죽음을 받아들이기로 한 뒤 죽음이 그를 더욱 옭죄는 것인지도 모른다. 살날이 얼마 남지 않았음을 인정한 뒤로 말이다. 그는 어제 사람들에게 전화를 걸어 상황을 설명하는 데 많은 시간을 보냈다. 진행 중인 것이든, 예정된 것이든 즉시 영화계에서 맡고 있던 모든 직책과 작업에서 손을 떼겠다는 것이었다.

그가 이유로 든 것은 '죽음의 대기실'. 그는 이 표현이 마음에 든 듯했다.

"프란츠, 정말 미안하네만, 내가 지금 죽음의 대기실에 앉아 있어. 그래서 이제 그만 모든 걸 놓으려고 하는 거야."

"클라리스, 그거 알아? 죽음의 대기실에 앉아 있다 보니 저절로 우선순위가 바뀌더라고."

그런데 말로 해야 할 이야기는 어젯밤에 다 했지 않은가. 그녀는 생각했다, 더 할 말도 없으니 그냥 자게 내버려두자.

반면 그 사기꾼과는 더 할 말이 있다. 오늘은 화요일이다. 카페 인트리고에 다녀온 후 마지막으로 통화한 게 토요일이었다.

사흘. 그는 별로 서두르는 것 같지는 않다. 그녀로서는 어떻게 하면 상황을 빠르게 발전시킬 수 있을지 알 수 없었다. 그녀가 그러길 원하는 것이라면 말이다.

발전이라니, 뭘 발전시킨단 말인가?

그녀는 한숨을 푹 내쉬며 수화기를 들었다. 그리고 헤르베르트 크놀에게 전화를 걸었다.

그로부터 네 시간 후 그녀는 다시 사립 탐정 사무실에 앉아 있었다. 사무실은 넓어지지 않았고 사립 탐정도 날씬 해지지 않았다. 그러나 그는 기분이 좋아 보였다. 물론 프로답게 인상을 쓰며 그 감정을 감추려 했지만 말이다. 아마도 일이 너무 쉽게 끝나서 고객이 보수를 깎으려 들까 봐 일부러 그러는 것 같았다.

"저희가 아직 세부사항은 많이 수집하지 못했습니다."

그가 보고를 시작했다.

"하지만 대략적인 상은 파악이 됐습니다."

'저희'라니 이건 무슨 뜻일까? 비대해진 자아? 아니면 직원? 한 명? 여러 명? 그녀는 속으로 궁금했지만 물어보지는 않았다. 사실 그런 건 아무래도 좋았다.

"그 사람은 실제로 톰 벤들러라는 이름을 사용하고 있었습니다. 적어도 그렇게 불리고 여권에도 그 이름으로 올라 있습니다. 입국한 지 정확히 두 달 됐고, 10월 1일부터 아르마스텐 가에 있는 원룸 아파트를 빌려 살고 있습니다."

"여권이라고요? 그건 불가능해요."

"위조된 것일 수 있습니다. 아직 거기까진 확인하지 못했습니다."

"네, 이해해요."

말은 그렇게 했지만 실상은 그렇지 않았다. 그녀는 이 모든 상황을 전혀 이해할 수 없었고, 그 모든 것이 한꺼번에 그녀를 덮치는 기분이었다. 헤르베르트 크놀을 고용한 것도 어떤 불편함을 해소하고자 한 것이었는데, 그 불편함이 더욱 첨예해져서 돌아온 것만 같았다.

"카페 인트리고에서 한 달간 일한 것도 맞습니다."

그가 말을 이었다.

"아마 전에도 종업원으로 일한 것 같은데, 카페에서 단기 아르바이트를 찾고 있었습니다. 일하는 태도에 있어서도 나무랄 데가 없고, 그쪽에서 원한다면 다시 고용할 생각이 있다고 하더군요. 물론 손님이 많지 않은 동절기는 제외하고요."

"어디서 종업원으로 일했는데요?"

"여러 곳인데 모두 뉴질랜드입니다."

"뉴질랜드요?"

"네, 거기서 최소 20년 정도는 산 것 같습니다. 하지만 그것도 확인이 필요합니다."

"그걸 다 어떻게 알아냈어요?"

그는 안경을 이마 위로 밀어 올리더니 큼직한 검지를 큼직한 입술 위에 갖다 댔다.

"탐정업계에서는 정보의 출처를 밝히지 않는 게 불문율입니다. 직업의 명예에 관한 거라서요. 하지만 잘 생각해 보시면 알 만한 것들도 있을 겁니다. 이 건의 경우 특별히 꼬인 건 없습니다."

그녀는 그의 조언대로 찬찬히 생각해 보았다.

"카페 인트리고에 물어보셨을 테고, 이웃들? 설마… 감시당하고 있다는 걸 알아챈 건 아니겠죠?"

헤르베르트 크놀은 어깨를 으쓱했다.

"저희도 그러길 바라고 있습니다. 그런데 사람들에게 물어보지 않고 정보를 모은다는 건 거의 불가능하거든요. 이 점은 양해하시리라 믿습니다."

"네, 그렇겠죠. 그런데 왜 만나자는 약속을 하고 모습을 드러내지 않았을까요? 제가 거기 앉아서 한참을 기다렸는데."

"부인 생각은 어떠신데요?"

"모르겠어요. 너무 이상하고 논리적으로도 맞지 않는 것 같아요. 만나자는 건지 말자는 건지……."

"좋은 질문입니다. 당장은 저희가 질문에 답을 드릴 수 없지만 부인이 생각하지 못한 부분이 있긴 합니다."

"어떤 부분이요?"

"부인이 어떻게 생겼는지 그쪽에서 몰랐을 수도 있죠. 이제는 알겠지만요."

"왜 그 사람이……?"

그녀는 말을 잇지 못했다. 머릿속이 혼란스러워 이성적으로 생각할 수가 없고, 크놀이 말한 정보를 소화하는 것도 힘들었다. 그가 정말 톰 벤들러라는 이름을 사용하고, 그 이름으로 여권까지 가지고 있고 뉴질랜드에 살았었다니. 그리고 그녀와 약속을 한 게 단지 그녀를 가까이에서 관찰할 의도였다니, 그 치밀함을 생각하니 덜컥 겁이 났다.

그녀는 그의 연령대가 톰과 얼추 맞아떨어진다는 것을

확인할 수 있었다. 그러나 그가 톰이 아니라는 것을 어떻게 증명할 수 있단 말인가?

"잠깐만요."

그녀가 불쑥 물었다.

"그 여권 어느 나라에서 발급된 거죠?"

"뉴질랜드에서요. 뉴질랜드에 있는 우리 영사관에서 발급한 겁니다……. 아마 웰링턴일 겁니다."

"그렇다면 우리 국적을 가지고 있다는 거잖아요."

"그렇겠죠. 그 여권이 위조된 게 아니라면. 하지만 아까 말씀드렸듯이 이건 확인을 더 해 봐야 하는 문제입니다."

"확인하는 데 얼마나 걸리죠?"

헤르베르트 크놀은 다시금 어깨를 으쓱했다.

"사나흘은 걸릴 겁니다."

그녀는 잠시 침묵하다가 자리에서 일어나 고맙다고 말했다. 그러나 문을 열고 막 밖에 발을 디뎠을 때 질문 하나가 생각났다.

"참, 나와 연락한 일에 대해 뭐라고 하던가요? 자신이 하는 짓거리에 대해 뭐라고 말하던가요?"

헤르베르트 크놀도 자리에서 일어섰다. 벽과 의자와 책

상 사이가 비좁아 일어서는 게 힘겨워 보였다.

"벤들러 부인, 저희가 일을 맡은 지 아직 24시간 정도밖에 지나지 않았습니다. 그 말씀은 그 질문에 대한 답을 듣고 싶다는 겁니까? 정말 저희가 그자를 만나 물어보길 원하십니까?"

그녀는 2초간 생각했다.

"네, 그렇게 해주세요."

특별히 계획한 것도 아닌데 그녀의 발길은 수변지구, 아르마스텐 가로 향했다. 헤르베르트 크놀의 사무실에서 1킬로미터 남짓이니 그리 먼 거리도 아니다. 게다가 비도 오지 않았다. 1년 중 가장 비가 많고 을씨년스러운 11월인데 말이다. 걷다 보니 장고가 옆에 있었으면 했다. 하지만 장고는 정신없고 시끄러운 대도시를 싫어한다. 마지막으로 장고를 데리고 시내에 나온 게 벌써 몇 년 전이다.

장고와 함께할 때 느끼는 고요와 안정감이 오늘따라 간절했다. 생각해 보니 두 번째로 클리닉에 있을 때 애완동물이 있었다. 애완동물이 환자들에게 어떤 영향을 끼치는지 알아보는 일종의 실험이었는데, 그녀가 받아들이기에는 매우 긍정적이었다. 그러고 보니 언젠가 로버트와 함께 본 연극도 비슷한 메시지를 전달하고 있었다. 말의 눈에 대한 연극이었다. 정신이 시끄러울 때, 어둠의 시기에는 동물에게 의식을 집중하는 게 큰 도움이 된다. 물론 동물을 곁에 둘 수 있는 조건이라야 하겠지만. 개, 말, 혹은 당나귀.

내가 당나귀일까? 그녀는 속으로 생각해 보았다. 내가 당나귀처럼 행동하고 있나? 아니, 당나귀라기보다는 혼비백산한 암탉에 가까우리라. 그렇게 자아성찰을 하는 동안 그녀는 어느덧 아르마스텐 가에 이르렀다. 그녀는 번지수를 찾아 건물 외벽을 훑어보았다. 입구 위에 '8A'라고 적혀 있었다. 그렇다면 홀수 번호는 길 반대편이리라. 그녀는 홀수 번호가 커지는 방향으로 걷기 시작했다. 25A와 25B는 6층짜리 임대아파트 건물이었다. 아르마스텐 가의 다른 건물들이 그러하듯 2000년도 초반 혹은 1990년도 말에 지어진 것이리라. 낡고 초라한 적갈색 벽돌 건물에는 그린 지 몇 년은 됐을 법한 그라피티가 휘갈겨져 있었다. 죽가면 흐로터 운하로 이어지고, 서쪽으로는 9월 4일 공원이 있고, 주택가는 거기서 완전히 끝난다. 그다음부터는 공장

지대, 창고 부지가 이어진다. 해가 진 후에는 여자 혼자 돌아다니지 말아야 할 동네다. 하지만 이곳은 그 길이 시작되는 지점이고 몇몇 가게와 우체국, 간이음식점들도 있다. 그리고 늦가을의 어스름이 질 때까지 아직 두 시간은 족히 남았다.

그녀는 25B 건물을 올려다보며 창문 수를 세어 보았다. 모두 스무 개였다. 그런데 어디서 A와 B가 나뉘는지 알 길이 없었다. 어쨌든 저 조용한 직사각형들 중 하나에, 아니면 두 개 뒤에 그가 살고 있단 말이지? 헤르베르트 크놀이 원룸 아파트라고 했으니 아마 하나이리라. 25B 위로는 불 켜진 창문이 하나도 없었다. 하지만 이미 말했듯이, 아직 어느 정도 햇빛이 있으니 전기료를 아끼려고 불을 켜지 않은 것일 수도 있지.

저 문으로 들어가지 못할 이유가 없다고 그녀는 생각했다. 들어가서 벤들러 씨가 어디 사는지 물어보고… 얼굴을 맞대고 따져 묻는 것이다. 왜 굳이 사립 탐정에게 그 일을 맡겨야 한단 말인가? 만약 그가 집에 있다면 1분도 안 걸릴 일인데……. 그가 집에 있을 확률은 가늠하기 어려웠다. 하지만 일하러 갈 직장이 없으니 집에 있을 가능성이 있었다. 아니면 그새 새 일자리를 구했을까? 망설일 이유가 뭐란 말인가? 내친 김에 들어가서 확인해 보면 될 것을.

그러나 이것이 그저 한번 해보는 생각임을 그녀는 잘 알았다. 그런 일을 벌이려면 추진력이 필요한데, 현재 그녀에겐 바로 그 추진력이 부족했다. 아까 그녀의 발걸음을 수변지구로 향하게 한 작은 추진력은 어느새 그녀에게서 쏙 빠져나가 버렸다. 더 의기소침해지기 전에 그녀는 발길을 돌려 왔던 길을 되짚어갔다.

집으로 가자, 그녀는 생각했다. 정원이 있는 집으로, 에라스무스 로테르담에게로, 장고에게로, 편안하고 안락한 집으로.

두 블록을 지나 신호등 앞에서 녹색 불이 켜지길 기다리다가 문득 그런 생각이 들었다. 마음속에서 우러나와 간절히 바라던 것들 속에 로버트도 포함되는가?

이것은 우연일까, 징조일까?

"왜 연락이 안 오는 거야? 한 나흘은 지나지 않았나?"

"사흘 지났어요. 그리고 나도 몰라요. 나라고 그걸 알겠어요?"

그들은 홀테 마켓 모퉁이에 있는 '붉은 루비'라는 레스토랑에 식사를 하러 갔다. 로버트는 반나절을 꼬박 잤다더니, 전날 저녁보다 훨씬 생기 있어 보였다. 그가 그곳으로 식사를 하러 가자고 했고, 그들은 언제나 앉는 자리, 피라네지(18세기 이탈리아의 건축가_역주)의 동판화 밑에 자리를 잡고 앉아 주문한 리조토가 나오길 기다리고 있었다. 하나는 갑각류가 들어간 것, 하나는 버섯이 들어간 것. 간소하지만 편안한 분위기의 이 레스토랑은 그들이 새 집에 이사 들어올 때쯤 문을 열었고, 아마 백 번도 넘게 이곳에서 식사를 했을 것이다.

그녀는 로버트가 떠나도 혼자 이곳에 오게 될지 생각을
해 보았다.

"어쨌든 이상하긴 하잖아. 그런데 혹시 그자가 우릴, 아
니면 당신을 감시하거나 하진 않겠지? 여기 어디 앉아 있
는 건 아니겠지?"

그 말에 그녀는 주위를 둘러보지 않을 수 없었다.

"아뇨, 없어요."

"정말 없어? 어떻게 생겼는데?"

"그냥 평범한 마흔 살짜리처럼 생겼어요."

"머리색은? 어두운색 아니면 금발?"

"딱 중간이에요."

"키는 커? 덩치가 좋아?"

"보통이에요."

"이 얘기 안 하고 싶어?"

"솔직히 말하면 별로예요."

"왜 안 하고 싶은데?"

"모르겠어요. 그냥 이렇게 끝났으면 좋겠어요. 다시 전
화도 안 오고."

"그럴 것 같아?"

"그러면 좋겠다고요."

"아, 알겠다. 내가 톰에 대해 얘기 안 한 것 때문에 화난 거지? 톰이 내 친자식이 아니라는 거…, 원래부터 아니었다는 거."

그녀는 대답 대신 그를 빤히 쳐다보았다. 그는 정말 문세를 언급한 것만으로 문제가 해결됐다고 생각하는 걸까? 이게 그렇게 난리칠 일은 아니라고 생각하는 걸까?

"아뇨."

이윽고 그녀가 말했다.

"모르는 것 같은데요. 내가 보기에 당신은 아무것도 몰라요. 톰은 당신 아이도 아니고 내 아이도 아니에요. 전혀 모르는 두 사람 사이에서 태어난 아이에요. 그리고 죽은 지 20년도 넘었고요. 그런데 지금 어떤 재수 없는 남자가 나타나서 자기가 우리 아들이고 유산상속인이라고 주장하고 있어요. 아마 당신이 어제 말한 대로 내 노년의 평화를 망치려고 작정한 거겠죠. 1년 후에 난 남편도 없고 개도 없고…, 어쩌면 집도 절도 없는 신세가 될 거예요. 그러니 내가 화가 나겠어요, 안 나겠어요?"

"하지만……."

"당신 자식이 아닌 걸 알았다면 난 톰을 절대 입양하지 않았을 거예요. 그냥 그거예요, 단순해요. 이거 하나는 말해둘게요. 물론 그걸 알았더라도 당신과 함께 살긴 했을 거예요."

그는 아무 대답도 하지 않았다. 그녀의 시선을 피해 막 식당에 들어선 젊은 부부와 탁자 끄트머리에 올려 있는 자신의 양손을 번갈아 쳐다볼 뿐이었다. 그런 모습을 보니 갑자기 그가 가엾게 느껴졌다.

"미안해요. 아마 미리 말했더라도 유산 문제가 바뀌진 않겠죠. 내 입장에선 당신이 그런 비밀을 혼자만 알고 있었다는 게 이해할 수 없는 거예요. 당신이 무슨 비밀을 더 숨기고 있는지 알 수 없잖아요."

"난……."

그는 말끝을 흐렸다. 왜 말을 하다 말지? 그녀는 생각했다. 무슨 말을 하려고 했던 걸까?

그는 헛기침을 하며 자세를 고쳐 앉았다.

"오케이."

그가 말했다.

"미안하다고 해야 할 사람은 당신이 아니라 나지. 당신 말대로 그 사기꾼 얘기는 그만하고…, 일단 상황이 어떻게 전개되는지 한번 보자고. 음식 나왔네."

그녀는 고개를 끄덕였다. 그리고 문득 시장기를 느꼈다.

네 번째 전화는 다음 날 9시가 막 지났을 때 왔다. 이번에는 그녀도 마음의 준비가 돼 있었다. 첫 번째 전화벨이 울리자마자 그라는 것을 알 수 있었다. 언제나처럼 '발신자 불명'이었다. 그녀는 심호흡을 한 번 하고, 두 번째 전화벨이 다 울린 후 수화기를 들었다.

"여보세요?"

"유디트 벤들러?"

"네."

"저 톰입니다."

"아니요, 톰이 아니에요."

"톰 맞는데요. 제가 톰이 아니라고 생각하는 근거가 뭐죠?"

"다요. 예를 들면 행동방식."

그는 허스키한 소리로 짧게 웃었다.

"행동방식이라니 무슨 소린지 모르겠네. 난 그냥 우리

어머니… 우리 아버지를… 오랜만에 만나고 싶은 것뿐인데. 당신은 나를 부인하고 사립 탐정까지 붙였지만요. 행동방식을 문제 삼아야 할 사람은 내가 아니라 우리 엄마, 당신 아닌가요?"

'우리 엄마'라는 말에 그녀는 부르르 떨었다. 누가 네 엄마야? 난 네 엄마도 아니고 진짜 톰의 엄마도 아니야. 이미 그때도 아니었다고. 그리고 그 진짜 톰이 하필이면 죽었다고.

"원하는 게 뭐예요?"

그는 잠시 뜸을 들였다.

"내가 원하는 건 당신 아들 톰이라는 걸 증명하는 겁니다. 그래서 말인데 일대일로 만나죠. 이번에는 시중드는 입장 아닙니다."

"좋아요."

그녀가 대답했다.

"어찌 됐건 뜻대로 되진 않을 거예요."

"곧 생각이 바뀔 겁니다."

"헛소리. 언제 어디서 볼까요? 그리고 만남은 이번 한 번뿐이에요."

"그렇게 되진 않을 걸요. 장소는 괜찮다면 다시 인트리고로 하죠. 금요일 오후 3시 어때요?"

사흘이나 기다려? 그녀는 생각했다.

"왜 오늘이나 내일은 안 되죠?"

"저도 할 일이 있으니까요. 뭐 토요일도 괜찮긴 합니다."

"금요일 오후 3시로 하죠."

그녀가 결단을 내렸다.

"인트리고가 집처럼 편한가 봐요? 내가 상관할 바는 아니지만."

그는 다시 허스키한 웃음소리를 냈다.

"좋습니다. 참, 그 기분 나쁜 탐정은 해고하세요. 이건 당신과 내 일이지 다른 사람이 낄 일이 아니잖아요."

"생각해 보죠."

그녀는 그렇게 말하고 전화를 끊었다.

그러나 헤르베르트 크놀은 쉽게 해고당할 기세가 아니었다. 잠시 후 그녀가 전화해서 상황을 설명하자 그는 오히려 그녀를 설득했다.

"벤들러 부인, 잘 생각하셔야 합니다. 상대는 만만히 볼 사람이 아닙니다. 다시 만나게 되면 안전조치를 하고 만나서야 합니다.”

안전조치라…, 유디트는 생각했다. 마리아 로젠버그는 '예방조치'라는 말을 썼었다. 알고 보면 심리상담사와 사립탐정 사이에는 그다지 큰 차이가 없다.

“어떤 조치를 말씀하시는 거죠?”

그녀가 물었다.

“구체적으로.”

“예를 들면 카페에 우리 직원을 한 명 심어두는 거죠.”

그녀는 바로 이해가 가지 않았다.

“왜요?”

“대화를 듣기 위해서죠.”

헤베르트 크뇰이 차분히 설명했다.

“경우에 따라서는 녹음을 할 수도 있고요. 대화를 녹음해두면 대비용으로 쓸모가 있습니다.”

“대비용이요?”

“미래를 대비하는 거죠.”

그녀는 재빨리 생각했다.

“그게 과연 좋은 생각인지 잘 모르겠네요. 그리고 녹음은 내가 직접 하면 돼요. 미안하지만 대화할 때 주변에 스파이가 있는 건 싫어요."

"부인이 결정하실 일입니다."

그가 담담하게 말했다.

"그럼 앞으로 저희 서비스를 받지 않겠다는 뜻으로 받아들이면 되겠습니까?"

"그 사람을 만나서…, 따질 때 무슨 일이 있었는지 알 수 있을까요?"

"물론입니다. 별일은 없었습니다. 어제 저녁 우리 직원 하나가 집 앞에서 기다리고 있다가 그자를 붙잡았습니다. 그리고 '난 가라데 파란 띠 유단자이고, 부인과 잘 아는 사이다, 앞으로 귀찮게 하지 말라'고 했죠. 대서양 건너편에선 이런 걸 '스탠더드 프로세스'라고 부르죠."

에구머니, 갱스터 영화를 찍고 있잖아! 그녀는 속으로 생각했다.

"그래서 그 사람 반응은 어땠나요?"

"우리 직원 말에 따르면 그냥 눈썹 하나 까딱 안 하더랍니다. 그래서 제가 조심하시라고 하는 겁니다. 만만한 상대가 아닐지도 모릅니다."

"나도 그렇게 생각하진 않았어요."

유디트가 말했다.

"금요일에 만나고 와서 연락하죠. 그 전에는 그 어떤…
조치도 취하지 말아 주세요."

"좋을 대로 하시죠."

헤르베르트 크놀이 답했다.

"그럼 전 그동안 계산서를 만들어 놓겠습니다."

그녀는 전화를 끊으며 생각했다. 사기꾼과 얘기할 때,
그리고 방금 사립 탐정과 통화할 때도 그녀는 상상하지 못
한 에너지로 넘쳤다. 그러나 그 힘이 계속 머물지는 않았
다. 오히려… 가라앉는 배의 쥐들처럼 빠르게 그녀를 떠나
고 있었다.

빌어먹을 이미지…, 그녀는 그렇게 생각하며 죽어가는
남편이 일어났는지 보려고 이층 침실로 올라갔다.

그는 아직 기상 전이었다. 어제 저녁 레스토랑에서 돌아
온 후 코냑 한 병과 영화 카세트 몇 개를 챙겨 느긋한 시간
을 가졌으니, 늦게까지 코를 골며 자고 있어도 이상할 게
없었다. 그녀는 다시 아래층으로 내려와 개 목줄을 챙겼
다. 그리고 장고와 함께 긴 산책길에 나섰다.

드디어 금요일이 왔다. 심지어 금요일 오후다.

그러나 여기까지 오는 길이 쉽지는 않았다. 에라스무스 작업은 영 진도가 나가지 않았다. 1차 완전 원고 제출이 얼마 남지 않았기 때문에 특별히 집중해야 할 때지만 일이 통 손에 잡히지 않았다. 도저히 집중이 되지 않아 그녀는 작업을 며칠 쉬기로 했다. 사기꾼을 만나고 와서도 한 달 정도 시간이 있으니 넉넉히 마칠 수 있으리라는 계산에서였다.

그녀는 로버트가 하루 종일 집 안을 왔다 갔다 하는 것도, 아니 텔레비전 앞에 앉아 자신이 연출했거나 제작한 옛날 영화들을 보는 것도 심기에 거슬렸다. 장고가 한창때처럼 활기차다면 반나절쯤 멀리 데리고 나갔다 오면 좋으련만 이 불쌍한 개도 제 주인처럼 살날이 얼마 남지 않았다.

게다가 날씨도 이 계절에 으레 그렇듯 비 오고 바람 불고 우중충한 날씨였다.

그들, 로버트와 그녀는 거의 대화를 나누지 않았다. 이 침묵은 물론 톰 때문이었다. 예전 같으면 의사소통 없는 이런 상태에 답답함을 느꼈을 그녀지만 이번에는 웬일인지 그렇지 않았다. 갑작스럽게 드러난 그의 친자 관계와 불임 사실은 중대한 변화를 불러왔고, 그들의 관계를 송두리째 흔들었다. 그러나 그녀는 그것에 관해 이야기하고 싶지 않았다. 일단 당장은 아니었다. 기다림의 와중에 있는 당장은 아니었다. 아마도 나중이 될 것이다. 자신을 톰 벤들러라고 주장하는 그 사기꾼과 맞대면을 한 뒤에. 그러나 그녀는 그마저도 확신이 서지 않았다. 어쩌면 이 침묵은 오래도록 머물기 위해 왔는지도 모른다.

그녀는 마리아 로젠버그에게 전화를 걸어 목요일에 상담 약속을 잡을까 하다가 그만두었다. 그것도 잠시 미뤄두는 게 좋을 것 같았다. 책장에서 읽지 않은 오래된 추리소설 두 권을 발견한 그녀는 책을 들고 작업실 소파에 누웠다. '헨리 몰 주니어'라는 이름의 작가였다. 담요를 덮고 누워 줄거리를 따라가 보려고 꾸역꾸역 책장을 넘겼지만 읽으면 읽을수록 이해가 가지 않는 이야기였다. 아니면 그녀가 인간 행동의 동기와 원인을 더 이상 이해하지 못하게 된 것인지도 몰랐다.

그녀는 그 상황이 자신이 처한 현실과 딱 맞아떨어진다고 생각했다.

그리고 금요일이 왔다.

카페 인트리고에는 지난번과는 비교가 안 되게 손님이 많았다. 일본인 관광객들과 국적을 알 수 없는 관광객 무리가 카페의 대부분을 채우고 있었다. 그리고 맨 뒤 구석자리에 가짜 톰 벤들러가 앉아 있었다. 지난번에 그녀는 다른 세 남자에게 집중하느라 그의 얼굴을 제대로 보지 못했다. 그러나 그를 본 순간 바로 그라는 것을 확신할 수 있었다.

그는 자리에서 일어나 그녀에게 다가왔다. 그들은 말없이 악수를 한 뒤 탁자를 사이에 두고 마주 앉았다.

그는 마른 체구에 키도 보통보다는 큰 편이었다. 중간 길이의 짙은 갈색 머리에 녹회색 눈동자의 윤곽이 뚜렷한 얼굴이었고, 파란색 브이넥 스웨터 안에 흰색 셔츠를 입고 있었다. 피부는 좀 삭았고, 자세가 아주 좋지는 않지만 꽤 미남이었다. 그녀는 자신도 모르게 그런 평가를 내리며 만약 톰이 살아 있었다면 그런 모습일 거라고 생각했다. 만약 살아 있었다면 말이다. 22년 전에 죽지 않았다면. 22년 하고도 4개월 전에.

"만나서 반가워요, 유디트 벤들러."

그가 먼저 입을 열었다.

"나도 똑같이 말할 수 있다면 좋겠네요."

그녀가 대꾸했다.

그가 미소를 지었다.

"뭐 좀 마실래요?"

그녀는 고개를 저었다. 탁자 위에는 물병과 잔 두 개가 놓여 있었다. 그는 물어보지도 않고 잔에 물을 따랐다. 그리고 양손 가득 접시를 들고 일본인 관광객 쪽으로 가던 종업원에게 인사를 건넸다. 그렇지, 그녀는 생각했다. 이 사람도 여기서 함께 일했었지. 역시 집처럼 편한 모양이군.

"상상했던 것보다 젊어 보이시네요."

칭찬. 그녀는 그 말을 무시하고 가볍게 경멸 섞인 한숨을 내쉬었다. 그리고 되도록 얼굴에 아무 감정도 드러내지 않으려고 애쓰면서 그를 빤히 쳐다보았다. 그리고 팔짱을

졌다.

"수다 떨러 온 게 아니에요. 난 댁이 누군지도 몰라요. 하지만 댁이 주장하는 그 사람이 아니라는 건 알아요. 처음부터 알고 있었어요. 한밤중에 전화했을 때부터."

그는 아무 대답 없이 물을 한 모금 마셨다. 그리고 그녀를 보며 다시 미소를 지었다.

"경찰에 신고할까도 여러 번 생각했지만 그러지 않기로 했어요. 경찰 부르기 전에 정신 차리고 이런 짓 그만뒀으면 좋겠어요. 남편도, 나도 댁의 행동이 마음에 들지 않아요. 솔직히 말하면 원하는 게 뭔지도 모르겠고요. 전화 통화할 때도 용건을 분명히 말하지 않았잖아요? 그래서 이 자리에서 솔직히 말하고 앞으로 이런 허튼짓하지 않겠다고 약속해 줬으면 좋겠어요. 그렇지 않으면 자기 행동에 대한 책임을 져야 할 거예요."

그녀는 말을 마치고 의자에 등을 기댔다. 할 말은 그게 다였다. 하고 싶은 말은 다했고, 거의 단숨에 쏟아내다시피 했다.

그는 꼼짝도 안 하고 듣기만 했다. 미소는 아까보다 엷어졌지만 여전히 즐거워하는 듯한 표정이었다. 적어도 그녀의 말에 개의치 않는 표정이었다.

"어쩌다 그렇게 부정적으로 변했어요? 내 기억에 전엔 안 그랬던 것 같은데."

"기억할 게 없을걸요."

"아뇨, 다 기억해요. 그쪽도 나 기억하잖아요."

"이해 못 하겠어요? 댁이 거짓말한다는 거 밝혀내는 건 일도 아니에요."

"밝혀내 보세요. 막는 사람 없잖아요."

어떻게 저렇게 자신만만할 수가 있지? 그녀는 생각했다. 마치 손 안에 트럼프를 쥐고 언제라도 낼 수 있다는 듯이 굴지 않는가.

"내가 질문을 한다고 칩시다. 진짜 톰이라면 대답할 수 있겠지만 댁은 대답할 수 없다고요. 내 말 이해 못 하겠어요?"

"해 보시라니까요."

그가 다시 말했다.

"누가 안 막아요. 참, 우리 마지막으로 봤을 때 기억나요?"

"마지막으로 봤을 때……?"

그녀는 말을 잇지 못했다.

"왜 그날 밤에 부엌에서요. 네, 내가 약에 취해 있었던 거 인정해요. 하지만 정말 유혹적이었거든요. 손에 롱드 링크 들고 그 엄청 섹시한 짧은 원피스 입고 있었잖아요. 검정색 바탕에 빨간 얼룩무늬 있는 거. 그 옷 아직도 있어요?"

IV
1994~1995, 뉴질랜드 퀸즈타운

그 농장의 이름은 프라미스드랜드였다. 다니엘 프리몬트는 우연히 그곳에 흘러들었고, 그것은 어쩌면 운명이었다.

딱히 운명을 믿는 것은 아니지만 그에게는 그때까지 그런 거대한 힘의 존재를 느낄 일이 없었다. 적어도 그에게 호의적인 경우는 없었다. 대개는 실패였고, 특히 지난 25년간은 실패의 연속이었다. 아직 마흔은 안 됐지만 인생 자체가 실패라고 봐도 무방했다.

숱한 실패의 와중에 지난 9월 초 오클랜드에서 있었던 일은 그야말로 바닥을 쳤다. 다니엘은 통가 출신의 어떤 멍청이와 함께 현금 수송차량을 털었다. 지폐 다발이 든 작은 돈 자루 하나를 손에 넣었지만 열자마자 물감이 터지는 바람에 모두 못 쓰게 됐다. 게다가 그 통가 멍청이가 차

량 운전자를 쏴버렸다. 다니엘은 그가 무기를 가지고 있는
지도 몰랐다. 자녀 다섯을 둔 아버지였던 40세의 운전자는
두 시간 후 병원에서 숨을 거두었고, 그들은 살인죄로 경찰
에 쫓기는 신세가 됐다. 다니엘이 듣기로는, 그 통가 멍청
이는 어느 화물선에 올라타 그가 태어난 빌어먹을 섬으로
탈출하는 데 성공했다고 했다. 그리고 그와 똑같이 생긴,
하나같이 신원이 확실치 않은 180명의 가족들 틈으로 숨어
들었다고 했다. 경찰은 두 범인 중 누구 손에 살인 무기가
들려 있었는지조차 알지 못했다.

　다니엘은 흔히 하는 표현으로 잠수를 탔다. 하지만 통가
로 숨어든 것은 아니다. 길거리 사람들 속에 섞여 어둠을
틈타 남으로, 남으로 내려갔다. 웰링턴까지 간 후에는 결
국 남섬으로 건너갔다. 그는 수염과 머리를 기르기 시작했
고, 안경을 훔쳐 쓰고 다녔다. 그래서 11월 중순 퀸스타운
에 도착했을 때는 여권 사진을 보고도 딴사람이라고 할 만
큼 전혀 다른 모습이 되어 있었다. 그 여권은 오클랜드에
서의 위험천만한 한탕 시도 후 어느 캠핑장 변두리에서 불
태워버렸다.

　다니엘은 해를 넘기며 두 달간 퀸스타운에 머물렀다. 거

기서 바, 배낭여행객을 상대로 하는 호스텔, 빨래방 등에서 아르바이트를 하며 얼마간 돈을 모았다. 그러던 어느 날 한 독일인 관광객과 시비가 붙었다. 그는 다니엘이 자신의 지갑을 훔쳤다고 주장했는데, 그 말이 아주 틀린 말은 아니었다. 다니엘은 떠날 때가 왔음을 깨달았고, 어느 이른 아침 글레노키에 사는 양 목장 주인의 차를 얻어 타고 길을 떠났다. 와카티푸 호수를 따라 북쪽으로 구불구불한 도로를 달리던 차는 두 시간여 지난 후 갑자기 타이어가 터지는 바람에 잠시 쉬어가게 됐다. 차 주인이 숙련된 기술로, 그러나 상당히 느린 손놀림으로 타이어를 갈아 끼우는 동안 다니엘은 주변을 돌아보았고, 그러던 중 새 삶의 터전을 발견하게 되었다.

그는 목장 주인에게 작별인사를 한 후 배낭을 둘러메고 좁은 자갈길을 내려가기 시작했다. 다 쓰러져 가는 이정표를 따라서.

프라미스드랜드(PROMISED LAND)

뉴 트루스 시커스 웰컴(NEW TRUTH SEEKERS WELCOME)

그곳의 첫인상은 다니엘 프리몬트 같은 사람이 보기에
도 너무 초라했다. 큰길에서부터 거의 2킬로미터를 걸어
올라오지 않았다면 아마 그 자리에서 뒤돌아섰을 것이다.
본 건물은 헛간처럼 생긴 커다란 창고 건물인데 온갖 색상
의 페인트로 칠해져 있었고, 대부분은 칠이 벗겨진 상태였
다. 그 주변 일대는 약간 질척거리는 너른 들판이었는데,
그곳에 약 30여 개의 캠핑카와 텐트가 흩어져 있었다. 나
무가 듬성듬성한 숲 가장자리에는 판때기와 양철판으로
대충 지은 판잣집 몇 채가 웅크리고 있었다. 허술한 판잣
집 사이사이에, 그리고 판잣집을 빙 둘러싸고 지저분한 젖
소 열댓 마리와 비쩍 마른 말 몇 마리, 투실투실한 메리노
양 떼와 아이들 한 무리가 보였다. 다섯 살에서 열 살 사이
로 보이는 아이들은 젖소들만큼이나 지저분했는데, 모터
사이클 경기나 감자 경작에나 적합할 땅에서 축구를 한답
시고 그렇게 된 모양이었다. 여러 가지 색으로 칠해진 헛
간 앞의 무너져 가는 베란다에는 남자로 보이는 덩치 큰
사람이 흔들의자에 앉아 있었다. 밀짚모자에 긴 로브를 입
고 슬리퍼 차림인 남자의 입에는 유난히 두꺼운 대마초 담
배 같은 것이 물려 있었다.

어쩌면 잘 찾아온 건지도 모르겠군. 다니엘 프리몬트는 속으로 생각했다.

그로부터 두 시간 후 그는 연보라색 캠핑카 안에 짐을 풀었다. 바퀴는 없지만 비를 막아 줄 지붕이 있고, 어느 정도 성한 벽과 그의 체중을 지탱해 주는 바닥이 있었다. 간이침대가 세 개 있었는데, 하나는 비어 있고 두 번째에는 지저분한 옷가지와 병 및 온갖 잡동사니들이 쌓여 있었으며, 세 번째에는 인간으로 보이는 존재가 이불 밑에서 코를 골며 자고 있었다. 그 인간은 오후 3시쯤 일어나 한참 가래기침을 해대더니 커피 한 잔과 물 1리터를 갖다 달라고 했다.

다니엘은 자신의 룸메이트가 될 남자를 보며 저렇게 상태가 안 좋은 사람은 정말 오랜만이라고 생각했다. 동시에 묘한 생각도 들었다.

'이 녀석 나랑 정말 비슷하게 생겼잖아. 몇 년 후 내 모습을 보는 것 같네. 자세히 보지 않으면 같은 사람이라고 해도 믿겠어.'

그는 룸메이트가 부탁한 것을 구해 왔고, 5분 후 각자 커피를 손에 들고 마주 앉아 서로를 살폈다.

"같이 살려면 이름 정도는 알아야 하지 않을까?"

그 인간이 말했다.

"하지만 몰라도 상관은 없어."

"다니엘 립킨스."

'립킨스'라는 성은 7학년 때 담임이었던 예쁜 여자 선생님 이름에서 따왔는데, 오클랜드에서의 한탕 사건 이후 죽 사용하고 있었다.

"난 톰 벤들러."

"혹시 주머니에 한 대 피울 거 없어?"

이 질문을 한 사람은 톰 벤들러였다. 다니엘은 고개를 저었다.

"지금 아무것도 없는데. 그리고 앞으로 가까이 하지 않으려고."

"그럼 여기 잘못 온 거야."

"난 중독은 아냐."

"그럼 괜찮고. 고향이 어디야? 익숙한 억양인데?"

"마르담에서 태어났어. 고향에 안 간 지 한 10년 됐을 거야."

그 말에 톰 벤들러는 느닷없이 웃음을 터뜨렸고, 그 웃음은 곧 기침 발작으로 이어졌다.

"기가 막히네."

기침이 멈춘 후 그가 말했다.

"나도 아를라흐 출신이야. 젠장, 우리 고향 사람이잖아."

"그런 거 같네."

다니엘이 응수했다.

"그런데 이렇게 지구 반대편에 있는 편안한 캠핑카 안에서 만나다니, 저 위에 계신 분이 우릴 무척 사랑하시나 보네."

"여기 온 지 몇 년 됐어?"

다니엘이 물었다.

톰 벤들러는 이마를 찡그리며 기억을 더듬었다.

"20년 넘은 것 같은데. 난 하도 많이 피워 대서 뇌세포가 다 죽었거든. 하지만 이 기억은 맞는 거 같아. 적어도 20년이야. 난 물 좀 버리러 가야 해서 실례."

"그래, 다녀와."

다니엘이 말했다.

"도움 필요하면 말하고."

그 말에 톰 벤들러는 다시 웃음을 터뜨렸고 발작적 기침이 뒤따랐다. 다니엘은 불쌍한 인생이라고 생각하며 일단 여기서 며칠 지내봐야겠다고 마음먹었다. 앞으로 어떻게 일이 전개될지 지켜볼 요량이었다.

일은 꽤 잘 진행됐다. '프라미스드랜드'는 이름값만큼은 아니지만 지낼 만했다. 어른 50명, 아이 10명해서 총 60명 정도가 모여 살았고, 그들은 이곳을 '코뮌'이라고 불렀다. 이 코뮌은 1960년대 말 몽유병에 걸린 한 목사와 그의 두 아내가 작은 규모로 만들면서 시작됐다. 그 사이 목사와 첫 번째 부인은 죽었지만 50대의 밀교 신자인 두 번째 부인 마담 홀리는 아직 생존해 있다.

그녀는 프라미스드랜드의 새 지도자인 브루투스 호치키스 박사와 재혼해 잘 살고 있다. 다니엘이 베란다 흔들의자에서 본 남자가 바로 그 인물이다. 호치키스 박사는 화학자 출신으로, 큰 헛간에 따로 공간을 마련해 조수 몇 명을 데리고 마약을 제조했다. 그리고 항시 수요가 있고, 특히 여름에 마약 수요가 큰 퀸스타운에 내다 팔아 짭짤한

수익을 올렸다.

그 밖에도 프라미스드랜드에는 직업에 준하는 몇몇 활동들이 있었다. 글레노키 방향으로 조금 올라간 곳에 있는 인근 목장으로 말 돌보는 일을 하러 가기도 했지만 대부분은 코뮨 내에서 일했다. 식사 준비, 양치기, 감자 경작, 채소와 마리화나 재배, 무너져 가는 집을 수리하는 일 따위였다. 학교 갈 나이가 된 아이들은 매일은 아니지만 아침마다 버스를 타고 글레노키에 있는 학교로 갔다. 다니엘이 처음 온 날은 마침 방학이었는데, 평소에는 소위 문명화된 바깥세상에서 아이들이 쓸 만한 것을 배우겠는가를 두고 활발하게 갑론을박이 벌어지곤 했다.

매주, 적어도 한 달에 두 번은 '레인보우'라고 불리는 큰 헛간에서 호치키스 박사와 마담 홀리의 주재하에 회합이 있었다. 먼저 모두 한목소리로 '위 쉘 오버컴(We shall overcome)'을 부르고, 호치키스 박사가 뭔가에 대해 견해를 말한 후 공동의 이해가 달린 현안에 대해 토론했다. 토론이 끝난 후에는 손수 만든 와인을 부어라 마셔라 하며 친밀한 분위기 속에서 거나하게 식사를 했다. 보통 이 회합은 새벽까지 이어졌고, 다음 날은 일을 하지 않고 안식일로 엄격하게 지켰다.

하지만 회합에 모두 참여하는 것은 아니다. 코뮌 주민
의 3분의 1 정도는 항상 불참했다. 똑같은 3분의 1이 빠지
는 건 아니고 불참 이유도 다 달랐다. 주로 병이나 마약 때
문이었다. 회합 불참은 군소리 없이 받아들여졌다. 프라미
스드랜드는 자유 공화국이었다. 모두가 공익에 기여하는
건 아니지만 충분히 많은 주민들이 제 몫을 다함으로써 전
체가 굴러가는 식이었다. 다니엘이 알기로는 그런 식으로
운영된 지 15년이 넘었고, 관에서도 관리하기를 포기했다.
관에서 그 외딴 지역을 관리한 적이 있다면 말이다. 그들
은 자기네들끼리 조용히 살았고, 세상도 그들을 조용히 내
버려두었다.

다니엘은 계속 연보라색 캠핑카에서 톰 벤들러와 함께
지냈다. 알고 보니 둘은 동향일 뿐 아니라 나이도 같았다.
겨우 7개월 차이였다. 둘 다 사교적인 성격이 아니어서 며
칠 동안 말 한 마디 없이 지낼 때도 있었다. 두 사람 모두에
게 매우 만족스러운 조건이었다. 어차피 세상에는 헛소리
가 넘쳐나니까.

"수배 중이라 숨어 사는 거야?"

어느 날 저녁, 다니엘은 캠핑카에 기대어 앉아 노을을 보며 맥주를 마시다 문득 물었다.

"아니, 아닐걸."

톰이 답했다.

"뉴질랜드에 오기 전엔 그랬지만 지금은 아마 그게 지났을걸……. 그거 뭐라고 하지?"

"공소 시효?"

다니엘이 물었다.

"그래, 그거. 시간이 엄청나게 많이 흘렀으니까 분명… 공소 시효도 지났을 거야."

"음, 그렇구나."

다니엘이 대꾸했다. 그런 다음 30분간 둘은 말없이 술을 마시고 담배를 피우며 노을을 바라보았다.

"사실 내가 여기 오게 된 데는 저주받은 사연이 있어."

톰이 불쑥 말했다.

"맥주 더 있을까?"

"내가 한번 찾아볼게."

다니엘은 잠시 후 여섯 개들이 맥주 캔 묶음을 들고 돌아왔다.

"무슨 사연인데 그래?"

"그딴 얘기 하기 싫다. 다음에 기회 되면 하지, 뭐."

"그래."

다니엘 프리몬트가 말했다.

그런 다음 그들은 맥주를 세 개씩 나눠 마시고 캠핑카 안으로 기어들어가 잤다.

2, 3주 후 다니엘은 그 이야기를 다시 꺼냈다.

"그 사연 얘기 안 해 줘?"

"뭘 조르고 그래?"

톰 벤들러가 말했다.

"그렇게 궁금하다면 얘기해 주지……."

그의 말대로 그에게는 저주받은 사연이 있었다. 다니엘은 저녁마다 그 이야기를 들었고 끝까지 다 듣는 데는 사흘, 아니 나흘이 걸렸다. 톰 벤들러가 마리화나에 중독된 아웃사이더에 그런 침울한 유형이 아니었다면 다니엘은 그의 말을 믿지 않았을 것이다. 그러나 활기라고는 없는 자신의 친구가 그런 어마어마한 거짓말을 지어냈으리라고는, 그에게 그럴 만한 능력과 에너지가 있으리라고는 도저히 믿어지지 않았다.

"20년 전이라고?"

"지금 몇 년도야?"

톰이 물었다.

"1995년."

톰은 잠시 머릿속으로 계산을 했다.

"그럼 22년 전이네."

"정말 기가 막히네."

다니엘이 말했다.

"다시 돌아갈 생각은 없는 거야?"

"없어."

톰 벤들러는 그렇게 말한 후 꺼억 하고 트림을 했다.

그로부터 2주 후, 다니엘은 싱크대 밑 잡동사니 사이에서 범포로 만든 자루를 하나 발견했다. 자루는 파란색 나일론 끈으로 칭칭 동여매져 있었다. 잠시 양심의 가책을 느꼈지만 그는 자루를 풀어보기로 했다.

안에는 여권과 다른 신분증 하나가 들어 있었다. 여권은 1972년 아를라흐 경찰서에서, 다른 신분증은 13년 후 크라

이스트처치 우체국에서 발급된 것이었다. 당시 16세였던 톰 레오나르드 벤들러의 여권사진을 본 다니엘은 흠칫 놀랐다. 자신의 졸업사진이라고 해도 믿을 것 같았다. 머리 색도 똑같고, 오똑한 콧날에 입도 똑같았다. 작은 턱, 좁은 미간과 변덕스러워 보이는 눈빛, 색이 엷은 눈동자도 똑같았다.

염병할.

다니엘 프리몬트/럽킨스는 생각했다. 그리고 그 생각이 채 가시기 전에 또 다른 생각이 고개를 들었다. 그것은 운명에 관한 것이었다.

이 빌어먹을 농장에 오게 된 게 혹시 순전히 우연 때문이 아닌 거 아닐까? 어떤 다른 뜻이 숨겨져 있는 거 아닐까? 향후 삶의 방향을 제시하는 깊은 의미. 안 될 건 또 뭐람?

그는 여권과 신분증을 꺼내 챙기고 자루의 나일론 끈을 다시 조인 후 원래 있던 자리에 되돌려 놓았다. 그리고 그 날 밤부터 당장 계획을 세우기 시작했다.

일단은 톰 벤들러가 더 많은 얘기를 하게 만들어서 세부 사항을 알아내야 했다. 특히 아를라흐에서의 마지막 날 밤에 대해서. 그게 쉬운 일은 아니었다. 하지만 인생에서 성공하려면 머리를 쓰고 인내심을 발휘해야 하는 법. 사실 다니엘이 이제까지 살아온 삶은 그런 것과는 동떨어져 있었지만 이제라도 그 방법을 써먹어야 한다는 생각이 들었다.

다음 단계는 북쪽으로 이동하는 것이다. 사실 뉴질랜드 남쪽으로 그렇게 깊숙이 들어와 있는 상태에서 이동할 수 있는 방향은 북쪽뿐이었다.

그는 8월 중순께 프라미스드랜드와 퀸스타운을 떠났다. 그가 남긴 것은 빨지 않은 속옷 2킬로그램과 이름뿐이었다. 정확히 말하면 이름들이다. 프리몬트와 립킨스, 그리고 다니엘도.

그는 이제부터 톰 레오나르드 벤들러였다. 그가 목에 걸고 있는 작은 주머니 속에는 여권과 그것을 증명해 주는 신분증이 들어 있었다.

그렇게 그는 닷새 후 웰링턴에 도착해 대사관에 찾아갔다. 담당 공무원은 여권이 그렇게 빨리 나오지는 않는다며 일단 3개월 유효한 임시 여권을 발급해 주겠다고 했다. 본국으로 돌아가면 바로 정식 신분증을 받을 수 있을 거라며. 더 이상은 곤란하다고 했으나 병상에 계신 어머니의 상태가 오늘내일 한다는 말에는 물론 예외가 적용됐다.

그는 다음 날 새 여권을 받았고, 루푸스 호치키스 박사의 실험실에서 제조된 상품을 팔아 챙긴 돈과 미국인 뒷주머니에서 나온 지갑 덕택에 오클랜드에서 싱가포르를 경유해 마르담 외곽에 있는 젝스하펜 공항까지 가는 표를 살 수 있었다. 운명의 여신들은 우즈베키스탄 양탄자 상인들처럼 그를 향해 미소 짓고 있었다.

떠나기 며칠 전 그는 어디론가 전화를 걸었다.

V
1995, 마르담

"도대체 어떻게 된 일인지 설명 좀 해 봐요."

"흠."

"흠, 그게 당신 대답이에요?"

그녀는 남편을 빤히 처다보며 차분해지려 애썼다. 로버트는 차분함과는 거리가 멀어 보였다. 차라리 빨리 죽고 싶은 심정이리라. 그 마음이 이해가 안 가는 것은 아니지만 그녀로서는 그렇게 놔둘 수 없었다. 흙 속에 묻힐 때 묻히더라도 그전에 반드시 입을 열게 하리라는 생각이었다.

어라, 또 불러내지도 않은 이미지들이 떠오르지 않는가. 물거품을 일으키며 밀려오는 파도. 죽음이라는 활주로를 향해 내려앉는 비행기. 싸울 만한 가치가 있는지 결정할 것.

그날 저녁엔 싸우는 쪽으로 결정이 났다. 장고는 두 사람 사이에 서서 실패한 협상가 같은 표정으로 낑낑거렸고, 로버트는 이 전쟁에 패배할 것을 예감한 듯했다. 아니, 이미 패배했다는 것을 아는 듯했다. 이미 22년 전에 패배한 전쟁의 포연이 그들의 눈앞에서 이제야 걷힌 것이다.

그녀의 눈앞에서 걷힌 것이다.

그러나 그녀의 시야는 절대 맑아지지 않았다. 그녀는 눈에 뵈는 것이 없는 상태였다. 개가 꼬리를 내리고 스스로 선택한 외교적 임무에서, 그리고 방에서 물러난 것도 바로 그 때문이었다. 그녀는 이제까지 한 번도 보인 적이 없는 태도로 남편에게 말하고 있었다. 마치 잔뜩 굶주린 커다란 고양이가 생쥐를 향해 으르렁거리는 것 같았다. 이제는 험프리 보가트와 전혀 닮지 않은 생쥐, 아니 원래부터 닮은 구석은 없었는지도 모른다.

"로버트, 내가 그날 밤 무슨 옷을 입고 있었는지 그 사기꾼이 어떻게 알죠? 빌어먹을, 말을 좀 해 보라고요!"

그는 아무 말도 하지 않았다.

"그리고 내가 톰을 찌르기 전 톰이 내게 무슨 짓을 하려고 했는지 그걸 그 사람이 어떻게 아냐고요! 빌어먹을 헛기침만 하지 말고 대답을 하라고!"

"제발 좀 진정해!"

"아니, 나 진정할 생각 없어요. 이 일에 대해 알고 있는 사람은 이 세상에서 단 두 사람, 여기 이 방에 앉아 있는 두 사람, 22년 전 동맹을 맺은 두 사람이에요. 그 두 사람 중 누군가 입을 가볍게 놀렸다는 건데, 그게 나는 아니거든요."

로버트는 깡마른 몸 어딘가에서 병으로 인한 통증을 느끼는 듯 얼굴을 찡그렸다. 아니면 그런 척하려는 것 같기도 했다. 그녀는 둘 중 어느 경우인지 판단이 서지 않았다.

"난 입을 가볍게 놀리지 않았어."

그녀는 침묵했다. 오래된 벽시계가 7시를 쳤다. 그녀는 종소리가 끝날 때까지 기다렸다. 그의 표정을 보니 뭔가 할 얘기가 더 있는 것 같았다. 분명 또 문제가 있다고 하겠지, 하고 그녀는 생각했다. 불현듯 불길한 느낌이, 끈적끈적하고 불쾌한 기시감이 그녀를 엄습했다. 그녀는 주먹을 움켜쥐며 그 느낌을 떨쳐 버리려 했으나 뜻대로 되지 않았다.

"그때 그러니까… 뭐라고 해야 하나?"

그녀는 그가 적당한 말을 찾을 때까지 기다렸다.

"사정이 있었어."

"사정?"

"응, 음… 유디트, 내가 당신을 속인 게 되긴 하는
데……."

"그런데요?"

"난 두 가지 면에서 그게 옳다고 생각했어."

"두 가지 면이라니, 그게 무슨 뚱딴지같은 소리예요?"

"톰을 위해서도, 당신을 위해서도 그게 옳다고 판단했다
는 말이야."

그녀는 의식의 밑바닥에서 가느다란 예감이 피어오르
는 것을 느꼈다.

"그날 밤 말이야. 내가 얘기한 것과 다르게 진행됐어. 땅
에 묻지 않았다는 말이야. 톰은……."

그녀의 예감은 바로 사실로 확인됐다.

"톰은 차 안에서 죽지 않았어. 거기 도착했을 때도 살아
있었어. 난 도저히……. 그걸 이해 못 하겠어? 도저히 죽일
수가 없더라고."

그는 입을 다물었고, 그녀는 물병을 들어 잔에 물을 따
랐다.

손이 떨리는 것이 느껴졌다. 그녀는 단숨에 물을 들이켰
다. 식탁 위에 물을 흘렸지만 상관하지 않았다. '그걸 이해

못 하겠냐고?'

"계속 말해 봐요."

그는 초점 없는 눈으로 그녀를 응시했다.

"에릭 사피로 기억 나?"

"당신 어릴 때 친구, 그 의사 말이에요?"

"응, 그 집으로 찾아갔었어. 그리고… 약속을 했어."

"약속을 했다고요?"

"응, 그 친구 병원으로 톰을 데려갔고, 그 친구가 톰의 목숨을 살렸어. 그 과정을 시시콜콜 다 얘기하진 못하겠지만 어쨌든 한 달 뒤에 톰은 뉴질랜드로 가는 비행기를 탔어. 오클랜드 행 편도 티켓이었지. 톰도 그러겠다고 했고, 주머니에 돈도 얼마간 넣어 줬어. 그리고 다시는 돌아오지 않겠다고 맹세도 했고. 미안하지만 일이 그렇게 됐어. 용서해달라고 하진 않을게. 어차피 용서하지 않을 테니까."

그녀는 잠시 생각했다.

"용서할 가치가 없으니까."

"그래, 용서할 가치가 없으니까. 나 너무 힘들어서 좀 누워야겠어. 내가 집에서 나가길 바라면 내일 아침에 말해 줘."

"돈도 적잖이 들었겠네요."

"적잖이 들었지."

"그렇게 보내고 나서 한 번이라도 연락 온 적 있어요?"

"아니, 단 한 번도 없었어."

"당신이든 사피로 박사든 내게 그 계획을 알려야 한다는 생각은 안 해 봤어요?"

"그럴까도 했지. 그런데 그 친구는 아무 죄도 없어. 당신을 빼기로 한 건 내 결정이었으니까. 아까도 말했지만… 난 그게 옳다고 생각했어."

"그러니까 내 말은, 빌어먹을, 왜 그게 옳다는 생각을 할 수가 있냐고!"

로버트는 고개를 절레절레 흔들었다. 이제 그는 정말 죽음에 임박한 사람처럼 보였다.

"나도 모르겠어. 잘못된 거긴 한데 어찌어찌 하다 보니 금세 시간이 지나버리고, 돌이키기엔 너무 늦어버렸더라고. 그래서 옷을 더럽히고 땅에 묻었다고 거짓말한 거야……. 미안해."

"당신이 미안한지 아닌지 따윈 관심 없어요. 밤새 잘 생각해 봐야겠어요. 혹시 아는지 모르겠는데, 정말이지 당신은 많은 걸 망쳤어요."

"알아."

그가 떨리는 무릎을 짚고 일어섰다.

"나도 알고 있어."

하지만 그녀에게는 아직 할 말이 남아 있었다.

"처음에 전화 왔을 때 다 내 착각이라고 했었죠? 정말 그렇게 생각했던 거예요?"

"아니, 그렇진 않았겠지."

"그렇게 아무렇지도 않게 거짓말을 했단 거예요?"

"평생을 배우들과 일했잖아."

그는 힘겹게 발을 끌며 문지방을 넘었다. 그리고 하얗게 타버린 결혼생활이라는 잿더미 속에서 걸어 나갔다.

그녀가 손님방에서 잠자리에 든 것은 자정이 넘어서였다. 그녀는 저녁 내내 돌출 창 앞에 앉아 축축하게 젖은 늦가을의 정원을 바라보았다. 불은 전혀 켜지 않고 어둠에 폭 안긴 채. 그렇게 어둠 속에 앉아 있다 보니 머릿속이 맑아지며 생각이 정리됐다. 이상한 일이었다. 사실 흥분해서 불같이 화를 내야 마땅했다. 최근 일어난 일련의 사건들은 그녀의 삶을 뿌리째 흔들어 놓았다. 아니, 그건 너무 약하다. …삶을 짓밟았다고 해야 옳을 것이다.

하지만 짓밟혀서 구멍이 생겼다면 다시 기우면 된다. 새로운 상황에, 예를 들면 멍청함 때문에 실패한 뒤 닥친 새로운 상황에 어떻게든 적응하는 게 인간의 특성 아니겠는가. 과거는 과거다. 로버트는 곧 죽을 것이다. 그러나 그녀에게는 얼마일지 몰라도 앞으로 살날이 많이 남았다. 그렇다면 그 날들을 헛되이 버려서는 안 된다. 혹은 누군가 훔쳐가게 둬선 안 된다.

아니면? 그녀는 자문했다.

그래, 맞아. 그리고 스스로 답했다. 내 삶의 주인공이 되는 거야.

그걸 이해 못 하겠어?

로버트는 질문했었다. 물론 이해했다. 이해하고도 남았다. 그날 밤, 그는 차마 아들을 땅에 묻지 못했을 것이다. 반면 이해할 수도 없고, 이미 말했듯이 용서할 수도 없는 사실은 그가 그녀를 속였다는 것이다. 거짓말은 시간이 지난다고 해서 작아지지 않는다. 오히려 더 커진다. 며칠 전, 몇 달 전, 혹은 반년 전에 한 거짓말은 어찌어찌 이해할 수 있겠지만 22년 전의 일을? 절대 불가능하다.

아니면? 그녀는 재차 자문했다.

아니, 이게 옳아. 그녀는 마음을 굳혔다.

그럼 앞으로는?

과거는 다 떠나보내야지. 뭘 어떻게 해야 하지?

그리고 천천히, 늦가을 운하에 끼는 첫 번째 살얼음처럼, 늑대의 시간 속에 도사리는 여명의 순간처럼 그녀의 마음속에 하나의 계획이 모양을 갖추기 시작했다. 그리고 불을 켜지 않았기에 끌 필요도 없이 잠자리에 누웠을 때 그녀는 하나의 해결책에 다가서고 있었다. 유일한 해결책이었다.

10분 전 자신의 아버지라는 사람, 로버트 벤들러가 그랬던 것처럼 다니엘 프리몬트는 같은 차 안에서 계획을 변경하고 있었다.

원래 그는 두 사람을 성가시게 하지 않는 대가로 미화 10만 달러 정도의 돈을 요구할 생각이었다. 그러나 장님이라도 눈치챘겠지만, 노인은 이 풍진 세상에서 살날이 얼마 남지 않은 사람이었다. 그것을 깨달은 순간 더 많이 챙길 수 있겠다는 생각이 들었다. 훨씬 더 많이. 물론 처신을 잘했을 때의 얘기였다.

로버트와 유디트 벤들러가 부유하다는 데에는 의심의 여지가 없었다. 대단한 부자는 아니지만, 프라미스드랜드의 캠핑카에서 톰이 말한 게 맞다면. 또 그가 거짓말할 리도 없다. 그들에게는 다른 자녀가 없었다. 다니엘은 그쪽 유산이 손짓하고 있다는 것을 모를 만큼 멍청이가 아니다. 그리고 로버트 벤들러가 숟가락을 놓을 날이 그리 멀지 않아 보였다. 절반은 배우자에게 돌아가겠지만, 나머지 절반은 외국에 몇 년 나가 있다 때마침 귀국한 아들에게 돌아가는 게 마땅하지 않겠는가. 캠핑카에서 들었을 때 몇 년이라고 했더라? 다니엘 프리몬트의 기억이 틀리지 않는다면 20년하고도 몇 년 더일 것이다.

운전대 앞에 움츠리고 앉아 있는, 쥐 같은 얼굴의 이 노인네가 통장에 얼마나 가지고 있는지는 알 수 없지만 분명 10만 달러보다는 많으리라. 어쩌면 어마어마하게 많을지도 모른다.

이미 말했듯이, 그가 처신을 잘 했을 때의 얘기다. 유디트 벤들러가 그를 아들로 믿고 있다는 것은 거의 확실했다. 이제 이 죽어가는 노인네만 믿게 하면 되는 거였다.

그게 어려울 건 없었다.

"아를라흐는 정말 오랜만이네요."

그가 먼저 말을 꺼냈다.

"22년 만이지, 아마."

로버트 벤들러가 대꾸했다.

"하하, 맞아요. 어쨌든 돌아오니 정말 좋네요."

"두고 봐야지. 아를라흐는 촌구석이야."

로버트가 중얼거렸다.

"그렇긴 하죠."

다니엘이 수긍했다.

"하지만 태어나고 자란 곳이니까 조금은 특별하죠."

"네 어린 시절이 그렇게 자랑할 만한 건 아닐 텐데?"

"맞아요. 어떻게 보면 그렇게 된 게 잘된 거죠. 제 말은 저를 뉴질랜드로 보내신 거 말이에요."

"그땐 그럴 수밖에 없었다."

별로 대화하고 싶은 생각이 없나 보군. 다니엘은 속으로 생각했다. 저대로 잠들어 버리거나 숨이 끊어지지 않기나 바라야겠군.

그들은 고속도로에 진입했다. 앞으로 그렇게 두 시간을 달려야 했다. 그는 자신이 운전대를 잡겠다고 할까 하다가 생각을 바꿨다. 뉴질랜드에 있을 때 차를 훔쳐 팔고 직접 운전하기도 했지만 운전면허증은 없다. 만약 경찰 단속에 걸리기라도 하면 난처해질 것이다. 아직 계획도 세우기 전에 그런 불미스러운 일이 생기는 건 무조건 피해야 했다. 그건 아무리 멍청한 메리노 양이라고 해도 충분히 예상할 수 있는 리스크였다.

그는 시트를 뒤로 젖혔다. 노인네와 대화할 생각이 없다면 그도 입을 다물고 있으면 될 터였다. 차라리 오늘, 그리고 앞으로 어떻게 할 것인지 전략을 짜보는 게 좋을 것 같았다. 그리고 곧 수중에 들어올 큰돈으로 무엇을 할지 생각해 보는 것도 좋으리라. 영감이 숟가락을 놓고 난 뒤에 말이다.

세계 일주를 할까? 서인도제도에 집을 살까? 아니면 라스베가스?

그런 생각에 빠져드는 것은 기분 좋은 일이었다. 눈을 감으니 더 좋군, 하고 그는 생각했다. 이대로 한숨 자는 것도 나쁘지 않을 것 같았다. 영감이 갑자기 말이 하고 싶어지면 알아서 깨우겠지.

그는 노인이 뭐라고 하는 말을 듣고 잠이 깼다.
"아, 그럼요. 뭐라고 하셨어요?"
그가 똑바로 앉으며 물었다.

"아무 말도 안 했다. 꿈을 꾼 모양이구나. 코를 골더구나."

"아, 죄송해요. 그런데 여긴 어디예요?"

그는 주변을 둘러보았다. 차는 황량한 풍경 속에 난 좁은 길을 달리고 있었다. 건물이라고는 찾아볼 수 없고, 키 작은 침엽수가 자라는 보잘 것 없는 숲이 이어졌다. 젠장, 아를라흐로 가는 길이 이럴 리 없었다.

"잠깐 구경이나 하고 갈까 해서 들렀다. 괜찮지?"

로버트 벤들러가 설명했다.

"구경이요? 왜요? 어디를 구경하는데요?"

다니엘이 연달아 물었다.

"케란 채석장. 전에 왔을 때는 네가 무척 좋아했었지."

"아하…, 그래요?"

기억이 난다고 해야 하나, 안 난다고 해야 하나? 영감이 날 떠보는 걸까? 테스트인 건가? 다니엘은 아무 말도 하지 않는 편이 안전하겠다고 판단했다.

"아마 일고여덟 살이나 됐을 거다. 기억이 안 날 수도 있어. 그냥 소풍 나온 거였으니까. 네 엄마랑 셋이서."

"아, 네. 잘 모르겠네요. 가보면 기억이 날지도 모르죠.

얼마나 더 가야 하죠?"

"몇 분만 더 가면 돼. 그때도 그랬지만 거긴 폐채석장이
야. 깊이가 50미터도 넘는 어마어마하게 큰 구멍이 있는
데…, 그랜드캐니언과 비슷하다고 생각하면 돼. 그랜드캐
니언 알지?"

"그럼요, 알죠. 라스베가스 옆에 있는 거잖아요."

다니엘 프리몬트가 말했다.

로버트 벤들러는 아무 말이 없었다. 그저 상체를 약간
굽힌 채 운전만 했다. 그러다 갑자기 시야가 탁 트이고 그
들 바로 앞에 거대한 분화구가 나타났다. 끝에서 끝까지
수백 미터는 될 법한 깊은 구멍이었다. 노인의 말대로 어
마어마했다.

"세상에, 여기서 돌을 캤다는 거죠?"

"그래, 약 백 년간 운영하다가 수지가 안 맞아 문을 닫았
지."

다니엘은 고개를 끄덕였다. 차는 상당히 빠른 속도로 달
리고 있었다. 멈출 생각이 없는 듯 노인은 오히려 더 속력
을 내는 것 같았다.

"너무 가까이 가지 마세요. 이제 내려서 구경하는 게 좋

지 않을까요?"

"아니, 한 바퀴 둘러보는 게 더 좋지 않겠니?"

그 말이 떨어지자마자, 다니엘이 위기 상황임을 미처 깨
닫기도 전에 차는 채석장 앞 15 내지 20미터 앞까지 돌진
했다. 로버트 벤들러는 다시금 액셀을 힘껏 밟았고, 차바
퀴 밑에서는 자갈과 돌멩이들이 마구 튀었다. 다니엘은 조
수석 쪽에서 운전대를 빼앗으려 해 봤지만 이미 때는 늦었
다. 차는 마치 대포에서 튀어나온 포탄처럼 거대한 심연
속으로 곧장 떨어져 내렸다.

"저 톰 벤들러 아니에요!"

다니엘이 외쳤다.

"딴 사람이라고요."

"딴 사람? 그걸 이제야 말해?"

로버트 벤들러는 돌덩이와 유리조각, 쇳조각, 불붙은 벤
진, 신체 부위들이 폭발하며 튀어 오르기 직전 겨우 이 말
을 마칠 수 있었다. 죽음이라는 이름의 활주로.

수도승은 원래 있던 자리에 그대로 서 있었다.

등을 보인 채. 어쩌면 그가 멀리 바라보는 풍경도 파도 소리에 압도당했으리라. 이 상담실에서 오가는 말소리도 전부. 이 그림을 고를 때 마리아 로젠버그의 머릿속에 든 생각도 이것이었을까? 충분히 가능한 추측이다.

그들은 여느 때처럼 차를 마셨다. 마리아 로젠버그가 손을 다쳐서 유디트가 차 준비를 도왔다. 장례식 후 첫 상담이었다.

"상심이 크겠어요. 남편에 잃었던 아들까지 둘을 한꺼번에……. 어떻게 된 거예요?"

"아마 약속을 했던가 봐요. 아마 약속을 했던 거겠죠."

"약속? 무슨 약속이요?"

유디트는 수도승에게 시선을 던졌다.

"저도 모르겠어요. 전 둘이 함께 차를 타고 간 것도 몰랐어요."

"남편이 운전을 한 건 맞지요?"

"차도 사람도 별 흔적이 남지 않았지만… 네, 맞아요. 경찰이 어떻게 그건 알아냈더라고요."

"그리고 브레이크 밟은 흔적이 없었다고……. 아, 미안해요, 신문을 읽다 보니 그 얘기가 나와서."

유디트는 차를 한 모금 마셨다.

"네, 일부러 그런 것 같아요."

"아들과 함께 동반자살을 했다고요?"

"네, 그렇게 볼 수밖에 없어요."

"그 얘기 해 볼까요? 아니면 나중으로 미뤄도 괜찮아요."

그녀는 고개를 저었다.

"아뇨, 미루지 않을래요. 저… 잘 극복해 내고 싶다는 생각이 들어요."

"좋아요, 이럴 땐 미래를 생각하는 게 중요해요."

"고맙습니다. 노력은 하고 있어요."

"밤에 잠은 자요?"

"그럭저럭."

"식사는 잘 하고요?"

"조금이지만 부족하진 않아요."

"그럼 됐어요. 그동안 너무 힘든 일을 많이 겪었잖아요. 이럴 땐 단순하고 일상적인 것에 집중하는 게 중요해요. 푹 쉬고요. 내가 질문을 더 해 볼까요, 아니면 바꿔서 할래요?"

심리상담사가 부드러운 미소를 지으며 물었다.

"선생님이 질문 더 해 주세요."

"좋아요. 로버트가 떠난 게 더 힘들어요, 아니면 톰이 나타났다 사라진 게 더 힘들어요? 둘을 구분하는 게 가능하다면요."

유디트는 잠시 생각했다.

"멀리 보면 로버트가 더 이상 곁에 없다는 게 힘들죠."

"정말이요?"

"네, 병 때문에 곧 떠날 걸 알고 있었는데도 그러네요. 톰을 생각하면… 아직도 혼란스러워요. 처음에 연락이 왔을 땐 사기꾼이라고 생각했어요. 전 톰이 죽었다고 백 퍼센트 확신했거든요. 그런데 갑자기…, 정말로 죽었잖아요.

가끔은 이 모든 게 꿈이 아닐까 하는 생각이 들어요. 그래서……."

"그래서요?"

"그래서 여전히 영문을 모르고 있는 것만 같아요……. 너무 어려워요. 로버트가 왜 그런 짓을 했는지, 이 질문에는 영영 답을 찾을 수 없을 것 같아요."

마리아 로젠버그는 고개를 끄덕였다.

"아마 그렇겠지요. 계속해서 그런 의문이 드나요?"

"네, 거의."

"아직 한 달도 안 됐으니까요. 예부터 전해 내려오는 것 중에 답이 없는 질문에 대처하는 방법이 있어요."

"방법이요?"

"그만두는 거죠, 질문하기를."

그녀는 다시 미소를 지었다. 유디트는 차를 마시며 생각해 보았다.

"무슨 생각해요?"

"로버트가 오랫동안 톰을 사망 처리하지 않은 거요. 그런데 22년 후 톰이 돌아왔고……."

"…사망 처리됐죠."

심리상담사가 나머지 문장을 완성했다.

"유디트, 그거 알아요? 내가 40년 넘게 이 방에 앉아서 별의별 얘기를 다 들어봤는데 이보다 기막힌 건 없었어요. 그런데 유디트가 이렇게 담담하게 받아들이는 걸 보니 참 다행이에요."

"능력 있는 심리상담사를 둬서 도움을 받는 거죠."

"고마워요. 그런데 그 집에 계속 살 생각이에요?"

"네, 아마도요."

"서두르지 말고 천천히 생각해요. 개는 어때요?"

"늙었지만 앞으로 일이 년은 더 살 거예요."

"다행이네요. 크리스마스에는 어떻게 보낼 생각이에요?"

"초대받은 곳이 몇 군데 있긴 한데 집에 있을 생각이에요."

"너무 외롭지 않겠어요?"

"아니요. 그리고 교정할 것도 뭉텅이로 쌓였는걸요."

"네, 그렇겠죠. 무엇에 관한 건가요? 여전히 에라스무스?"

"네."

"그렇군요. 난 크리스마스에는 여행을 가지만 새해에는 돌아올 거예요. 1월 초에 다시 상담 잡을까요?"

유디트는 다시 수도승을 쳐다보았다. 그 신비로운 뒷모습과 완벽한 고결함.

"고맙지만 상담을 잠시 쉬는 게 좋을 것 같아요. 그렇다고 오해는 하지 마시고요. 제가 스스로 잘 헤쳐 나갈 수 있는지 한번 보고 싶어요."

마리아 로젠버그는 이마를 찌푸렸으나 곧 인상을 폈다.

"유디트, 정말 훌륭한 생각이에요. 하지만 이거 하나는 약속해요. 차 한 잔이 필요하단 생각이 들면 꼭 연락하기예요."

"네, 그럼요."

유디트 벤들러가 힘주어 말했다.

VI
1996, 뉴질랜드 와나카

그 클리닉은 로이스베이가 내려다보이는 언덕에 위치하고 있었다. 그의 세 번째 클리닉이었다. 전에 다른 클리닉에도 있어 봤는데 둘 다 북섬에 있었다. 한 곳은 오클랜드 끄트머리에, 다른 한 곳은 해스팅스에. 그 어디에서도 그는 나아지지 않았다. 한 곳에서는 도망쳐 나왔고, 다른 한 곳에서는 쫓겨났다. 이미 오래전 일이다. 최소 10년 전, 이곳 퀸스타운에 오기 전이다.

세 번째 클리닉 이름은 '마이 브라더스 앤 시스터스 키퍼(My Brother's and Sister's Keeper)'로, 자세히는 모르지만 성경과 관련이 있고, 그가 이곳에 오게 된 건 천사를 만났기 때문이었다.

그 천사의 이름은 노라.

어느 날 아침, 그가 퀸스타운 병원에서 눈을 떴을 때 그의 머리맡에 앉아 있었다. 처음에 그는 내가 죽었구나, 그런데 착오로 하늘에 올라왔구나, 하고 생각했다. 그러나 다음 순간 속쓰림이 느껴져 아직 살아 있다는 것을 알았다. 저 높은 곳에 계시는 분의 전지전능하심은 끝이 없겠지만 그 영역에 속쓰림이 속할 것 같지는 않았기 때문이었다.

그가 어떻게 해서 병원에 오게 됐는지는 분명치 않았다. 그는 아무 기억이 없지만 아마 프라미스드랜드 근처 도랑에 쓰러져 있는 것을 누군가 발견한 것 같았다. 이윽고 의식이 돌아왔을 때 그의 눈앞에는 수염투성이 의사가 서 있었고, 그는 당장 마약과 술을 끊지 않으면 6개월 후 죽게 될 거라고 말했다. 그 경우 천사들이 있는 곳으로 가지는 않을 거라는 건 그 털보 의사가 한 말이 아니라 그가 스스로 내린 결론이었다.

그는 병원에서 1, 2주 정도 있으면서 어느 정도 해독 치료와 관리를 받았다. 퇴원을 앞둔 어느 날 그녀가 거기 앉아 있었다. 노라 퍼킨스. 그녀는 이십대 중반이었고 살짝 곱슬머리인 금발이었다. 피부는 보드라운 도자기 같았고, 눈은 너무 파래서 보랏빛이 날 지경이었다.

그녀가 핑크빛 입술을 열고 처음으로 한 말은 "난 당신을 도우러 왔어요. 우리 함께 미덕의 길로 가요. 당신은 그 길에서 너무 멀리 비껴나 있었어요."였다.

그는 무슨 말을 하고 싶었지만 그의 입에서 나온 소리는 슬픈 탄식뿐이었다. 그녀가 그에게 물 한 잔을 내밀었다. 그것을 받으며 그녀와 손이 스치자 기절할 것 같았지만 그는 곧 정신을 차렸다.

"와나카에 우리 클리닉이 있어요. 거기로 당신을 데려가려고 온 거예요."

그는 물을 한 모금 마셨다.

"난 나쁜 사람입니다."

그녀가 미소 지었다.

"신앙의 힘으로 더 나은 사람이 될 수 있어요. 하지만 날 따라올지 말지는 스스로 결정해요."

그는 잠시 생각했다.

"따라가겠습니다."

"할렐루야."

천사가 말했다.

그게 2월의 일이었다. 지금은 9월이니 그는 '마이 브라더스 앤 시스터스 키퍼'에 반년 넘게 머문 셈이다. 그 기간 동안 그가 딴 사람이 됐다고 해도 과언은 아니었다. 더 나은 사람. 겸허한 신앙인. 더 이상 마약을 하지 않는 사람. 25년 만에 처음으로.

노라 퍼킨스는 약속대로 그를 새 삶으로 이끌었다. 그 사이 그에게 분명해진 것은 그녀가 지금처럼 매력적인 존재가 아니라 눈 밑에 털 난 사마귀를 가진, 뒤뚱거리며 걷는 63세의 뚱뚱한 여자였다면 아마 절대 와나카로 동행하지 않았으리라는 것이었다. 그러나 신의 뜻은 인간이 헤아릴 수 없는 법. 그녀를 처음 본 순간 사랑에 빠진 건 사실이지만 시간이 지나자 그런 감정도 차분히 가라앉았다. 그녀는 신의 도구가 아닌가. 천사에게 연애를 걸 수는 없는 법.

클리닉은 그에게 집과도 같았다. 어쩌면 그가 처음 가져보는 편안한 집이었다. 그는 주 3회 있는 모임에 나가 과거 자신의 삶에 대해 이야기했다. 기억나는 한에서, 진정한 반성을 담아. 다른 환자들도 자신들의 이야기를 했다. 처참한 사연 일색이었다. 그러나 그렇게 해야만 진전이 있었다. 미덕의 길에는 지름길이 없으므로 마음을 열고 회개하지 않으면 새 사람으로 거듭날 수 없었다.

그는 로이스베이로 이어지는 그 푸른 언덕에서 평생이라도 살 수 있을 것 같았다. 그러나 그건 물론 불가능했다. 그는 세상으로 나가야 했다. 아마도 복음을 증거하기 위해서. 어느 날 저녁 그는 노라와 함께 앞으로 어떻게 할 것인지, 그의 사명이 무엇인지에 대해 이야기했다. 그리고 당장 어디로 가야 할 것인가에 대해서도.

그녀는 그의 과거에 대해 소상히 알고 있었다. 특정한 칼자국에 대한 것만 빼고. 그가 모든 관계자들을 고려해 그 사실을 숨겼기 때문이다. 그녀는 역시나 조심스럽게 제안을 해왔다.

"다시 돌아간다면 어떨 것 같아요?"

"나도 잘 모르겠어요. 그걸 알 수 있는 길은 단 하나겠죠."

그가 솔직하게 답했다.

"마음이 끌리는 곳으로 가세요. 주님은 늘 당신 마음속에 계시니까요. 주님은 틀리시는 법이 없어요."

그는 고개를 끄덕였다. 그것으로 결정이 났다.

"일단 연락해 보고 상황 체크를 하는 게 좋지 않겠어요?"

가끔씩 천사 같지 않은 말투를 쓰는 노라였다.

"전화번호를 알아봐 준다면요. 전화 써도 되는 거죠?"

그녀는 고개를 끄덕였다. 그건 일도 아니었다. '마이 브라더스 앤 시스터스 키퍼' 클리닉에는 원칙적으로 문제 될 게 전혀 없었다.

그는 9월 중순의 어느 날 오전, 시차를 전혀 생각하지 않고 전화를 걸었다. 전화를 받은 그녀는 나지막한 소음을 들었다. 바위 해변에 부서지는 파도 소리 같은 소리였다.

"여보세요?"

"유디트 벤들러?"

"네, 맞는데요."

"저 톰입니다."

사마리아의 야생난
ORMBLOMMAN FRÅN SAMARIA

1

시작하기 전에 이거 하나만은 말해 두어야겠다. 일을 진행시킨 사람은 내가 아니었다. 야생난을 다시 파낸 사람은 내가 아니었다. 정말이지 그건 내 의도가 아니었다. 세상에는 옆에서 지켜보는 것만으로도 끔찍하고 불길한 일이 수두룩하게 일어난다.

뭣도 모르고 하는 소리가 아니다. 49년 인생을 사는 동안 큰 결정을 내린 건 네다섯 번에 지나지 않지만 나는 매번 예기치 못한 결과에 봉착하곤 했다. 그래서 끼어들지 않는 법을 배우게 됐다. 삶의 균형을 깨거나 뒤흔들 소지가 있는 것은 모두 피했고, 그 기술은 나이가 들수록 능숙해졌다. 내 삶뿐 아니라 타인의 삶에서도 마찬가지였다.

내 말을 잘 이해하기 바란다. 세상에는 상상하기 힘든 바보짓을 해서 걸핏하면 사고 치는 이들이 있다. 나 같은 경우는 눈 한 번 찡긋했는데 결혼 25년차에 딸이 둘이다. 예를 들자면 그렇다는 거다.

나는 그로텐부르크에 산다. 내 아내와 딸들도 마찬가지다. 그러나 한 지붕 밑에 살지는 않는다. 힐데와 베아트리스는 두 살 반 터울인데 다섯 달 간격으로 결혼식을 치렀다. 두 번의 결혼식은 모두 지난겨울에 있었다. 그리고 힐데는 현재 임신 중이다. 내년이면 겨우 쉰 살이 되는 내가 할아버지가 되는 것이다.

내 아내의 이름은 클라라, 더 이상 나를 사랑하지 않는다. 아내의 입으로 직접 그렇게 말했다. 그 말을 한 지 얼마 되지도 않았다. 여름휴가가 시작되기 나흘 전이었다. 모든 건 거기서 시작됐다. 그렇다, 알고 보면 이 모든 일은 클라라로부터 비롯됐다고 할 수 있다. 이렇게 나는 뒤로 쏙 빠지련다. 원래 작은 빌미만 있어도 남에게 미루는 게 내 특기다, 이미 말했듯이. 그리고 그러는 데는 다 이유가 있다.

어쩌면 아내는 처음부터 나를 사랑하지 않았는지도 모른다. 1972년 에게 해, 그날 저녁 내가 게슴츠레하게 뜬 눈을 껌벅거렸을 때 내 머릿속은 온갖 잡생각으로 가득했다. 하지만 그중 사랑에 관한 것은 없었다.

내 가슴속에 뜨거운 사랑의 불꽃이 타오른 적이 있긴 했다, 딱 한 번. 30년 전, 나는 그때 치기어린 마음에 충동적으로 행동했고, 그 행동이 가져온 결과를 지금 풀어놓으려고 한다. 그 결과에 대해, 그리고 훗날 그것이 내 아내의 고백과 만나 일으킨 효과에 대해 이야기하려 한다. 1997년 6월 그 더웠던 날, 그 의미심장한 저녁, 더 이상 나를 사랑하지 않는다는 아내의 고백 말이다.

나는 신문을 내려놓고 한동안 말없이 앉아 있었다. 클라라는 마치 아무 일도 없었다는 듯 계속해서 토마토 순을 땄다. 순간 나는 잘못 들었나 하는 착각에 사로잡혔다. 그럼에도 불구하고 물었다.

"그래서 이혼하자는 거야?"

"아마 그래야겠지."

그녀가 고개도 들지 않고 말했다.

"어쨌든 이번 여름휴가는 혼자 지내고 싶어."

"다른 사람이 생긴 거야?"

내가 물었다.

"그렇다고도 할 수 있지."

그녀가 대답했다.

그 대답은 수상하기 짝이 없었다. 내 아내의 입에서 나온 말이기에 더욱 그랬다. 나는 잠시 어떤 자식이기에, 하고 생각하다가 문득 그 상대가 누군지 별로 알고 싶지 않다는 생각이 들어 다시 신문으로 눈길을 돌렸다.

그 대화가 있은 지 채 두 시간도 안 돼 나는 우르반 클레르보트의 전화를 받았다. 참으로 이상한 일이었다. 하필이면 그날, 25년간 이어져 온 내 결혼생활이 끝나던 날 저녁에 그 전화가 온 것이다. 하지만 아까도 말했듯이 내 인생 자체가 그렇다. 내 삶이 이제까지 그렇게 흘러왔다. 한 가지 일이 일어나면 꼭 다른 사건이 뒤따른다. 항상 그랬다. 심리적 자기장 같은 게 존재하는 걸까? 나도 이런 현상을 어떻게 받아들여야 할지 모르겠고 설명할 방법도 모르기 때문에 아예 설명은 시도하지 않겠다.

"헨리 마르텐스?"

"네."

"나 우르반 클레르보트야. 기억 나?"

나는 잠시 생각해 보고 기억난다고 대답했다.

"정말 오랜만이다."

"그래, 한참 됐지?"

"정확히 30년이야."

그가 너털웃음을 터뜨렸다. 목소리만 들었을 때는 몰랐는데 웃음소리를 들으니 확실히 기억이 났다. 학창시절부터 그의 웃음소리는 울림이 좋았다. 나이가 들고 몸이 불어나면서 그 울림이 더욱 깊어지고 세련되어진 것 같았다.

물론 나는 우르반 클레르보트를 수십 년간 보지 못했다. 하지만 체중 증가를 알게 해주는 분명한 지표가 있다면 그건 바로 웃음소리다.

"잘 살고 있어?"

그가 안부를 물었다.

"응, 덕분에."

내가 대답했다.

"아마 곧 이혼당하게 될 것 같지만 뭐 그 밖엔 다 괜찮아."

"저런, 그럼 결혼했다는 거네?"

"응, 딱 맞혔어. 넌 안 했어?"

"그럴 시간이 없었어."

"아, 그래. 그런데 무슨 일로 전화한 거야?"

그는 용건을 말하기 전에 헛기침을 두어 번 했다.

"국어 선생님이라면서?"

"어떻게 알았어?"

"일전에 들었어."

"누구한테?"

"막스한테. 너랑 한 번 만났다고 하던데?"

나는 잠시 기억을 더듬었다. 생각해 보니 몇 년 전 한 도서전에서 우연히 동창을 만난 적이 있었다.

"그래, 맞아. 그런데 그건 왜?"

"도움이 좀 필요해서. 너 학교 다닐 때부터 언어 천재였잖아. 재능이 갑자기 사라지진 않았겠지?"

나는 아무 대꾸도 하지 않았다. 슬슬 일 냄새가 났으므로.

"넌 무슨 일 하는데?"

나는 슬쩍 화제를 돌렸다.

"심리상담사야."

우르반이 대답했다.

"그런데 지금 그게 중요한 게 아니고 내가 하려던 말이 뭐냐면, 내가 책을 하나 내는데 말이야. 솔직히 이거 나오기만 하면 히트 칠 거거든. 그런데 단어나 이런 것도 좀 봐 주고 한번 읽어봐 줄 사람이 필요해."

거기에는 의심의 여지가 없었다.

"어디 사는데?"

"아를라흐. K 교외 바닷가에 집이 한 채 있어. 거기서 나랑 이번 여름에 몇 주 지낼 생각 없어? 숙식 제공은 할 테니 넌 원고 읽고 검토만 해 주면 돼. 코냑도 마시고 시거도 피우고, 가끔 낚시도 하면서 편히 쉬는 거지. 어때, 생각 있어?"

나는 잠시 생각했다.

"언제?"

"빠르면 빠를수록 좋아. 난 10일부터는 다 괜찮아. 처리해야 할 일이 조금 남았거든. 어때?"

나는 내 일정표에 시선을 던졌다. 깨끗했다.

"11일부터 2주간."

내가 말했다.

"나 그때 휴가야."

"좋았어."

그는 신이 나서 다시 큰 소리로 웃었다.

"와, 벌써 다음 주잖아. 정말 기대되는데? 넌 고등학교 졸업한 뒤로는 K에 잘 안 갔지?"

"응, 한 번도 안 갔어."

"정말? 30년간 한 번도 안 갔어? 아니, 왜?"

"그럴만한 이유가 있어서."

"아…, 그때 그 일 때문에?"

나는 잠시 침묵하다 말했다.

"응."

잠시 후 우르반이 말을 이었다.

"그럴 수도 있지 뭐. 만나서 그 얘기도 해 보자고."

"응, 봐서."

내가 말했다.

우리는 서로의 주소와 전화번호를 교환했다. 전화를 끊은 후 나는 서재에 멍하니 앉아 생각에 잠겼다. 지난 30년의 세월이, 이제까지 살아온 인생의 반보다 많은 시간의 격차가 순식간에 사라지는 느낌이었다.

인생이란 뭘까?

나는 생각했다. 그 많은 날들은 다 어디로 간 걸까?

나는 손님방에 자리를 펴고 아내에게 잘 자라는 인사도

하지 않은 채 잠자리에 들었다. 몇 시간이 지난 후 잠이 들었는데 생각이 꿈속까지 따라와 꿈으로 이어졌다. 그러나 그 꿈은 클라라와 헤어진 후 각자 가게 될 길에 대한 게 아니라 K와 그 보도블록, 학창시절이 끝나갈 무렵 줄기차게 오가던 그 길을 다시 마주하는 것이 과연 어떤 의미를 지니는가 하는 것이었다.

그것은 내게 상당히 불길한 징조로 다가왔다. 만약 그날 저녁 아내의 갑작스러운 선언이 없었다면 우르반 클레르보트의 제안을 수락하는 일은 없었으리라. 결국 더 이상 나와 살고 싶지 않다는 아내의 선언 때문이었던 거다.

다시 한 번 강조하지만 야생난을 도로 파낸 사람은 내가 아니다.

2

나는 방학식 다음 날인 토요일 아침 일찍 집을 나섰다.
아내는 아직 자고 있었다. 아마도 그랬을 것이다. 아니면
어색한 작별 장면을 연출하기 싫어서 일부러 자는 척했을
수도 있다.

우리는 8월에 다시 얘기하기로 하고 일단 문제를 묻어
두기로 했다. 25년간 함께 살아온 두 국어교사 사이에 언어
는 그리 큰 해결책이 되지 못했다.

나는 아내에게 그저 여행을 간다고만 했다. 아마 하지 축
제 때 돌아올 거라고. 그 말에 아내는 24일에 떠나는 표를
예약해 두었다며 아주 잘됐다고 했다. 마주치더라도 둘이
함께 집에 있는 건 하루 정도일 테니까.

나는 전날 저녁 미리 짐을 싸두었다. 여행 가방 하나에
갈아입을 옷과 책 여섯 권, 낡은 낚싯대를 챙긴 게 전부다.

낚싯대는 작동이 될지 안 될지 모르는 골동품 수준이지만 성의를 보이는 차원에서 가져가기로 했다.

우르반 클레르보트와 만나기로 한 날은 월요일이었다. 하지만 그로텐부르크를 하루라도 빨리 떠나고 싶었기 때문에 K의 콘티넨탈 호텔에 전화를 걸어 이틀 밤을 예약해 두었다.

내 60년대의 기억 속에 남아 있는 호텔은 콘티넨탈 하나뿐이다. 전화번호를 찾아 전화를 걸어보니 아직 그 이름으로 운영되고 있었다. 내가 기억하는 콘티넨탈 호텔은 기차역 바로 맞은편에 있던 20세기 말식의 상당히 인상적인 건축물이었다. 호텔 식당에서 두 번 식사를 한 적이 있는데 두 번 다 부모님, 남동생과 함께였다. 그때마다 다른 세계에 들어온 것 같은 기분이 들었다. 딱히 내가 사는 세상보다 더 낫다거나 고급스럽다거나 한 건 아니었다. 단지 딴세상, 나란히 존재하는 다른 세계에 들어온 것 같았다.

콘티넨탈 호텔, 30년이나 지났는데 그때 그런 느낌을 다시 받게 될까? 6월의 산뜻한 아침 막 길을 떠난 내게 그건 그야말로 미지수였다.

우리가 사는 곳에는 봄이 늦게 찾아왔기 때문에 벚꽃과 라일락꽃이 아직 피어 있었고, 고속도로 양옆으로 탁 트인 풍경도 짙은 초록이 아니라 순수함을 간직한 연둣빛 이파리였다. 농익은 단내가 아니라 풋풋한 기약이라고 할까?

그러나 주변 풍경은 운전대를 잡고 남쪽으로 향하는 내 마음을 그리 오래 사로잡지 못했다. 나는 K에 대해 생각하고 있었다. 카를스 교회, 레스토랑 메피스토, 수많은 다리 아래로 흐르던 냇가, 내가 다니던 고등학교, 그리고 4년에 걸친 고교 시절. 원래는 3년이어야 하지만 절대 잊지 못할 그 복잡 미묘한 사건으로 인해 1년이 더해졌다. 자유, 혁명, 팝음악. 모든 게 어설펐다. 담배 연기가 누렇게 밴 실존주의 카페 '더러운 짭새'까지 포함해서.

3년이 아니라 4년. K로 이사했을 때 나는 열여섯 살이었다. 그리고 K를 떠날 때 스무 살이었다.

아버지는 1963년 8월 1일자로 우체국장에 취임했다. 우리는 그전에도 숱하게 이사를 다녔다. 하지만 그게 마지막 이사가 될 거라고 했다. K는 우리의 고향이 될 도시였다. 부모님의 터전, 나와 내 동생의 고향이 될 곳이었다. 게오르크는 7월에 일곱 살이 됐지만 여전히 이불에 오줌을 쌌다. 어머니는 이사 때문일 거라고 하셨다. 이사는 아버지의 직업, 우체국에서의 승진과 관련이 있었다. 우체국에서 일을 한다고 해서 사람까지 띠 두른 우편 신문처럼 날아다녀야 하는 건 아니라고 아른트 삼촌은 쓴 소리를 해댔었다.

우리는 K를 마지막으로 이사와 연을 끊을 생각이었다. 우체국장은 충분히 존경받는 자리였고, 아버지는 더 이상 승진 욕심을 내지 않았다. 그리고 처음에는 그렇게 될 것 같았다. 60년대 중반, 그 낙관적이던 시절에는 모든 징조가 그 방향을 가리키고 있었다. 그러다 갑자기 원래 우체국장이었던 사람이, 음주로 인한 간 기능 손상으로 가망이 없다던 슈트룽케 씨가 다 나았다는 소식이 들려왔다. 우리는 다시 짐을 싸야 하는 처지가 되었다.

나는 이사를 거부했다. 그동안 다시 공부에 재미가 들려 있었고 졸업까지 1년밖에 남지 않은 상황이었다. 그런 상황에서 새로운 학교로 전학 가 다시 졸업을 준비한다는 것은 어느 모로 보나 불합리했다. 그저 끔찍하게만 느껴졌다. 아마 그게 내 19년 인생에서 처음 내린 중요한 결정이었을 것이다. 적지 않은 반대가 있었지만 결국 나는 부모님의 승

낙을 얻어냈다. 먼저 어머니가 허락했고, 그로부터 세 시간 뒤 아버지도 허락했다. 나는 하숙방을 얻기로 했다.

하숙집 주인은 혈전증으로 죽은 도살업자 쿤체 씨의 부인이었다. 아랫동네 팜파스 지구의 체육관 뒤에 있는 집이었는데, 집세가 올라서 방을 세놓는 것이었다.

나는 지붕 바로 아래에 있는 방을 얻었다. 창밖으로 오래된 사과나무와 가문비나무 울타리, 우리 학교의 벽돌색 지붕이 보였다. 아침에, 아직 침대에 누운 상태에서 학교종이 울리면 그때부터 준비 땡 하고 챙겨도 4분 이상 지각하지 않았다. 그야말로 최적의 위치였다.

하숙집 지붕 밑에는 방이 둘 있었는데, 나머지 방에는 내성적인 성격의 안경원 조수 켈러만이 살았다. 정확히 몇 살인지는 모르지만 30대 정도의 한 90킬로그램이 좀 넘어보였다. 찾아오는 친구도 없고, 우표 수집과 우편 체스에만 몰두하는 사람이었다. 나와는 화장실과 욕실을 공유하는 사이일 뿐 더 이상의 친분은 없었다.

쿤체 부인은 교활하기 짝이 없는 암고양이 두 마리를 키웠고, 주말에만 사용하는 '슬링볼트' 브랜드의 보청기를 가지고 있었다. 그리고 '핑켈슈트로'라는 이름의 애인이 있었는데, 그는 한 달에 한 번 토요일에 검정색 오토바이를 타고 와서 밤을 보낸 후 새벽이 되기 전에 돌아갔다. 일요일 아침이면 감쪽같이 사라지고 없었기 때문에 그는 내게 늘 비밀스러운 존재였다.

가까이 존재하는 사람들이었지만 나는 그들에게 별 관심이 없었다. 쿤체 부인도 핑켈슈트로도 켈러만도 고양이들도. 당시 나는 청소년시절이 끝나가는 고등학교 졸업반이었다. 당연히 더 고상한 데 관심이 있었다.

예를 들면 팝 음악 같은 것 말이다. 정치, 시. 세계관의 문제. 우리는 어디서 왔고 어디로 가는가? 〈헬하운드 온 마이 트레일〉(로버트 존슨의 블루스 곡_역주). 또 예를 들면 여자, 당시는 1966년이었고 여자들의 치마 길이는 나날이 짧아지고 있었다. 여드름과 솜털 수염이 난 혈기 왕성한 청년으로 그 시대를 산다는 건 정말이지 쉬운 일이 아니었다. 충족되지 않은 욕구는 불확실성, 어설픔과 박자를 맞춰 걷잡을 수 없이 커져 갔다.

우리 학교 스웨덴어 반은 남녀 성비가 고르지 못했다. 여학생 23명에 남학생 12명, 즉 여자 두 명당 남자 한 명꼴이었지만 그게 다 무슨 소용이람?

솜털 수염이 돋기 시작한 동기생들 중에는 금지된 열매를 맛보는 이들이 하나둘씩 늘어갔다. 하지만 나를 포함한 대다수에게는 그저 하늘의 별 따기일 뿐이었다. 나는 닐스 뷜토프트, 우르반 클레르보트, 피터 포겔 같은 친구들과 어울리며 예술의 법칙, 공산당 선언, 쿠바 문제, 의무론적 윤리를 논했다. 그러나 우리들 중 여자를 만나면 어떻게 해야 하는지 아는 사람은 아무도 없었다. 여자 문제에 있어서만은 모두가 초짜였다. 어쩌면 그게 소도시의 한계인지도 모른다. K는 엄청나게 보수적인 소도시였고, 그곳에 사는 고등학생들 또한 마찬가지였다.

졸업반 마지막 방학을 할 무렵, 나는 우리 반 여학생 여섯 명 정도를 좋아하고 있었다. 그리고 그중 세 명과는 손을 잡아봤고 한 명과는 키스도 했다. 그 애 이름은 마리에 케였는데, 말끝마다 자기결정권 운운해서 나는 금방 그 애한테 시큰둥해졌다.

한마디로 안타까운 상황이었고, 여자란 내게 알 수 없는 존재였다. 시대정신이 아무리 앞서가도. 팝음악이 어찌 됐든. 인생관이고 뭐고. 아이 캔트 겟 노 새티스팩션(I can't get no satisfaction).

날씨가 참으로 좋았다. 올여름 들어 첫 번째 토요일이었다. 서두를 일도 없었기 때문에 낮에는 빔링엔에 있는 해변에 가서 몇 시간 동안 느긋하게 쉬었다. 그리고 저녁 7시쯤에야 K의 잘 관리된 구 동문 안으로 차를 몰아 들어갔다.

구 동문 안으로 들어서자 바로 시간의 바닥으로 가라앉는 기분이 들었다. 30년? 나는 속으로 생각했다. 구도심 쇼핑가를 따라 늘어선 저 파스텔 색깔의 뾰족 지붕 집들을 마지막으로 본 게 정말 30년 전이란 말인가? 시장 광장의 저 낯익은 청동상 분수에서 뿜어져 나온 물이 돌바닥으로 흘러내리는 것을 본 것이 바로 어제, 아니면 지난주가 아니란 말인가? 그리고 시청 앞 벤치에 앉아 아이스크림을 먹는 저 여학생들은 내 동기생들이 아니란 말인가?

나는 룸미러에 내 얼굴을 슬쩍 비춰 보았다. 그리고 그제야 삭막한 현실로 돌아왔다. 때는 바야흐로 1997년, 나는 마흔아홉 살이었다. 여드름 나던 시절은 진즉 지나가고 이제 이마 주변이 휑해졌다. 이마, 눈 밑, 목에 주름이 자글

자글한 나이가 되었다.

'그게 인생이지.'

나는 인생무상이라는 말을 떠올리며 터널을 지나 기차 선로가 지나는 쪽으로 빠져나갔다.

'혹은 죽음일지도 모르고.' (어쩌면 삶이 죽음이고 죽음이 삶일지도 모른다. 먹고 마시는 것도 감각의 착각일지 모른다는 아리스토파네스의 말을 인용한 것으로 보임_역주).

모든 것에는 각자의 시간이 있고 저마다에게 어울리는 자리가 있다. 여학생들에게 시장 광장이 어울리듯 여행에 지친 중년 남성에게는 콘티넨탈이 어울린다.

카운터에는 빨강머리 여직원이 서 있었다. 긴 머리를 하나로 묶은 그녀는 흠잡을 데 없이 고른 48개의 치아를 드러내며 웃었다. 그리고 내게 39번 방 열쇠를 건네며 11시까지 식당이 운영된다고 알려 주었다.

마침 그날은 토요일이었다. 그녀는 먼저 여독을 씻으실 생각이시면요, 라고 말했다. 나는 그 말을 듣고 내게서 땀냄새가 나는 것이라 유추했다. 그러나 그녀를 책망하지 않고 얼른 고맙다고 말한 다음 가방을 들고 엘리베이터로 갔다. 그리고 10분 뒤 샤워를 하며 생각했다.

'내가 뭐하자고 이 촌구석에 이틀이나 일찍 찾아온 걸까?'

나중에 나는 다시 이 질문으로 돌아오게 된다.

그날 저녁 식사는 호텔에서 했다. 정확히는 로마식 살팀보카(프로슈토를 얹은 고기요리_역주). 그리고 잠자리에 들기 전 산책을 할 목적으로 시내를 조금 돌아다녔다. 그러다 진한 와인 두 잔을 마셨는데 피로가 쌓여 있던 터라 앞뒤 돌아볼 틈도 없이 침대로 직행해야 했다.

카를스 교회에서 11시 15분을 알리는 종소리가 열린 창문으로 들려왔다. 잠결에 그 소리를 들은 후 11시 반을 알리는 종소리는 들은 기억이 없다.

아마 내가 아침 식사를 방으로 주문해 두었는지(?) 일요일 아침 9시가 되자 빨강머리 여직원이 잘 차려진 아침 식사와 조간신문이 놓인 쟁반을 들고 와서 나를 깨웠다. 그녀는 하얀 치아를 드러내며 어딘지 모르게 친한 척하는 미소를 지었다. 순간 나는 그녀가 내게 무슨 할 말이 있는 것 같다고 느꼈다. 그러나 잠이 덜 깨서 누군가와 대화를 나눌 수 있는 상태가 아니었다. 그녀는 좋은 하루가 되길 바란다며 맛있게 먹으라는 인사를 남기고 돌아갔다.

아침을 먹고 샤워를 한 뒤 나는 시내 정복에 나섰다. K시 말이다. 구도심은 60년대와 비교해 놀랄 정도로 변하지 않은 상태였다. 크란체스 서점도 그 자리에 그대로 있었고, 약국, 경찰서, 그로테 시장의 비둘기 떼…… 모든 게 옛날 모습 그대로였다. 그리고 앞으로도 그 자리에 그대로 있을 것만 같았다. 반면 실존주의자 카페 '더러운 짭새'는 기억 속에만 존재했다. 그 근처 일대가 다 헐리고 이제는 유리, 콘크리트, 포스트모더니즘이 지배하는 곳이 되어 있었다. 부티크, 가게 등등.

그리고 학교. 고딕양식의 거대한 덩어리. 뾰족한 지붕 장식과 탑들. 급격한 경사를 이루며 떨어지는 지붕. 까마귀들. 시커먼 속내를 감춘 듯한 창문들. 나는 맥박이 빨라지는 것을 느꼈다. 학교 쪽에서 볼 때 냇가 건너에 있는 팜파스 주택가도 아직 건재해 보였다. 오래된 목조건물과 벽돌집들이 죽 늘어선 모양이며 이끼로 뒤덮인 잔디밭, 유실수와 라일락 울타리도 여전했다. 내 오래된 사과나무에도 탐스러운 꽃이 피어 있었다. 보도블록에 서서 지붕 아래 방을 올려다보노라니 목이 콱 메었다. 창문에는 빨간색 체크무

늬가 있는 레이스 커튼이 쳐져 있었다.

30년 동안 커튼을 바꾸지 않은 걸까? 그럼 쿤체 부인이 아직 살아 있단 말? 아니, 그럴 리가 없지 않은가! 그 질문에 대한 답은 영영 찾지 못했다.

그 화창했던 초여름날, 수수께끼 같은 기억들은 예상치 못한 순간에 번뜩이듯 의식의 수면 위로 떠올라 뇌리를 스쳤다. 그래서 오후 늦게 콘티넨탈로 돌아왔을 때 나는 수많은 인상과 기억으로 머리가 꽉 차 현기증이 일고 예민해진 상태였다.

호텔에 들어서니 상태가 더 안 좋아지는 것 같았다. 빨강 머리 여직원은 어디로 가버리고 짧은 턱수염에 코에 피어싱을 한 비쩍 마른 키다리 청년이 카운터에 서 있었다. 막 엘리베이터를 타려는데 그가 나를 불렀다.

"여기요, 메시지가 와 있는데요."

"메시지요?"

그는 내게 호텔 로고가 그려진 편지 봉투를 내밀었다. 나는 그것을 주머니에 넣고 객실로 올라갔다.

두 번 접힌 종이를 펼치며 나는 우르반 클레르보트일 것이라고 생각했다.

'일이 생겨서 늦는다는 말이겠지. 덤벙거리는 건 여전하군.'

그러나 내 예상은 빗나갔다. 메시지는 손 글씨로 쓴 간결한 것이었다. 나는 한참 동안이나 쪽지를 들여다보았다.

네가 돌아올 때가 됐다고 생각했어. 연락할게.

—베라 칼.

나는 다시 현기증을 느끼며 침대에 걸터앉았다. 입맛이 비렸다. 입천장에서 약하지만 분명한 쇳내를 느끼며 나는 생각했다.

빌어먹을! 어떻게 30년 전에 죽은 여자가, 내가 K에 돌아왔다는 걸 알 수 있지?

3

고등학교 4년 중 베라 칼과 같은 반이었던 건 2년간이었다. 마지막 2년. 마지막에 명예 학년 1년을 더 다녔기 때문이다. 물론 명예롭지 않은 명예 학년이었다. 한편 초등학교 때 조숙하다는 이유로 한 학년 월반을 한 적이 있기 때문에 졸업할 때 나이는 다른 친구들과 똑같았다.

이미 말했듯이 나는 내 플라토닉 러브의 대상인 대여섯 명의 여학생들 사이를 오가며 사랑의 불꽃을 태웠다. 사랑은 영원하지만 그 대상은 바뀌는 법. 그러나 대체 불가능한 대상도 있었다. 베라 칼. 나는 그녀를 처음 본 순간 사랑에 빠졌고 그런 열악한 상황에 있던 사람은 나뿐이 아니었다. 내 생각엔 모두가 그녀에게 강한 끌림을 느꼈던 것 같다. 우리 반 남학생 열두 명 모두 말이다. 심지어 문학 속 인물에게만 열광하던, 못 말리는 책벌레 카를 마리아 에라스무스반 투스도 예외는 아니었다.

　나와 어울리던 우르반 클레르보트, 피터 포겔, 닐스 빌토프트가 베라 칼을 사모했다는 건 자명했다. '더러운 짭새'에 모였을 때도 그 이야기가 여러 번 나왔다. 닐스가 그녀에게 반했다는 건 누구나 다 아는 사실이었다. 닐스는 그녀가 눈앞에 나타나기만 하면 말을 제대로 하지 못했다. 그래서 수업시간에 책을 읽거나 설명을 해야 할 때면 말을 더듬지 않기 위해 일부러 그녀에게 등을 돌리곤 했다. 누구에게나 짊어져야 할 짐은 있는 법.

　한번은 그 문제에 있어서 꽤 앞서 있다고 알려진 피에르 보르그만과 토마스 레이진이 남국적인 터치로 각자 베라 칼에게 접근한 적이 있었다. 하지만 베라는 정중하고도 단호하게 거절했다고 했고, 우리 모두는 안도의 한숨을 쉬었다.

　베라 칼은 남자애들과 어울려 다니지 않았다. 그런 남자들과는 당연히 어울리지 않았다. 그녀는 그런 여자가 아니었다. 그들이 그걸 이해할 수 있었을까? 아니, 이해하지 못했다. 하지만 이해해야만 했다.

　정말이지 우리 모두는 그녀를 사랑했다. 속으로는 모

두 그녀가 쉽게 넘어가지 않고 우리 중 한 사람을 선택하지 않는 것에 감사했다. 차라리 열렬히 사모하는 열두 명중 하나로서 사무치는 동경 속에서 자신의 슬픈 운명을 곱씹는 게 나았다. 내가 아니라면 그 누구도 안 되는 게 낫다. 모두 그런 마음이었을 것이다. 물론 나도 그랬다. 우르반도 그랬고 피터와 닐스도 마찬가지였다. 그도 그럴 것이 우리에게 베라 칼은 계시와 같은 존재였다. 여인의 모습으로 땅에 내려온 여신이었다. 말로 다 설명할 수는 없지만…….

까만 밤을 연상시키는 풍성한 머리카락, 그 길쭉한 눈, 그 미소, 이성을 무장 해제시키는 2밀리미터 벌어진 앞니. 그리고 그 날씬한 몸매, 날렵한 암컷 표범처럼 미끄러지듯 걷는 탄력 있는 걸음걸이, 별것 아니라는 듯 삶을 헤쳐 나가던 자유로움. 그녀는 심포니였고 소네트였다. 아니, 더 완벽했다. 완벽한 게 당연했다. 하지만 그녀는 자신의 완벽함을 전혀 의식하지 못하는 듯했다. 우린 선생님의 두 시간짜리 라틴어 수업도 순간적으로 스쳐가는 아련한 빛으로 만들어 버리는 완벽함을 말이다. 그녀는 그런 사람이었다. 우리의 야생난 베라 칼.

"베라 칼을 유엔 총회로 보내야 해."

언젠가 닐스 빌토프트가 말했다.

"그럼 30분도 안 돼서 지구에 평화가 찾아올 거야. 그렇지 않으면 세계대전이 일어날걸."

어쩌면 그의 말이 옳았던 것 같다. 어쩌면 우린 선생님의 마지막 말도 옳았다. 1967년 4월 마지막 금요일, 두 시간짜리 마지막 라틴어 수업 시간을 끝내며 그는 베라 칼에게서 눈을 떼지 못한 채 말했다.

"크벰 디 딜리군트 아돌레센스 모리투르."

신은 사랑하는 인간을 일찍 데려가신다.

그녀가 범접하기 힘든 존재였던 데는 다 그만한 이유가 있다. 그녀는 춤추러 다니지 않았다. 실존주의자 카페 '더러운 짭새' 옆 주크박스에 기대어 다 구겨진 럭키스트라이크를 피우지도 않았다. 베라 칼은 무대 앞에 서서 지역의 팝그룹이 고만고만한 실력으로 연주하는 〈새티스팩션(Satisfaction)〉, 〈마이 제너레이션(My Genaration)〉, 〈두 와 디디 디디(Do-Wah-Didy-Didy)〉의 리듬에 몸을 맡기지도 않았다. 그리고 〈아이 소 허 스탠딩 데어(I Saw Her Standing There)〉가 흘러나올 때 거기 서 있던 사람은 절대 그녀가 아니었다. 잘해봐야 누군가의 환상 속 후미진 구석에서였으리라.

그녀는 부모님이 안 계신 집에 끼리끼리 모여 환각을 체험할 목적으로 옥수수 파이프에 말린 바나나 껍질을 넣어 피우거나 반쯤 발효된 덜 익은 체리주를 마실 때에도 절대 끼지 않았다. 그 맛은 마치 소화 과정을 두 번 정도 거친 듯한 맛이었다. 윽! 한마디로 최악이었다. 닐스 뷜토프트는 그런 체리주를 매번 아버지의 지하실 저장 창고에서 훔쳐 오곤 했다.

그렇다. 베라 칼은 얌전히 집에 있는 아이였다.

그녀의 부모님은 딸이 집 밖으로 돌게 놔두지 않았다.

어쩌면 후자의 영향이 더 컸을 것이다. 주변 사람들의 말로는 그랬다. 내 주변 사람들 말이다. 그녀는 외동딸이었고 세상의 끝에 살았다. 마을 어귀 숲, 케란과 말뷔 근처다. 그녀의 아버지 아돌푸스 칼은 그 지역 아론형제교단 공동체의 목사였다. 그 교단은 거의 구약성서에 가까운 엄격한 규율을 지키는 것으로 유명했고, 그만큼 속세의 일에는 무관심했다. K와 인근 지역에는 이단교회가 널리 퍼져 있었는데, 아론형제교단도 그중 하나였다. 그 지역은 19세기부터 자유사상으로 유명했고, 그 당시에도 그랬다.

그러니 아돌푸스 칼의 딸이 댄스홀이나 팝 콘서트, 수상쩍은 학급 파티 같은 곳으로 싸돌아다닌다는 것은 상상의 차원을 넘어서는 것이었다. 그녀의 상황은 그랬다. 그리고 그 상황은 그녀의 운명을 자꾸만 암울한 방향으로 밀어내는 듯했다.

날이 갈수록 그녀의 아름다움은 무르익었고 남자들을 끄는 힘도 강해졌다.

"이게 뭐야?"

어느 날 피터 포겔이 말했다.

"사막에서 물이 없어 죽어가는 사람에게 나이아가라 폭포를 보여 주는 것과 같잖아. 라디오에서 일출 보는 거지. 난 차라리 거세를 하겠어."

당시 우리의 표현력은 그다지 세련된 편이 아니었다.

피터 포겔도 그랬고 나머지 친구들도 마찬가지였다. 글쎄, 우린 선생님은 좀 달랐을지도…….

크벰 디 딜리군트…….

한 달간의 말미를 두고 도화선에 불을 붙인 폭탄 같은 예언이었다.

야생난.

그녀에게 그 별명을 붙인 것 역시 피터 포겔이었다. 하지만 그건 은유적 표현과는 거리가 멀었다. 내 기억이 정확하다면 리히터-프리히의 탐정소설에 나오는 이름이었는데, 피터는 윌모트 골동품점에서 다른 책 열 권과 함께 달랑 20크로네에 그 책을 샀고, 실제로 읽지는 않았다. 즉, 그녀는 사마리아의 야생난이었다.

사마리아는 칼 가족의 농장 이름이다. 당시 K 인근 지역에는 성경에 나오는 이름을 가진 농장이나 건물이 많았다. 예루살렘, 가나, 가버나움. 악명 높은 대규모 돼지농장 중 하나가 베들레헴이었다. 만약 신이 모든 곳에 임하실 생각이었다면 우리가 사는 외딴 곳에서 그 뜻을 이루었으리라. 시대로부터 동떨어진 시간 속에.

피터 포겔이 생각해 낸 별명이 관행적으로 사용되지는 않았다. 우리 사이에서만 가끔씩 사용되는 은어였다. 그런데 누군가 기자들에게 불었는지 언론 보도가 시작되자 그녀는 바로 그 이름 '사마리아의 야생난'으로 불리기 시작했다. 그리고 세상 천지에 나붙은 그녀의 사진 속에서 그 비밀스러운 아름다움을 볼 때면 정말 딱 맞는 별명이다 싶었다.

이제 그 사건에 대해 이야기하겠다.

그해 졸업장 배부일은 5월 29일로 정해졌다. 이틀 전 27일 목요일에는 전통적으로 내려오는 졸업 파티가 있을 예정이었다. 졸업 파티는 늘 그랬듯이 림부르크 연회장에서 열렸다. 벽면과 천장을 따라 석고 장식과 처마 장식, 희미한 샹들리에가 끝없이 이어지는 명예의 전당으로 13세기 초인가부터 비슷한 행사가 치러졌다는 곳이다.

행사는 크게 세 부분으로 나뉘었다.

먼저 새로 장만한 슈트나 드레스를 입은 졸업생들이 하나둘 도착하면 홀에서는 탄산이 든 음료를 제공한다. 검은 대리석 기둥에 포메른산 돌로 만든 계단이 다섯 개나 있는 드넓은 홀로, 계단을 따라 올라가면 어마어마한 연회장이 나온다. 학생들과 교사들 사이에는 재기발랄한 대화가 오간다. 징글맞던 스승들과 처음으로 인간 대 인간으로서 동등하게 마주하는 것이다. 속으로는 제발 이게 처음이자 마지막이길 바라면서.

이렇게 약간 겁먹은 상태로 30분 정도가 지나면 기나긴 연회가 본격적으로 시작된다. 졸업생들은 선생님이나 다른 어른들 옆에 앉게 되고, 그럼으로써 자연스럽게 식탁 예절을 익히도록 돼 있다. 흘리지 않고 먹을 것, 와인을 과도하게 마시지 말 것, 부모님과 선생님께 예를 갖출 것, 전체적으로 가정과 학교에서 교육을 잘 받은 사람처럼 행동할 것. 거기서 베트남전쟁이나 가자지구에 대한 얘기는 나오지 않는다. 빌어먹을, 거긴 신이라도 함께하실 자리였다. 3코스로 된 식사, 커피와 함께하는 끝날 줄 모르는 연설들. 아뿔싸! 그리고 열린 창문으로 들어오던 과일꽃 향기. 졸업식 노래와 〈저 청년을 보라〉 제창. 신의 가호가 함께하신 어마어마한 저녁이었다.

세 번째 순서는 댄스였다. 바에서 음료를 마실 수도 있다. 학교 밴드가 재즈와 건전한 팝송을 연주했다. 아마 홀리스 어쩌고 하는 이름이었을 것이다.

밤 1시 파티 종료. 그로부터 한 시간 뒤가 데드라인이었다. 교사진은 식탁에서 일어서는 순간부터 물러나주기를 바라는 분위기였다. 그해에도 그랬고, 그전에도 그랬다.

그해의 출석률은 매우 높았다. 나이 든 사람들이나 나이 어린 사람들이나 마찬가지였다. 심지어 자신의 수업시간에 본인 스스로도 졸음을 참지 못하는 구시대의 유물 크뤼헐 선생님, 이중으로 공직을 수행하는 비세르만 선생님까지 참석했다. 비세르만에 대해서는 동성애자이자 알코올 장애가 있다는 말이 돌았다.

그리고 심지어 야생난까지 출석했다. 정확히 말하면 교사 42명, 고귀하신 라우헤르만 교장선생님, 학생 196명이었다.

196명의 꽃피는 청춘들. 그러나 막 세상에 발을 내딛는 청춘들 중 한 명만은 세상을 하직하는 길에 발을 들여놓고 있었다.

그날 오후, 그녀는 여느 때처럼 자전거를 타고 일찌감치 출발했다. 겨울철 시골의 이동수단은 버스지만 여름이 되면 다들 자전거를 탄다. 옷과 구두, 액세서리는 종이 봉투에 담긴 채 짐받이에 실려 있었다.

샤워와 꽃단장은 언제나처럼 데이크스트라 지구에 사는 친구 클레어 미텐스의 집에서였다. 친구와 함께 림부르크 연회장으로 출발. 졸업 파티. 귀가.

베라가 미텐스의 집에서 자고 갈 예정은 없었다. 그게 그렇게 어려운 일은 아니었을 텐데 말이다. 미텐스 가족에게는 어려운 일이 아니었을 테지만 아돌푸스 칼에게는 어려운 일이었다. 잠은 집에서 자야 하니까.

림부르크 행사가 다 끝난 뒤 그녀는 다시 사마리아 농장으로 돌아가야 했다. 10킬로미터나 되는 어두운 숲길을 자전거로 달려야 했다. 그렇게 흥분할 일도 아니었다. 신은 자신의 사람에게는 보호의 손길을 내미시므로······.

거기에 대해서는 말이 많았다. 아론형제교단의 구태의연하고 부적합한 청소년상과 윤리의식. 어여쁜 소녀로 하여금 한밤중에 혼자 숲길을 달리게 한 칼 목사의 무책임한 요구. 그게 과연 잘한 짓인가, 기독교적이라고 할 수 있는가? 결국 이렇게 될 수밖에 없었던 일이 아닌가? 이게 그 징조가 아니고 무언가?

신문들은 이런 기조로 기사를 썼다. 그러나 정작 그날 무슨 일이 있었는지 아는 사람은 아무도 없었다. 만약 있었다면 그건 신일 테고, 그렇다면 신은 침묵한 것이다.

그녀에 대한 기사는 끊임없이 쏟아져 나왔고 수색 작업도 계속 이어졌다. 그날 밤 이후 그녀를 본 사람이 없었기 때문이다. 그녀는 195명의 학우들과 함께 청춘의 봄 행사에 참석했다. 탄산이 든 음료를 마시며 계단참에서 대화를 나누었고, 식탁에 앉아 3코스 식사를 하고 연설을 듣고 학우들과 함께 노래를 부르고 행사장을 눈부시게 빛냈다. 그녀의 미모는 특히 함께 식탁에 앉은 룽게르 선생님을 감동시켰다. 그러던 그녀가 식사와 춤 사이 쉬는 시간에 흔적도 없이 사라져 버린 것이다.

정확히는 모르지만 이 시간대에 사라진 게 분명했다. 경찰이 조사하고 추리한 결과 사마리아의 야생난이 졸업 파티장을 떠난 건 밤 11시 직후였다. 그 시각에 여자화장실에서 그녀를 봤다는 사람, 베아트리스 모트라는 마지막 증인이 있었기 때문이다. 1967년 6월 첫째 주 K지역 경찰이 지역공무원 여섯 명의 지원을 받아 신문조사를 벌였는데, 그 대상이 된 (서비스 인력 포함) 251명 중 마지막으로 그녀를 본 사람이었다.

신문조사는 끝도 없이 이어졌다. 두 번, 세 번씩 조사를 받는 사람도 있었다.

밤 11시 직후(혹은 얼마 되지 않아. 베라 칼은 어디서나 눈에 띄는 사람이었으니까) 그녀는 림부르크 연회장에서 나가 앞마당 밤나무 밑에 있는 자전거 거치대에서 자전거를 꺼낸 뒤 페달을 밟으며 여름밤 속으로 사라졌다.

　그날 밤, 사람들은 그 사실을 알았다. 한 달 뒤에도 알았고 30년 뒤에도 알았다.

　내가 '사람들'이라고 말하는 데에는 이유가 있다.

4

월요일 아침. 그날은 빨강머리 여직원이 쟁반을 들고 나타나지 않았기 때문에 1층 식당에 가서 아침을 먹었다. 그날따라 평소에는 마시지 않는 블랙커피를 두 잔이나 마셨다.

지난밤에는 잠을 푹 자지 못했다. 아마 꿈도 여러 개 꾸었던 것 같은데 기억나는 건 전혀 없었다. 원래부터 꿈을 잘 기억하지 못하지만 그날 아침에는 꿈의 내용이 뭐였는지 대충 짐작이 갔다. 물론 베라 칼에 관한 것이었다. 나는 창가 탁자에 앉아 별 관심도 없이 조간신문을 뒤적거리며 생각을 정리했다.

30년 전에 죽은 여자가 내게 연락을 했다. 그건 과연 무슨 뜻일까?

사실은 죽지 않은 게 아닐까? 살아 있다는 걸 숨긴 채 어딘가에 살아 있었던 걸까? 아니면 그새 실종의 비밀이 풀렸는데 나만 모르고 있었던 걸까? 5년, 10년, 아니면 15년 전에. 내가 모르는 사이에?

사실 나는 그동안 K와 완전히 인연을 끊고 살았기에 아주 불가능한 일도 아니었다. 하지만 왠지 그럴 것 같지는 않았다.

나는 항상 베라 칼이 죽었다고 생각했다. 30년 전 그 온화한 밤에 살인자를 만난 거라고. 그렇지 않다면 어떻게 그렇게 흔적도 없이 사라지고 그 오랜 세월 동안 발견되지 않을 수 있단 말인가…….

그렇다. 나 말고도 이 질문을 한 사람은 많았다. 오랫동안 제기되어 온 질문이지만 그 누구도 설득력 있는 대답을 내놓지 못했다.

그렇다면 왜? 왜 그녀는 말도 없이 졸업장 배부 이틀 전 사라지기로 결심한 걸까?

그건 말도 안 되는 얘기다. 상상하기 힘들다. 1997년 6월 그 월요일 아침까지는 나도 그렇게 생각했다.

나는 식당을 나와 카운터로 갔다. 반질반질 윤이 나는

데스크 너머에는 개미새끼 한 마리 보이지 않았다. 벨을 누르자 뒤쪽 방에서 비쩍 마른 남자 직원이 나왔다.

"미안하지만 어제 나한테 전해 준 쪽지 때문에 좀 물어 볼 게 있어서요."

내가 말했다.

"뭔데요?"

그가 하품을 하며 물었다.

"어제 그 메시지 어떻게 전달됐습니까?"

"무슨 말씀이시죠?"

그가 물었다.

"전화로 온 겁니까, 아니면 누가 전해 주고 갔습니까?"

그는 잠시 망설이며 피곤이 가득한 눈으로 나를 쳐다보았다.

"모르겠는데요."

"왜 몰라요?"

"제가 받지 않았거든요."

"그럼 누가 받았습니까?"

"그걸 제가 어떻게 알아요?"

"그럼 동료에게 좀 물어봐주겠어요?"

그는 코에 박은 피어싱을 만지작거리더니 이마를 찡그렸다.

"글쎄요. 한번 보죠."

나는 더 이상 질문할 것이 생각나지 않았기 때문에 고맙다고 말하고 계산을 마쳤다. 그리고 10분 후 콘티넨탈 호텔을 나왔다. 아침 식사 때 마신 커피 때문에 나는 나중에 속이 쓰렸다.

우르반 클레르보트와 약속한 대로 12시 정각 도허르 고등학교의 넓은 계단 앞으로 갔다. 그 추억의 장소를 약속 장소로 정한 것은 물론 우르반 클레르보트의 아이디어였다.

우르반은 3, 4분 정도 늦게 나타났다. 아마 일부러 그랬을 것이다. 내가 학교 계단 앞에 서 있는 모습을 보려고 말이다. 꼬임 장식이 된 무거운 철문으로 들어오면서 그는 마치 이제야 나를 발견했다는 듯 우렁찬 소리로 웃을 것이다. 그리고 반갑게 양팔을 벌리겠지.

우르반은 정확히 내 예상대로 움직였다. 그리고 그 곰발바닥 같은 손으로 나를 와락 껴안았다. 나는 거의 질식할 뻔했다.

"야, 이 나쁜 놈아. 헨리 이 나쁜 자식!"

그가 숨을 씩씩 몰아쉬며 말했다.

"우르……."

나는 숨이 막혀 겨우 말했다.

"이것 좀 봐 봐."

우르반의 풍채는 1센티미터도 줄지 않은 그대로였다. 195센티미터 키에 몸무게도 그 정도…, 아니 그건 너무 심했나? 그래도 100킬로그램을 한참 넘을 것이다. 흰머리가 듬성듬성한 숱 많은 머리, 수염, 안경에도 불구하고 그는 옛날 모습 그대로였다. 드디어 포옹을 풀고 한 걸음 물러선 그는 나를 위아래로 훑어보며 똑같은 결론을 내렸다.

"옛날이랑 똑같네, 똑같아. 야, 이 나쁜 놈 하나도 안 늙었잖아!"

"너도 그래. 순진한 고등학생 모습 그대로야."

"염병할."

"그래, 내 말이."

우리는 그런 비슷한 수준의 말을 몇 마디 더 주고받았다. 우르반이 갑자기 외투 주머니에서 녹색으로 빛나는 액체가 든 병을 꺼냈다. 상표는 붙어 있지 않았다. 그는 병뚜껑을

열어 어깨 뒤로 던져 버리더니 심각한 표정으로 내게 병을
내밀었다.

"67년도의 신성한 술!"

우르반이 비장하게 외쳤다.

"주머니의 온기가 담긴 보드카 레몬. 기억나지? 자, 마
셔. 정말 반갑다."

나는 병을 받아 마셨다.

"윽, 염병할!"

나는 우르반에게 병을 건넸다.

그도 한 모금 마셨다.

"그래, 정말 염병할 맛이네."

우르반이 병뚜껑을 찾아 닫으며 말했다.

"걱정 마, 차에 좀 괜찮은 걸로 챙겨 놨어. 이건 그냥 기
념주로 한잔해야 할 것 같아서 가져왔고. 언제 왔냐?"

나는 이미 토요일에 도착했다고 말해 주었다. 우르반은
황당하다는 표정으로 나를 쳐다보더니 내 등짝을 탁 쳤다.

"그럼 촌동네 구경 다 했겠네. 관광은 생략해도 되는 거
지?"

나는 보려고 했던 건 다 봤다고 대답했고, 우리는 바로

별장으로 직행하기로 했다.

렘멜른 호수는 남북으로 길쭉한 모양인데, 남쪽 끝에서 길고 좁아져서 K를 관통해 저지대까지 흐르는 이름 없는 검은 물길로 변한다. 이렇듯 뚜렷한 지리적 현상에 이름이 붙지 않는 일이 흔한지는 잘 모르겠지만 이 물길은 14세기부터 이런 저런 문헌에 계속해서 등장한다. 그러나 하천, 때로는 지류라고만 불릴 뿐 딱히 이름을 가진 적이 없다. 그 이유에 대해서는 여러 가지 설이 있지만 다들 고만고만하고 딱히 설득력 있는 것은 없다.

한편 북쪽은 숲이 우거진 해안에 둘러싸여 있고, 가끔 외딴 건물에 가로막혔다 다시 이어지곤 한다. 이 건물들은 제대로 된 마을이나 거주지가 아닌 외딴 농장이나 어부들의 오두막이다.

"다 왔다."

우르반이 내 등을 치며 말했다. 우르반 클레르보트의 별장도 간소한 오두막을 리모델링한 것으로, 바로 호숫가에 위치해 있고 도로에서는 이삼백 미터 떨어져 있었다. 안에 들어가 보니 넓은 공간에 벽난로·탁자 하나·라탄의자 네

개가 있고, 작은 침실 두 개와 주방이 딸려 있었다. 수도 설치는 돼 있는데 전기는 들어오지 않았다. 가스레인지와 냉장고는 캠핑용 가스를 이용했다. 집 모퉁이를 돌아가면 작은 사우나 시설이, 숲 가까이에는 재래식 화장실도 있었다. 호수 쪽으로는 야생 수목이 보이고 풀밭이 물가까지 죽 펼쳐져 있었다. 역청 시트와 천막으로 만들어 놓은 간이 지붕 밑에는 플라스틱 보트와 장작더미가 놓여 있었다.

"우르반할에 오신 걸 환영합니다. 올여름에 한 번 오긴 했는데 곰팡내가 좀 날 수도 있어."

실제로도 그랬다. 우리는 문과 창문을 활짝 열어 환기를 시키고 쥐똥을 쓸어낸 다음, 상자와 식료품을 안으로 날랐다. 그리고 냉장고를 가동시키고, 맥주를 물 양동이에 넣어 식히고, 보트를 땅 위로 끌어올리고, 노를 찾아내오는 등 꼭 해야 하는 일들을 해치웠다. 그리고 흔들거리는 판자다리에서 물속으로 풍덩 뛰어들었다. 우르반은 입에 시가를 물고 한 손에 맥주병을 든 채 호숫가에서 배영을 했고, 나는 꽤 멀리까지 수영해서 나아갔다.

이따금씩 들리는 새 울음소리와 멀리서 들리는 장작 패는 소리만이 이곳 별장의 정적을 깼다. 나는 오장육부를 다

내어놓은 듯 가슴이 탁 트이는 것 같았다. 그리고 그 순간, 시간들이, 이미 흘러가버린 많은 시간들이 완전히 다르게 다가오는 것을 느꼈다. 완전히 다른 차원으로 말이다.

우르반 클레르보트와의 재회도 사실 실질적인 만남 자체를 제외하면 내게 큰 의미가 없었다. 그런데 마치 몇 주 전에 만난 듯 자연스럽게만 느껴졌다. 문득 변화하는 시간의 밀도가 무엇을 의미하는지 피부에 와 닿았다.

1초, 하루, 1년. 나는 호수를 빙 둘러싼 숲을 바라보며 원을 그리며 수영했다. 그리고 지나간 시간을 돌이켜보며 1초, 하루, 1년이 크게 다르지 않다고 생각했다. 시간의 망원경으로 미래를 봐도 마찬가지이리라.

나는 배가 고파졌다. 출발 지점으로 돌아갔다.

우르반은 하루 종일 원고에 대해 한마디도 하지 않았다. 우리가 여행을 오게 된 목적이 그것이었는데도 말이다.

이윽고 저녁을 먹고 난 후(저녁은 그가 준비한 송아지고기 스튜로 양파와 오이절임을 곁들인 훌륭한 요리였다. 내가 계속 돕겠다고 했지만 처음부터 끝까지 혼자서 다 했다.) 원고 얘기가 나왔다. 그는 비장한 표정으로 낡은 검정색 서류 가방에서 두꺼운 종이뭉치를 꺼내더니 빌어먹을, 이제 밥값 좀 하라며 내게 건넸다.

나는 웃으며 그것을 받아 들었다. 쪽수가 매겨져 있지는 않았지만 250 내지 300쪽 정도 될 것 같았다. 나는 먼저 제목을 읽고 처음 몇 장을 죽 훑어보았다. 놀랍게도 그건 범죄소설이었다. 사실 책을 낸다기에 그런가 보다 했을 뿐 별다른 기대를 하진 않았는데 우르반 클레르보트가 하필 범죄소설을 쓰다니, 정말 의외였다. 제목은 〈파리와 영원〉이었다.

곧 베라 칼에 생각이 미쳤다. 오후에는 내내 그녀에 대한 생각을 떨쳐 버릴 수 있었는데 갑자기 확연한 존재감을 드러내며 귀환한 것이다. 나는 잠시 궁리하다 말했다.

"베라 칼 말이야."

나는 되도록 지나가는 말처럼 들리도록 애를 썼다.

"이게 범죄소설이라 생각이 나서 말인데……. 그 뒤로 무슨 일이 있었는지 밝혀지진 않았지?"

우르반은 바로 대답하지 않고 손 안에서 코냑 잔을 굴리며 니켈 안경테 너머로 나를 지그시 바라보았다.

"그거 알아?"

우르반이 운을 뗐다.

"나 그때 다른 애들보다 네가 뭔가 더 알고 있다는 느낌을 받았거든……. 젠장, 아니야. 그 뒤로 밝혀진 건 없어. 전혀 없었어."

나는 마른 침을 꿀꺽 삼켰다. 그리고 얼른 남은 코냑을 목 안에 털어 넣었다. 그리고 우르반 클레르보트가 얼마나 믿을 만한 사람인지, 그리고 내가 정말 그토록 오랫동안 봉인돼 있던 뚜껑을 열고 싶은 건지 생각해 보았다.

하지만 그 뚜껑은 이미 열린 것이 아닌가? 문 뒤에 걸린 내 재킷 주머니 속에는 그 짧은 메시지가 적힌 쪽지가 들어 있다. 숙식 제공자인 친구에게 살짝 알려 주는 것도 나쁘진 않겠지? 하지만, 과연 어떻게 생각할까?

우르반이 헛기침을 했다.

"만약에 말이야…, 뭔가 알고 있는 게 있으면 나한테 얘기해도 돼. 공소 시효도 이미 5년 전에 지났으니까 네가 죽였더라도 벌은 받지 않을 거야."

그는 그렇게 말하고 쇠파이프로 만든 의자가 삐걱거릴 정도로 크게 웃었다. 그렇게 결정은 내려졌다.

5

양복은 내게 감옥처럼 느껴졌다.

예술의 모든 법칙에 따라 만들어졌음이 분명했다. 어머니는 3월 한 주간 내내 하숙집에 와 계셨고, 나는 수르나 씨 양복점으로 끌려 갔다. 재단사는 이리저리 천을 잡아당기고 바짓가랑이를 당겨 가며 치수를 쟀다.

나는 림부르크 연회장에 가기 전날 그 대단한 양복을 찾아왔다. 그리고 거울 앞에 서서 성장한 내 모습을 감상했다. 흰색 셔츠에 넥타이, 페를론 섬유로 만든 검정 양말, 폴란드산 통조림처럼 앞코가 부푼 구두, 그리고 괴물 같은 양복. 거기다 조끼까지!

아까도 말했지만 그건 감옥이었다. 겉으로는 괜찮아 보일지 몰라도 안에서 느끼기에는 살아 있는 관을 뒤집어쓴 것만 같았다. 아니, 원숭이가 새의 깃털을 훔쳐 단 것 같았다. 정말 바보 같았단 소리다.

다음 날 저녁, 림부르크 연회장에서 한 블록 떨어진 곳에서 나를 기다리고 있던 닐스, 피터, 우르반의 얼굴도 그리 편안해 보이지는 않았다. 그러나 그 동질감으로 인해 내 기분이 나아진 건 아니었다.

"에이!"

닐스가 말했다.

"온몸이 간지러워 죽겠어. 너희도 풀 먹인 팬티 입었냐?"

"슈어."

피터가 한숨을 푹 쉬었다.

"에브리 인치."

피터는 그때부터 말끝마다 영어를 썼다.

다음 관문은 림부르크 연회장의 홀이었다. 도착 20분 후 나는 교장 선생님 라우게르 부인과 화학 선생님 회른들리, 시베르츠 쌍둥이 자매와 한 그룹이 되었다. 말이 없기로 유명한 시베르츠 자매는 기차 화통을 삶아 먹은 듯 큰 소리로 웃는 것으로도 유명했다. 나는 그들 중 하나의 옷에 음료수를 조금 흘렸는데, 회른들리 선생님은 금세 기화

할 거라고 권위 있게 말했다. 그리고 다행히 자매가 둘이니 사람들은 얼룩 없는 쪽을 쳐다보면 된다고 덧붙였다.

"헤헤헤헤헤."

아다 시베르츠가 염소 소리를 내며 웃었다.

"히히히히히."

베다가 장단을 맞췄다.

"올해 오페라극장 레퍼토리는 어때요?"

분위기를 바꾼답시고 교장 선생님이 한 질문이었다.

식탁에서도 나는 대진 운이 좋지 않았다. 왼쪽에는 수학 선생님인 글로크 부인이 앉았는데, 내가 그녀에 대해 아는 거라곤 독신이라는 것, 지난 크리스마스 때 자살 시도를 했었다는 것 정도였다. 오른쪽에는 도리안 기둥이 앉았다. 말수가 적기로는 둘째가라면 서러울 사람이었다. 내 맞은편에는 내성적이고 까칠한 생물반 남학생이 앉았는데 이름은 파울이었고, 목에 습진이 있었다. 전공 분야도 습진이었다.

아무래도 연배와 경륜이 많은 글로크 부인이 먼저 대화의 물꼬를 텄다. 마주 앉은 지 10분이 지난 후였다.

"여름방학 계획은 세웠니?"

그녀는 먼저 파울에게 눈을 찡긋하며 물었다. 아마 수업

중에 봤거나 본능적으로 동류의 인간을 알아본 것이리라.

"네, 뭐라고요?"

파울이 되물었다.

"여름방학 계획 세웠냐고."

"아니요."

파울은 그렇게 말하고 바로 바닥으로 시선을 떨어뜨렸다.

그 이후 모두 굳게 입을 다물었다. 그래서 나는 식사하는 동안 그들을 관찰할 시간이 충분했다. 파울도, 글로크 부인도 와인을 마시지 않았기 때문에 건배는 인간 기둥과 하는 것으로 만족해야 했다. 파울 옆자리에는 내가 입을 맞췄다가 뺨을 얻어맞은 적이 있는 마리에케 반 데어 베겔이 앉아 있었다. 하지만 엄청나게 큰 꽃장식을 달고 있어서 눈도 마주칠 수 없었다. 물론 눈을 마주쳤다고 해도 크게 달라질 건 없었겠지만.

드디어 두 시간 반의 연회가 끝났을 때 나는 어서 집에 가야겠다는 생각뿐이었다. 물론 거기서 더 이상 재미없어질 수 없다는 건 알았지만 심신이 녹초가 된 상태였다. (순모가 20퍼센트 함유된) 테릴린(합성섬유의 일종_역주) 곽 속에 갇힌 채 자살 기도자와 습진 연구자 같은 우울한 부류 사이

에 앉아 있자니 나오는 건 한숨뿐이고……. 가슴 벅찬 졸업
생, 새로운 미래……. 아, 됐다고 해. 나는 속으로 조급하게
뇌까렸다.

밖으로 나오니 온화한 밤공기 속에 꽃향기가 풍겨 왔다.
나는 급할 것도 없는데 담배나 한 대 피우며 저택 주변을
산책해야겠다고 생각했다.

건물을 반쯤 돌았을 때 그녀와 마주쳤다. 처음엔 그녀의
애마가, 그다음에 베라 칼 본인이 나타났다.

검정색 여성용 자전거가 보도블록 위 회색 전기함 옆에
아무렇게나 기대져 있었다. 짐칸에는 작은 짐 가방이 얹혀
있었다. 처음에 베라는 황폐한 길베르크 저택 정원에서 하
얀 점으로 보였다. 길베르크 저택은 전쟁 직후 불타 황폐
해진 곳으로, 몰래 담배 피우기에는 최적의 장소다. 아니
면 미지근해진 보드카 레몬을 들이키거나 지나가다 소변
을 보기에도 좋았다. 그녀는 아마 마지막의 경우인 것 같았
지만 나는 모른 척했다.

"헤이."

내가 인사를 건넸다.

"헨리? 안녕, 헨리!"

그녀가 손으로 드레스를 반듯하게 펴며 말했다.

"잘 지내니?"

"응, 너는?"

나는 그렇게 답한 순간 그녀에게 무슨 일이 일어났는지 깨달았다.

그녀는 취해 있었다. 베라 칼, 사마리아의 야생난, 독일어 시간을 견딜 수 있게 해주는 우리의 천사, 축축한 꿈속에 강림하는 우리의 여신님이 약주를 조금 과하게 하신 것 같았다. 그녀는 그렇게 뾰족구두를 신고 내 앞에서 휘청거리고 있었다. 물론 가느다란 하이힐은 아니었지만 어쨌든 뾰족구두였다. 나는 이게 꿈인가 생시인가 싶었다.

"기분이 이상해."

그녀는 킥킥거리며 자전거에 몸을 기댔다. 그리고 그 탐스러운 검은 머리칼을 쓸어 올리며 녹색 눈동자로 나를 쳐다봤다.

"어… 어디 가려고?"

내가 물었다.

그녀는 진지한 표정이 되었다.

"집에… 집에 가야 해. 벌써 11시야. 그런데……."

"그런데 뭐?"

내가 물었다.

"몸이 안 좋아. 아니, …몸은 괜찮은 것 같은데 기분이 너무 이상해."

"파티는 재미있었어?"

내가 눈짓으로 림부르크 쪽을 가리키며 물었다.

순간 그녀의 얼굴이 환해졌다.

"그럼! 정말 재미있었어. 얘기도 하고 웃고 노래하고…, 이런 기회가 별로 없었거든. …넌 재미없었어?"

"응, 별로."

나는 사실대로 말했다.

"재미없는 사람들 옆에 앉았거든."

그녀는 가볍게 고개를 끄덕이고는 과장되게 심호흡을 했다.

"이제 가야겠다."

그러나 그녀는 말만 그렇게 했지 자전거에 탈 생각을 하지 않았다. 대신 내 얼굴을 뚫어져라 쳐다봤다. 나는 얼굴이 달아오르는 것을 느꼈다.

"어…, 다시 들어가지 않을 거야?"

"아니."

그녀가 단호하게 머리를 흔들었다.

"안 들어갈 거야. …나 지금 기분이 너무 이상해서."

그때 어디서 사람들 소리가 들려왔다. 나는 잠시 생각한 후 재빨리 판단했다.

"가자."

나는 한 손으로 자전거를 잡고 다른 손으로 베라의 어깨를 잡았다. 그녀의 맨살에 손이 닿았을 때 순간적으로 눈앞이 깜깜해졌지만 곧 정신을 차렸다.

"내가 잠깐 같이 가 줄게."

그녀는 저항하지 않고 내 말에 따랐다. 손을 치우라고 하지도 않았다. 유쾌하게 떠드는 일행의 시선을 피해 나는 얼른 퀸데르스 골목으로 그녀를 이끌었다. 좁고 어두운 골목에서는 재스민 향기가 났다. 뭔가 말을 해야 했다. 뭔가 대화거리를 생각해 내야 한다. 말을 해, 말. 말을 하라고.

"그런데 왜 집에 가야 해?"

드디어 말문이 트였다. 너무 빤한 질문이었다. 말없이 몇 시간을 구석에만 처박혀 있다 보니 즉석에서는 그 정도

수준의 말밖에 나오지 않았다.

"우리 아빠 때문에."

그렇게 말하는 그녀의 얼굴은 무척 슬퍼 보였다. 혹 여신님이 울어 버릴까 봐 걱정이 될 정도였다.

"아, 그렇구나."

내가 말했다.

야생난은 말없이 고개를 끄덕였다. 그리고 울기 시작했다. 나는 그녀를 안아주었다. 다시 눈앞이 까매졌다.

"내가 왜 이러지?"

그녀가 훌쩍이며 말했다.

"나도 내가 왜 이러는지 모르겠어."

수만 가지 생각이 뇌리를 스쳤다. 그러나 딱 잡히는 것은 하나도 없었다.

"네가 왜 그러는지 난 알아."

내가 말했다.

"와인을 조금 많이 마셔서 그래. 내 생각엔 조금 더 기다렸다 집에 가는 게 좋겠어."

그녀는 걸음을 멈추고 나를 쳐다봤다. 눈물이 그렁그렁한 채 나를 보는 초록색 눈동자가 영롱하게 빛났다. 세상에

빚어져 나온 것 중 그렇게 아름다운 것은 없으리라. 그 순간의 그 눈동자.

고맙습니다, 나는 속으로 외쳤다. 이 순간을 경험할 수 있게 해주셔서 고맙습니다!

"나……."

그녀가 말했다.

"나 취한 것 같아?"

"응, 조금."

나는 고개를 끄덕였다.

"아주 조금. 그 상태로 집에 가는 건 안 좋을 것 같아."

"술 냄새 나?"

그녀가 까치발을 딛고 서서 입을 살짝 벌리더니 내 얼굴에 조심스럽게 입김을 불었다.

그녀의 입에서 정말 와인 냄새가 났는지는 모르겠다. 기억하는 건 내가 그녀에게 입맞췄다는 것뿐이다.

내 하숙방에 도착한 건 밤 11시 45분이었다. 입맞춤이 있은 후 우리는 걷기만 했다. 10분 정도는 아무도 말을 하지 않았다. 그냥 바짝 붙어서 온화한 여름밤의 거리를 걸었다. 나는 도저히 현실 같지가 않아서 지금 이렇게 걷고 있는 게 과연 우리가 맞을까 하고 몇 번이나 생각했다. 우리 둘, 베라 칼과 헨리 마르텐스.

사랑하는 사람들은 모두 이런 질문을 할까? 모두 이렇게 생각하고 느끼는 걸까? 내일 지구가 돌기는 할까? 해는 뜰까? 딱 그런 기분이었다. 우리 둘 다 그런 기분이었다. 나는 그녀를 사랑했고 그녀는 나를 사랑했다.

나는 재킷을 벗어 하숙집 빨간 소파에 던졌다.

"잠을 좀 자는 게 좋겠어, 베라."

내가 말했다.

"잠깐이라도."

내가 그걸 바라고 있었는지는 잘 모르겠다. 어쨌든 그녀는 저항하지 않았다.

"응."

그녀가 말했다.

"그러자. 잠깐이라도."

그녀는 드레스를 벗었다. 그리고 뒤로 돌아서서 브래지어를 풀었다. 그리고 팬티를 벗더니 이불 속으로 쏙 들어갔다. 나도 급히 옷을 벗었다. 억제할 수 없이 강하게 발기가 된 상태였다. 나는 어떻게든 숨겨 보려고 했지만 베라는 나를 보고 가만히 웃기만 했다. 보지 않아도 그렇다는 게 느껴졌다. 여름밤의 희미한 빛 속에 베라의 미소가 떠 있었다.

"어서 와."

그녀가 말했다.

나는 문득 사랑이라는 게 잘 익은 사과 하나를 먹는 것보다 어렵지 않다는 사실을 깨달았다. 잘 익은 따스한 그라벤슈타이너 사과.

내가 잠에서 깼을 때는 새벽 4시 20분이었다. 그녀는 가고 없었다. 책상 위에 쪽지가 남겨져 있었다.

나 갈게.

앞으로 어떻게 될지는 모르겠지만 사랑해.

—베라.

나는 쪽지를 백 번도 넘게 읽었다. 정원에서는 지빠귀가 깨어나 울어 댔다. 나는 다시 또 백 번도 넘게 쪽지를 읽었다. 그러다 다시 잠이 들었다.

6

　내 이야기를 다 들은 우르반 클레르보트는 한참동안 말
이 없었다.

　"정말 그런 일이 있었단 말이야? 도통 믿기지가 않네. 그
때 무슨 일이 있었을 거란 생각은 했지만 그런 일이 있었을
줄은… 어떻게 그런 일이……."

　그는 말을 맺지 못하고 가느다란 시가 한 개비를 입에 물
었다. 그리고 자신의 잔에, 그리고 내 잔에도 맥주를 채웠
다. 나는 아무 말도 하지 않았다. 심한 복통을 겪고 난 다음
처럼 지쳐서 말할 기력도 없었다. 다 털어놓고 나니 30년
동안 가슴을 짓누르던 바윗덩어리를 굴려 버린 것 같아 오
히려 구원받은 기분이었다. 그리고 기진맥진했다. 우르반
은 맥주를 한 모금 들이켠 후 시가에 불을 붙였다.

　"메시지는?"

우르반이 물었다.

"호텔에서 받은 그 쪽지는 어디 있어?"

나는 재킷 주머니에서 봉투를 가져왔다. 우르반은 이마에 주름을 잡으며 쪽지를 서너 번 읽더니 의자 깊숙이 기대앉으며 나를 쳐다봤다.

"어떻게 그런 일이……."

우르반은 했던 말을 반복했다.

"그런데 왜 아무 말도 안 했냐? 소식은 왜 끊었어?"

나는 한숨이 절로 나왔다.

"취조는 내일 하자. 오늘은 더 못 하겠다."

우르반은 약간 실망하는 듯했다. 하지만 곧 이해한다는 표정을 지으며 어른스럽게 말했다.

"올라잇. 그런데 이 쪽지는 어떻게 된 거야? 여기 베라 칼이라고 써 있잖아, 빌어먹을. 네 생각엔 혹시……. 아냐, 나도 뭐가 뭔지 도무지 모르겠다."

나는 눈이 아릴 정도로 맥주를 벌컥벌컥 들이켰다. 그리고 거울처럼 잔잔한 검은 수면을 바라보았다.

"나도 모르겠다."

내가 말했다.

"그런데 너 그물 던진다고 하지 않았냐?"

　나는 노를 젓고 맞은편에 앉은 우르반은 침착하고 능숙한 솜씨로 그물을 잡았다. 우르반은 기대하지 말라고 했지만 농어 몇 마리, 잉어 한두 마리 정도는 그물에 걸렸을 것 같았다.

　우리는 별 말 없이 천천히 검은 물 위로 미끄러져 나아갔다. 자정이 막 지난 시각이었고 주위는 온통 적막에 휩싸여 있었다. 마치 그림 속에 들어 있는 것 같은 착각이 들었다.

　나는 다시 시간의 본래 속성에 대해 생각했다. 우리가 시간을 재는 방식과 그것을 느끼는 방식 사이에 얼마나 큰 차이가 있는지에 대해 생각했다. 우리의 생각과 느낌 사이에 얼마나 큰 괴리가 있는지에 대해서.

　우르반은 야생난에 대한 얘기를 내일로 미루자는 내 의견을 존중해 주었다. 하지만 묻고 싶은 걸 꾹 참고 있다는 걸 누가 봐도 알 수 있었다. 우르반은 시가를 꼬나문 채 그물을 잡다가 그물코가 걸리거나 하면 혼잣말로 불퉁거리곤 했다. 그리고 처진 입꼬리에 이마를 잔뜩 찡그린 채 나를 빤히 쳐다보곤 했다. 마치 내가 이런 사람인 줄 몰랐다는 듯이. 베라 칼과 나 사이의 일이 그에게는 도저히 이해할 수 없는 일, 상상도 할 수 없는 일인 듯했다. 어쩌면 그걸로 추리소설을 써볼까 하고 구상하는 중이었는지도 모르겠다.

그물을 다 걷은 다음 다시 뭍에 올라온 우리는 간단히 씻고 잘 자라는 인사를 한 뒤 각자의 방으로 들어갔다. 나는 〈파리와 영원〉을 읽어보려고 방에 가지고 들어갔지만 몇 장 넘기지 못하고 눈꺼풀이 스르르 감겼다.

그렇지만 절대 못 쓴 글은 아니었다. 오히려 반대였다. 바닷가 근처 소도시에서 일어나는 일인데, 여자아이 둘이 모래를 파고 놀다가 시체를 발견하는 것으로 시작한다. 언어는 단순하고 간결했다. 내가 뭘 기대했는지는 모르겠지만 감수자로서의 내 역할이 필요 없다는 건 바로 확실해졌다. 물론 고칠 부분이 아주 없는 건 아니지만. 나는 그런 생각을 하며 불을 껐다.

"너 이제 어떻게 할 생각이야?"

남향에 놓인 식탁에 아침 식사를 하려고 마주 앉았을 때 우르반이 물었다.

"뭘?"

내가 반문했다.

"뭘 어떻게 해?"

"젠장."

우르반이 말했다.

"그럼 이런 일이 일어났는데 느긋하게 앉아서 벽만 쳐다보고 있을 생각이야? 빌어먹을, 우린 지금 경찰이 골머리만 썩고 30년째 풀지 못한 범죄의 열쇠를 쥐고 있다고!"

나는 꿀 넣은 요구르트를 한 모금 마시고 생각해 보았다. 한편으로는 '너'에서 은근슬쩍 '우리'로 넘어간 우르반의 어투에 대해서. 다른 한편으로는 과연 그에게 내 비밀을 털어놓은 것이 잘한 일인지에 대해서.

구름 한 점 없는 화창한 아침, 그의 분열증적 영혼은 추리소설 작가에게 모든 권한을 위임했는지도 몰랐다.

"헨리, 말 좀 해 봐. 말을 했으면 끝을 맺어야지. 왜 그동안 아무 말도 안 했어? 내가 오늘까지 기다려 준다고 했잖아. 이젠 더 이상 못 참겠어. 왜 그날 야생난이 너희 집에 있었다고 경찰에게 말하지 않았어? 세상에, 야생난이 실종된 날 밤 넌 야생난과 잠자리를 함께했어. 이러면 모든 게 달라지는 거……."

"아무것도 달라지지 않아."

내가 그의 말을 끊었다.

"그게 무슨 소리야?"

"방금 말한 그대로야. 달라지는 건 아무것도 없어. 1967년 5월 27일 베라가 밤 11시까지 뭘 했는지 모르는 사람은 없어. 연회장에 몇 시에 도착했고 누구 옆에 앉았고 무슨 얘기를 했는지 몇 시에 거기서 나갔는지 다 안다고. 그 후 서너 시간 동안 뭘 했는지 난 알 것 같아. 그렇다고 해서 뭐가 크게 달라지냐고?"

우르반은 잠시 생각했다.

"너희 집에서 나간 다음 바로 집에 갔을 거라는 거야?"

"그게 아니면 뭐겠어?"

그가 어깨를 으쓱했다.

"그럼 왜 말 안 했어?"

"왜 말해야 하는데?"

나는 아주 당연하다는 듯 가볍게 되받아쳤다.

하지만 사실은 나도 몰랐다. 내가 왜 그 전략을 썼는지 나중에 생각해 봐도 알 수 없었다. 의식적으로 내린 결론은 아니었다. 처음에 베라가 실종됐다는 소식을 접하고 살짝 충격을 받은 상태에서 나는 그녀와 함께 있었다는 말을 꺼낼 수 없었다. 그리고 왠지 그 후로도 사실을 말할 수 없었고, 그건 시간이 흐를수록 불가능해졌다.

나는 그 일을 나만의 비밀로 간직했다. 우리가 함께 있었다는 사실을 아는 사람도 없었고, 함께 있는 모습을 본 사람도 없었다. 물론 그건 우연 덕분이었지만 상황이 그랬다.

그냥 그렇게 된 거다.

나중에 나는 내 행동을 정당화하는 작업을 해야 했다. 하지만 그게 어렵지는 않았다. 그날 밤 베라가 내 하숙방에서 나간 뒤 무슨 일이 있었든지 간에 나는 그 일에 아무 상관도 없었기 때문이다. 그게 내 기본 생각이었다. 나는 결백했다. 베라가 다시는 돌아오지 않을 것임을 받아들여야 하는 절망과 좌절, 그것만으로도 벌은 충분히 받은 셈이었다. 괜히 의심을 살 필요는 없었다. 전혀 없었다.

실현 불가능했던 꿈이 몇 시간 동안 그야말로 꿈처럼 실현됐고, 그 뒤 징조가 바뀌어 나머지 인생 내내 실현 불가능한 악몽 속에 산 것이다. 그런 상황이었다. 내가 느끼기에는 그랬다. 마치 하늘을 날다가 추락한 것 같았다.

베라의 부모님에게 알렸어야 한다고? 딸이 실종되기 전 마지막으로 한 일이 술에 취해서 남자 집에서 잔 것이라고 알려서 부모의 찢어지는 마음을 더 찢어놓아야 했을까? 아론형제교단과 그 교리에 호감이 있거나 한 건 절대 아니었지만 그렇게 해서 나아질 게 뭔지 나는 도무지 알 수 없었다.

"알았어."

한동안 내 말을 곱씹으며 소시지 샌드위치를 먹던 우르반이 말했다.

"너도 생각이 있었겠지. 하지만…, 하지만 이렇게 되면 문제가 완전히 달라진다고."

"전혀 아닐걸."

내가 반박했다.

"그날 밤 베라는 어떤 불한당에게 살해당했고, 사람들이 생각하는 것보다 그 일이 몇 시간 늦게 일어난 것뿐이야. 달라지는 건 그것뿐이야."

"뭔가 잊은 것 같은데?"

우르반이 말했다.

"뭐?"

"호텔로 온 쪽지. 벌써 더위 먹었냐?"

나는 한숨을 푹 쉬었다.

"장난이겠지."

내가 말했다.

"장난?"

우르반이 흥분해서 반박했다.

"세상에 태어나서 그런 멍청한 소리는 처음 들어본다. 그날 밤 베라와 있었다는 걸 다른 사람에게 말한 적 있어?"

나는 세차게 머리를 흔들었다.

"봐라. 그럼 그런 쪽지를 쓸 수 있는 사람이 누구겠어?"

나는 아무 대답도 하지 않았다. 우리는 한동안 말없이 먹기만 했다.

"만약 네 무의식 속에 이 이야기를 하고 싶다는 욕구가 없었다면 넌 내게 베라 이야기를 하지 않았을 거야."

우르반이 심리상담사의 능청스러운 톤으로 말했다.

"야 이 사이비 의사야, 네 무의식에나 신경 써."

내가 말했다.

"난 설거지나 할래."

일기예보대로 날씨는 계속 좋았다. 나는 설거지를 끝낸

후 선베드에 누워 우르반의 원고를 읽었다.

그의 소설은 예상대로 흥미롭게 이어졌다. 이야기는 근친상간으로 보이는 오래된 사건을 향해 목적 지향적으로 차근차근 전개됐다. 그는 좋은 범죄소설을 쓰기 위해 반드시 필요한 요소, 과거와 미래로 동시에 진행하는 시간적 양방향성을 잘 구현해 냈고 이야기는 흥미로웠다. 나는 표현을 다듬어야 할 필요가 있는 곳에 가끔씩 연필로 메모를 했을 뿐 그 밖에는 손대지 않았다. 구성도, 이야기 전개 방식도 나무랄 데 없었다.

우르반은 다른 선베드에 앉아 챙겨 온 서류를 들여다보았다. 손만 뻗으면 닿는 곳에 커피와 맥주도 준비해 두었지만 1시쯤 되니 햇빛이 강해져서 도저히 그대로 앉아 있을 수가 없었다. 우르반은 마로니에 그늘 밑으로 자리를 옮겼고, 나는 호수를 한 바퀴 돌 생각으로 물속으로 뛰어들었다.

돌아와 보니 우르반이 한 손에는 맥주를 다른 손에는 시가를 든 채 물속에 발을 담그고 앉아 있었다.

"내가 가만히 생각해 봤는데 말이야."

우르반이 말했다.

"베라가 아직 살아 있다면, 그게 그렇게 놀랄 일일까? 만약 기회다 싶어서 어둠을 틈타 도망쳤다면…, 그렇게 갑자기 찾아오는 우연도 있잖아. 새로운 삶을 시작할 기회가 우연히 찾아왔고, …그 기회를 붙잡은 거지. 그 외진 데서 광신도들 틈에 끼어 사는 게 즐겁진 않았을 거 아냐?"

"글쎄, 잘 모르겠다."

내가 말했다.

"나도 30년 동안 그런 생각 했는데, 아니 제발 그런 것이길 바랐는데, …솔직히 말하면 그런 경우가 아닌 것 같아."

"왜 아니야?"

우르반이 연기를 내뿜으며 물었다.

나는 선착장 위로 올라앉았다.

"어디 갈 데가 있었겠어?"

내가 말했다.

"파리, 뉴욕, 런던 같은 대도시라면 가능할 수도 있었겠지만 K 근교의 사마리아 농장에 살던 시골 소녀가… 자전거를 타고 새 삶을 찾아 떠난다? 그건 힘들지."

"자전거?"

우르반이 되물었다.

"자전거는 끝까지 발견되지 않았었지?"

"응. 내가 알기론 그래."

우르반은 맥주를 마시고 시가를 피우며 생각에 잠겼다.

"그럼, 베라를 죽인 사람이 자전거도 함께 땅에 묻었을 거라는 거야?"

나는 대답 대신 그의 손에서 맥주병을 빼앗아 마셨다.

"뭐, 두고 보면 알겠지."

우르반이 말했다.

"끝날 때까진 끝난 게 아니니까. 어쨌든 준비는 해두는 게 낫겠어."

"무슨 뚱딴지같은 소리야?"

나는 그에게서 별다른 대답을 듣지 못했다. 그리고 서너 시간 후 오후가 되자 물레방아 물 돌듯 그가 행동을 시작했다. 물이 아주 콸콸 흘러넘쳤다. 우리의 추리소설 작가께서 아침에 그물에 걸린 송어 여섯 마리를 손질하는 동안 나는 산책을 다녀왔다. 우르반은 앞마당에 들어서는 나를 보더니 수염이 양쪽으로 갈라지도록 헤벌쭉 웃었다.

"비밀이 점점 커지고 있어."

우르반이 말했다.

"이 뚱보가 또 무슨 간교한 말을 지껄이는고?"

내가 놓치듯 물었다.

"토요일에 온대, 베라 칼 말이야."

"그게 무슨 얼토당토않은……?"

나는 머릿속이 하얘지는 것을 느끼며 선베드에 걸터앉았다. 그리고 혼란한 와중에도, 왜 흔히 말하는 눈앞이 캄캄해지지 않고 하얘진 걸까 하고 생각했다. 우르반은 흥미롭다는 표정으로 나를 보더니 손에 들린 휴대전화를 흔들어 댔다. 담뱃갑만한 크기의 최신 기종이었다.

"전화가 왔어."

우르반이 설명했다.

"여기로. 베라 칼이 전화를 했다고. 토요일에 이리로 와서 너랑 얘기하고 싶대."

"그건 불가능해."

내가 간신히 말했다.

"세상에 불가능한 게 어디 있어?"

우르반은 가느다란 시가를 입에 물며 말했다.

"맥주 마실래?"

7

　그날 밤, 우리는 꽤 늦게까지 밖에 앉아 이야기를 했다. 모기가 웽웽거렸지만 그을음을 내는 석유난로 덕분에 가까이 오지는 못했다.

　우르반이 뿜어내는 시가 연기도 모기를 쫓는 데 한몫했다. 그의 시가는 피처봄으로 달콤한 맛이 나는 종류인데, 그는 15년 전 루우거에서 갈아탄 후 한 번도 후회한 적이 없다며 꽤 만족해했다.

　학창시절을 추억하다 보니 베라 칼에 대해서도 얘기가 나왔다. 그녀가 나를 만나러 온다는 얘기를 들은 후 내 방어 의지는 빠르게 사라졌다. 더 이상 우르반의 공격에 버틸 재간이 없었다.

　어쩌면 그다지 방어하고 싶지 않았는지도 모르겠다. 사실 어떤 면에서는 과거와 마주해야 하는 그 상황에서 혼자가 아니라 둘이라는 것이 고맙기까지 했다. 아마추어 심리학이니 뭐니 하는 것들을 폄하하곤 했지만 정말 베라 칼이 살아 있고 나와 할 얘기가 있어서 오는 거라면 그 누구의 도움이라도 받아야 하는 상황이었다. 그 누군가가 우르반 클레르보트일지라도 말이다.

우르반이 점점 심리상담자 역할을 맡는 것이 과연 잘된 일인지는 쉽게 판단되지 않았다. 길게 이야기를 나누는 동안 나는 그가 학창시절 친구라기보다는 심리상담자의 입장에서 나를 대하고 있다는 인상을 여러 번 받았다. 아니 그건 나만의 착각이었을 수도 있다.

사실 그런 건 그다지 중요하지 않다. 다가오는 토요일, 어떤 결정을 내려야 할 경우 그 결정을 우르반의 손에 맡길 수 있다면 그것만으로도 다행이다. 적어도 그날 밤에는 그랬다. 한번 불러낸 유령은 쉽게 떨칠 수 없다는 사실, 그것만은 분명했다.

우르반 클레르보트는 직업에 비해 대화의 기술이나 요령이 탁월한 편은 아니다. 하지만 질문은 어차피 정해져 있다. 적어도 전화에 관해 물어보고 싶은 건 말투가 어땠는지, 뭐라고 말했는지, 옛날 목소리 그대로인지, 내가 여기 있다는 걸 어떻게 알았는지 정도다.

우르반은 내 질문에 차례로 대답했다. 말투는 차분했고, 그저 베라 칼이라고 하면서 나를 찾았는데, 우르반이 정말 오랜만이라며 지금 호숫가에 산책 가서 없다고 하자 잠시 망설이는 것 같았지만 그래도 달라질 건 없다며 할 얘기가 있으니 토요일에 가겠다고 했다는 것이다.

그녀는 정오쯤이 어떤지 물었고, 이에 우르반은 안 될 건 없지 했고, 그녀는 고맙다고 말한 뒤 끊었다고 했다. 그녀의 옛날 목소리를 다시 알아듣지는 못했고, 그녀가 왜 아직 살아 있는지, 내가 여기 있다는 걸 어떻게 알았는지 물어볼 기회도 없었단다.

"그래도 뭐든 물어봤어야지."

내가 질책하듯 말했다.

"물어봤지."

그가 내 얼굴에 연기를 내뿜으며 말했다.

"아주 지적인 질문을 많이 했다고. 하지만 그땐 이미 전화를 끊은 뒤였다니까."

"나랑 무슨 얘기를 하고 싶대?"

"그건 말하지 않았어."

"그런데 베라가 맞긴 해?"

"젠장, 내가 그걸 어떻게 알아?"

"예를 들면 직관적으로."

"아차, 직관 작동시키는 걸 깜빡했네."

"너 그렇게 게을러도 되는 거냐?"

"나 지금 휴가 중이거든. 술이나 마셔, 건배!"

한참 있다가 우리는 잠자지 말고 밤새 얘기나 하자며 매우 특정한 주제를 꺼냈다. 그건 다름 아닌 베라 칼, 혹은 그녀의 대리인이 어떻게 나에 대해 그렇게 잘 알고 있느냐 하는 것이다. 내가 어디에 묵는지, 어떻게 나와 연락이 닿았는지. 예를 들어 콘티넨탈 호텔, 그리고 이곳 교외의 우르반할도 마찬가지다. 우르반 클레르보트의 말에 따르면 그 지점을 꼭 짚고 넘어갈 필요가 있었다.

(우르반의 주장에 따르면) 베라 칼이 실제로 살아 있든, 아니면 누군가 그녀인 척하든 모든 것은 명백하게 내가 K에 온 것과 관련이 있다. 즉 내가 사건 현장에 나타났기 때문이라는 것이다. 그걸 우연의 일치라고 할 수는 없다. 베라 칼이든, 미지의 여인이든 30년 동안 기다렸다가 하필이면

지금 행동을 개시했다는 것은 말이 되지 않았다. 아니 불가능했다. 절대 불가능했다. 내가 이곳에 왔기 때문에 모든 게 시작됐고, 나의 등장이 도화선에 불을 붙였다는 것이다. 그건 명백했다. 그야말로… 교회의 아멘처럼 자명했다.

우르반은 어서 그렇다고 말하라는 듯이 내게 눈을 찡긋했다. 나는 자의 반 타의 반으로 고개를 끄덕였다.

"네가 여기 온 걸 아는 사람이 누구야?"

"우리 집사람… 아니, 아니야."

나는 서둘러 내 말을 정정했다.

"아내에게 이 여행에 대해 말하지 않았어, 그 누구에게 도……. 즉, 그 말은 아는 사람이 아무도 없다는 뜻이야. 물론 너랑 나는 빼고."

"허허!"

우르반이 승리감에 젖어 외쳤다.

"나도 그래. 나도 너 만난다는 말 아무한테도 안 했어. 여기 별장에 온다는 말은 했지만…, 헨리 마르텐스라는 이름은 입에 올린 적이 없거든."

"고마워."

나는 달리 할 말이 없어 그렇게 말했다.

"그렇다면······."

우르반 클레르보트는 수염을 만지작거리며 말을 이었다.

"야생난이나 다른 누군가가 미행을 했다는 건데······?"

"야생난이나 다른 누군가······."

나는 무심코 그의 말을 따라했다.

"젠장! 우르반, 베라가 아직 살아 있다는 건 불가능해. 그런 생각은 버리라고."

"넌 너대로 생각해, 난 나대로 추리를 해 볼 테니까!"

우르반은 짐짓 성을 내며 말했다.

"그래, 네 결론은 뭔데?"

나는 잠시 생각해 보았다.

"없어."

내가 말했다.

"약해, 약해."

우르반이 말했다.

"뭐, 다른 걸 기대하진 않았지만. 너 지금 나이가 몇이지?"

"마흔아홉. 내 나이가 이거랑 무슨 상관이야?"

"K에서 떠날 때 몇 살이었지?"

"열아홉. 무슨 얘기를 하려는 거야? 어서 말해 봐."

"서운하게 듣지 말고 잘 생각해 봐. 이곳에 사는 사람 중에 30년이 지난 네 얼굴을 알아볼 사람이 있을 것 같아? 흠."

그는 시가 연기를 깊이 들이마시더니 여유롭게 의자에 등을 기댔다. 마치 그의 다음 추리소설에 등장할 주요 증인에게 논리적으로 한 방 먹인 듯한 표정이었다.

"알겠다."

내가 말했다.

"호텔 말하는 거지?"

"그렇지."

우르반이 말했다.

"네가 유일하게 이름을 남긴 곳, 바로 콘티넨탈 호텔이야. 그게 바로 핵심이라고."

'그럼 여기 외딴 곳에 와 있는 건 어떻게 알았단 거지?' 나는 속으로 그렇게 생각했지만 아무 말도 하지 않았다.

그 순간 뭔가 뇌리를 스치고 지나갔다. 하지만 너무 빨라서 그 내용을 붙잡을 수가 없었다. 무의식으로부터 뭔가가 휙 날아든 느낌이었다. 20년 전이라면 받아냈을 텐데 노화

의 질퍽거리는 늪 속으로 놓쳐버린 기분이었다. 이미지로
표현하자면 그렇다.

"무슨 생각을 그렇게 하냐?"

우르반이 물었다.

"정신이 딴 데 가 있어."

"아냐, 아무것도."

내가 대답했다.

"넌 말해도 몰라."

밤에는 꿈을 꾸었다. 잠에서 깨는 꿈이었다.

그날 새벽 침대에 남은 베라의 체취를 느끼며 잠에서
깼다.

입속에는 혀의 느낌이, 그녀의 따뜻한 살결, 손, 가슴, 허
벅지의 느낌이 남아 있었다. 새벽 4시 20분, 밖에서는 새소
리가 들렸고 그녀는 내 곁에 없었다. 내 누추한 하숙방 구
석구석 그녀의 부재가 거친 숨을 쉬며 살아 있었다. 우리
사랑의 보금자리. 나는 일어나서 그녀의 쪽지를 읽었다. 그
리고 다시 침대 속으로 기어들었다. 그렇게 누워서 내게 일
어난 행운을, 거짓말처럼 지나가버린 시간을, 손대면 날아

가 버릴 것 같은 그 따스한 기억을 하나하나 되새겼다. 우리가 서로에게 한 말, 어루만지던 손길, 그녀가 나를 사랑한다는 사실을.

잠들었다가 다시 꿈을 꾸었는데, 오전 늦게 두 번째로 깨었을 때가 꿈으로 나왔다. 나는 밖으로 나갔다. 햇살이 섞인 아지랑이 속에 시간은 꾸역꾸역 여름날의 정오를 향해 가고 있었다. 나는 걷고 또 걸었다. 늦은 오후 기차역, 부모님과 동생이 도착했다. 그다음 날 있을 졸업식 때문에 온 것이었다. 가족들은 레임스 씨 댁에 묵을 예정이었다. 우리는 그곳에서 함께 저녁 식사를 했다. 그리고 저녁 8시쯤 나혼자 그 집을 나왔다. 거기서부터 꿈이 허물어지기 시작했다. 모든 것이 천천히 소용돌이치며 구멍 속으로 빨려들어갔다. 급류에 휘말린 것처럼. 어스름이 내리고 공기가 서늘해졌다. 나는 카페 '더러운 짭새' 앞을 지나다가 처음으로 그 소식을 들었다. 첫 번째 소문이었다. 빈센트 바우어와 클레멘스 데 브루트가 계단에 앉아 담배를 피우고 있었다. 나는 걸음을 멈추고 그들의 담배를 몇 모금 얻어 피웠다. 그리고 베라 칼이 사라졌다는 소식을 들었다.

연기처럼 사라졌다. 그 누구도 아닌 베라 칼이.

그녀는 자취를 감추었고 아무도 그녀가 있는 곳을 몰랐다. 엘렌 카르만은 베라의 아버지가 경찰서에 신고하러 갔다는 말을 들었다고 했다.

그 말을 들으니 머리끝이 쭈뼛 서는 것 같았다. 빈센트 바우어와 클레멘스 데 브루트는 점점 줄어들더니 소용돌이치는 길쭉한 터널 속으로 빨려들어 갔다. 꿈속의 꿈처럼 똑같은 급류, 똑같은 소용돌이였다. 그들의 말소리는 이해할 수 없는 소음이 되어 사라졌다. 나는 떨어지지 않으려고 난간을 꽉 붙잡고 급히 담배 연기를 빨아들였다. 세상이 흔들리는 것 같았고 나도 따라 흔들렸다. 속이 메스껍고 너울너울 욕지기가 일었다. 나는 굳이 참으려 하지 않았다. 시간이 지나자 욕지기는 썰물처럼 가라앉았다.

"야, 너 왜 그래?"

클레멘스가 물었다.

나는 카페 안으로 들어가 더 많은 정보를 알아냈다. 그렇다, 베라 칼은 밤 11시경 림부르크 연회장을 떠났다. 프리츠 넬러와 엘리자베트 무익센이 마지막으로 베라와 이야기를 했다고 알려졌다. 프리츠는 핀볼 게임기 앞에 서 있었다. 베라는 완전히 맑은 정신은 아니었다고 했다. 하긴 그날 그 자리에 있던 사람 중 맑은 정신이었던 사람이 있었을까? 후훗. 어쨌든 그 뒤로 그녀를 다시 본 사람은 없었고, 모두들 그녀가 집에 갔을 거라고 생각했다. 그녀의 자전거도 보이지 않았다.

아돌푸스 칼이 경찰서에 딸의 실종을 알린 것은 다음 날 오전 11시 반이었다. 그전에 반의 모든 아이들에게 전화를 걸어 수소문했다. 물론 반 여학생들에게 말이다.

베라 칼의 행방을 아는 사람은 아무도 없었다. 귀신이 곡할 노릇이었다. 어떻게 받아들여야 할지 알 수 없었다. 밤길에 무슨 변을 당한 걸까? 하필이면 베라 칼에게 그런 일이 생기다니!

내가 무슨 생각을 하고 있나?

아무 생각도 하지 않았다. 급하게 담배 두 대를 연달아 피우며 핀볼 게임기를 노려볼 뿐이었다. 비명을 지르고 싶은 걸 꾹 참으며.

우르반이 나를 흔들어 깨울 때 나는 아직도 꿈속 '더러운 짭새' 안에 갇혀 있었다.

"소리 지르던데?"

우르반이 말했다.

"소리는 무슨."

내가 말했다.

그는 이마에 주름을 잡으며 전문가적인 표정으로 내 얼굴을 찬찬히 들여다보았다.

"내가 잘못 들었나 보네."

이윽고 그가 말했다.

"아침 식사 다 됐어. 아침 먹은 뒤에 할 일도 있고."

심호흡을 두 번 하고 나니 비로소 잠이 깼다. 시계를 보니 10시였다. 나는 평소 그렇게 늦게까지 자는 일이 없었다. 나는 헛기침을 몇 번 한 뒤 다시 방어 태세를 취했다.

"할 일? 무슨 할 일?"

"다 계획이 있지."

우르반 클레르보트가 말했다.

"그냥 여기 앉아서 이렇게 손 놓고 있을 순 없잖아. 안 그래? 그런데 너 진짜 소리 질렀어."

나는 침대에서 일어나 앉아 레이스 커튼을 걷었다. 이곳에도 똑같은 태양이 빛났고 여름은 무르익어가고 있었다. 30년이나 지났는데 그 시간의 격차가 아무것도 아닌 것만 같았다.

"내 계획 들어 볼래?"

우르반이 물었다.

나는 고개를 저었다. 하지만 그가 제멋대로 떠들기 시작했기 때문에 소용없었다.

"먼저 아침 식사를 든든히 하고 차에 타. 그리고 콘티넨탈로 가는 거야. 계획은 단순할수록 좋잖아?"

"수영하면서 생각해 볼게."

내가 말했다.

8

우르반이 호텔에 들어가 있는 동안 나는 초록색으로 바랜 아우디 안에 앉아서 기다렸다. 창문을 내리고 창틀에 팔을 기댄 채 밖을 내다보는데 백미러에 비친 내 얼굴이 보였다. 무척 피곤해 보였다. 눈 밑의 짙은 그늘, 덥수룩한 수염, 초점 없는 시선이 뭔가에 시달리는 사람 같았다. 게다가 관자놀이가 울렸다. 언제나 다음 날이면 그랬듯이.

나는 차에서 내려 호텔 맞은편에 있는 가판대에서 생수를 샀다. 몸속 수분이라도 채우자는 생각으로.

우르반은 몇 분 지나지 않아 바로 나왔다.

"땡."

그가 운전석에 털썩 주저앉으며 말했다.

"실패야."

"어떻게 했는데?"

내가 물었다.

"안내 데스크에 가서 물어봤지."

그가 어깨를 으쓱하며 대답했다.

"누가 있었는데?"

"코걸이 한 빼빼 마른 남자가 있었어. 베라 칼을 찾는다고 했더니 아무 반응도 없더라고. 그래서 여기 호텔에서 일하는 것 같다고 했더니 아닐 거라고, …전 부서 직원 다 아는데 그런 사람은 없다는 거야. 매춘부들이 있는지 없는지 잘 모르겠지만 …, 그래도 베라 칼이라는 사람은 없다고."

"옛날 사건에 대해 모르는 모양이지?"

우르반은 고개를 저었다. 그리고 피처붐 한 개비를 꺼내 불을 붙였다.

"아마 모르는 것 같아. 물어보지는 않았어."

"그 밖에는 아무하고도 말 안 했어?"

"응."

"그래, 그럼 이제 어떡하지?"

내가 남은 생수를 다 마신 후 물었다. 우르반은 입에 문 시가 가루를 뱉으며 차에 시동을 걸었다.

"플랜 B. 베라의…, 아니 자전거의 흔적을 따라가자. 거기 서랍에서 지도 좀 꺼내 봐."

사마리아 농장은 그리 어렵지 않게 찾았다. 먼저 서쪽으로 탁 트인 아스팔트길을 따라 10킬로미터 정도 달리다가 케란 교차로에서 숲으로 들어가 구불구불한 자갈길을 한참 달리니 칠이 벗겨진 노란 이정표에 '사마리아'라고 쓰여 있는 게 보였다. 우리는 차를 멈추고 잠시 의논했다.

갈림길을 새로 만들었는지 중간에 잔디가 심어져 있었다. 그리로 차가 지나가도 될 것 같았다. 아무리 둘러봐도 집은 보이지 않고 온화한 향기를 내뿜는 침엽수림과 길가에 넘실대는 민들레꽃, 루핀꽃, 카밀레뿐이었다.

두 개짜리 스탠드 우체통이 세워져 있었는데, 그중 하나에 노란색 새 활자로 '클라우센'이라고 찍혀 있었다. 여전히 누군가 사마리아 농장에 살고 있다는 뜻이었다.

우르반은 차에서 내리더니 도랑을 뛰어넘어가 소나무 밑에 오줌을 누었다.

"돌아가자."

그가 돌아오자 내가 말했다.

"이러는 게 무슨 의미가 있어?"

"재구성이지."

"그게 말이 돼?"

내가 말했다.

"30년이나 지난 뒤에 베라가 자전거 타고 간 길을 따라가는 게 무슨 재구성이야? 돌아가서 낚시나 하는 게 좋겠어. 플랜 C."

"일에는 다 때가 있는 법."

우르반이 말했다.

"모퉁이만 돌면 나오잖아. 여기까지 왔으니까 한번 보기나 하자. 우린 기자들이고 지금 취재 중인 거야. 알겠지?"

"기자?"

"그래, 난 지금 미제사건에 대한 기사를 연재 중인 거야. 넌 사진기자."

"카메라도 없는데?"

"뒷좌석에 있는 가방에 봐봐."

나는 뒤로 몸을 돌려 낡은 가방 안에서 빨간 자동카메라 하나를 찾아냈다.

"이거 말이야? 전문 사진기자가 이런 장난감을 들고 다니겠냐?"

우르반은 내 말에 양팔을 들어 보였다.

"그럼 운전수라고 하든가. 자, 간다."

사마리아 농장은 리모델링한 노란색 건물과 약간 뒤쪽으로 양옆에 세워진 회색 건물 두 채로 이뤄져 있었다. 딱봐도 옛날에 농장으로 쓰던 건물인 걸 알 수 있었다. 북쪽과 북서쪽은 숲이 그대로 보존돼 있었고, 다른 방향으로는 그보다 조금 넓게 개간 농지가 펼쳐져 있었다. 그리고 자작나무와 사시나무 덤불이 사람 키만큼이나 자라고 있는 걸로 보아 지금은 그 땅에 농사를 짓지 않는 것 같았다. 마당에는 꽤 새것으로 보이는 자동차 두 대가 나란히 있었다. 우르반은 그중 덩치가 큰 차, 반짝이는 빨간색 볼보 옆에 차를 세웠다. 여덟 살과 열 살쯤 돼 보이는 남자아이와 여자아이가 다가와 우리를 빤히 쳐다보았다.

"하느님께 영광."

우르반이 아이들에게 인사를 건넸다.

"엄마나 아빠 집에 계시니?"

양부모 모두 집에 있었다. 서른다섯 살쯤 돼 보이는 부부가 나오자 우르반은 재빨리 그들을 설득해 잔디밭 한쪽 그늘에 놓인 정원 탁자로 안내하게 했다. 우르반이 집, 잔디, 화단, 재스민 덤불, 아이들, 볼보, 한적한 위치, 클라우센 부인의 티셔츠에 있는 홀치기 염색무늬를 순서대로 칭찬하는 동안 나는 민망해져서 내 짧은 턱수염을 쥐어뜯었다.

그가 본론으로 들어가자 클라우센 부인이 커피를 준비하러 집 안으로 들어갔다.

"물론 알고 있습니다."

클라우센이 담배에 불을 붙이며 말했다.

"저희는 이 근처 사람이 아니라 몰랐는데 집 살 때 부동산중개인이 얘기해 주더군요. 3년 됐습니다."

"집을 칼 가족에게 사셨나요?"

"칼 부인에게요."

그가 고쳐 말했다.

"여든이 다 된 나이였는데 여기서 혼자 살았다고 하더군요. 제 기억이 맞는다면 남편이 죽고 10년간 혼자였어요. 그런데 더 이상 혼자 살기 힘들어져서 양로원으로 옮긴다고 했습니다. 그리고 그 부인도 지난 4월에 죽었습니다. 신문에 부고가 났더라구요."

"칼 부인과 이야기를 나눠 보셨습니까?"

"네, 잠깐이지만."

클라우센이 말했다.

"맨 처음에 집 보러 왔을 때 아직 이 집에 살고 있었습니다. 거동도 불편해 보였어요. 연로한 분들이 이렇게 외딴곳에 혼자 사는 건 힘들죠."

"딸 얘기도 하던가요?"

"아니요, 제게 왜 그런 얘기를 했겠습니까? 전 부동산중개인에게 들었습니다. 졸업을 눈앞에 두고 일어난 끔찍한 사건이었다…, 뭐 그런 얘기였어요. 더 끔찍한 건 그다음에 어떻게 됐는지 모른다는 거였고, 생사 여부도 모른 채 장사 지내는 마음이 어땠겠느냐고 하더군요. 그리고 그 중개인 예스마르 씨의 생각으로는 살해당한 게 틀림없다고……."

우르반은 고개를 끄덕이며 탁자 밑으로 내 정강이를 쳤다. 사진 찍을 때가 됐다는 신호였다.

나는 하라는 대로 사진을 찍었다. 집 구석구석을 찍으며 베라의 방이 어디였을까 생각하다 보니 어느새 목이 메었다. 나는 왔던 길을 조금 되돌아가 집 전체 사진을 찍었다.

아이들은 어느 정도 거리를 두고 나를 졸졸 따라왔다. 그리고 맨 마지막에 자신들의 사진도 몇 장 찍게 해주었다.

그런 다음 커피를 마시며 도시와 떨어져 자연 속에 사는 삶의 장점에 대해 이야기했다. 클라우센 부부는 서로 전원 생활의 장점에 대해 얘기하며 우리에게서도 똑같은 말을 듣고 싶어했다.

그렇게 30분이 지났다. 그 사이 우르반은 접시 위의 쿠키를 깨끗하게 먹어치웠고, 기사가 나오면 사진과 함께 보내주겠다며 클라우센 부부의 이름과 주소를 메모했다. 그리고 아이들의 머리를 쓰다듬어 주었다.

"작전 성공."

내가 돌아 나오며 말했다.

"대단한데, 홈즈?"

"대단은 무슨."

우르반이 겸연쩍어하며 말했다.

"어떻게 될지는 아무도 모르는 거야. 적어도 이 길이 베라가 자전거를 타고 간 길이라는 건 확실하지."

우르반이 양쪽 숲을 가리키며 의미심장하게 말했다.

"만약에 말이야, …만약에 베라가 살해당했다면 여기 어딘가에 그 유골이 있을 거야. 자전거와 함께 어디 늪지대 같은 곳에 묻혀 있겠지……. 물론 지금은 형체를 알아볼 수 없게 삭아버렸겠지만."

"말조심해."

내가 말했다.

"미안. 생각을 하다 보니 좀 멀리 나갔네."

"말 그렇게 함부로 하는 거 아냐."

"흠."

우르반은 뚱한 표정이 되었다.

"어떻게 된 건지 확실하게 밝혀 볼 생각이 있긴 한 거야?"

"확실하면 확실할수록 좋지."

내가 말했다.

"내가 맘에 안 들어 하는 건 일하는 방식이야. 예를 들면 K에 베라 칼이라는 사람이 사는지 전화번호부를 찾아볼 수도 있잖아. 그동안 조용히 돌아와서 살고 있는지도 모르잖아."

"말도 안 되는 소리."

우르반이 반박했다.

"그렇게 우아하게 이곳을 떠났는데 왜 여길 다시 찾아오 겠어? 베라 칼이라는 사람은 전화번호부에 없어. 주민센터 기록에도 없고. K뿐 아니라 그 어디에도 없어."

"네가 어떻게 알아?"

"다 찾아봤으니까 알지. 방금만 해도 큰 성과는 없지만 그래도 베라의 부모님이 돌아가셨다는 건 알게 됐잖아."

나는 잠시 생각했다.

"만약 더 알아야 할 게 있다면 토요일에 알게 되겠지."

우르반은 생각에 잠긴 얼굴로 고개를 주억거렸다.

"그런데 문제는 지금 우리가 상대하는 게 누군지 모른다 는 거잖아?"

"상관없어."

내가 잠시 침묵한 뒤 말했다.

"그냥 별 일 없이 넘어가거나 무슨 일이 생기거나 둘 중 하나겠지. 어떻게 되든 내겐 똑같아."

우르반은 점점 걸음을 늦추다가 멈추었다.

"그렇지 않을걸? 너 자면서 정말 비명 질렀어. 내가 바본 줄 알아? 어쨌든 우린 더 많은 걸 알고 있는 사람과 얘기를 해 봐야 해."

"뭘 알고 있는 사람?"

"뭐긴 뭐야 야생난이지. 야생난 실종사건. 내일 오신다고 했어. 내가 몇 가지 제보할 게 있다고 했더니 무척 관심 있어 하더라고. 공소 시효가 한참 지났는데도 말이야."

"누구 얘기 하는 거야?"

나는 누군지 짐작이 가면서도 물었다.

"켈러 형사."

우르반이 빠르게 말을 이었다.

"1967년 베라 칼 사건 담당 형사. 올해 일흔인데 전화 목소리가 마흔아홉 살짜리처럼 쩡쩡하더라고."

나는 한숨을 쉬며 눈을 질끈 감았다.

9

수요일 저녁 우르반이 요리를 하는 동안 나는 호수 반대 편까지 노를 저어 갔다. 그리고 적막한 가운데 혼란한 머릿 속을 정리해 보았다.

이 문제에 있어서 내 생각은 어떤 것인가? 가능성은 두 가지뿐이다. 그 두 가지 가능성 사이를 왔다 갔다 하며 내린 결론은 내 처지가 살얼음 위를 걷는 것과 같다는 것이다.

만약 정말 베라 칼이 살아 있다면 30년 전 우리가 사랑을 나눈 그 황홀한 밤 이후 도망치기로 결심한 게 틀림없다. 내 첫 경험, 그녀의 첫 경험. 졸업장 배부 이틀 전.

왜?

나는 그날 밤 그녀도 우리가 함께한 시간을 즐겼다는 것을 확신했다. 그건 그녀가 남긴 쪽지에서도 알 수 있었다.

그렇다면 그녀는 어디로 간 걸까? 그 나이에 그런 과감한 결단을 내릴 수 있었다면, 그것도 열아홉이라는 어린 나이에, 그 시대에, 그 작은 시골에서?

아니면 납치된 걸까? 그렇다면 누구에게? 납치됐는데 지금까지 살아 있을까?

그렇다고 쳐도 왜 다시 K에 나타난단 말인가. 하필이면 왜 지금, 이 시점에?

질문은 끝이 없었고 어떤 질문에도 답은 없었다.

그렇다면 그녀는 그때 죽은 것이다, 라고 나는 결론을 내렸다. 모두가 그렇게 믿었고 그것을 전제로 수사가 진행됐다. 그녀는 그날 밤 죽은 것이다.

그렇다면 새로운 베라 칼은 누구인가? 나와 얘기하려 하는 사람, 뭔가 알고 있는 그 사람의 정체는?

하지만 베라와 나의 관계에 대해 아는 사람은 아무도 없었다. 나는 생각을 집중했다. 만약 그런 사람이 있다면 우리 뒤를 몰래 따라와 염탐한 자일 것이다. 아니면 베라가 죽기 전 누군가를 만났거나.

나는 스파이에 대한 생각을 바로 접었다. 남은 건 하나였다. 오직 하나. 그날 밤 베라는 내 하숙방에서 나간 뒤 누군가를 만난 것이다. 내 머릿속에는 단 한 사람밖에 떠오르지 않았다.

나는 그 결론에 대해 생각하며 미동 없이 한참을 그대로 앉아 있었다. 그리고 그 결론이 어지럽혀진 내 의식 속에 잘 가라앉아 자리 잡기를 바랐다. 잘 가라앉은 듯도 하고 아닌 듯도 했다. 오래전 일이라 잘 기억나지 않는다. 나는 손목시계를 본 뒤 다시 노를 저어 집으로 돌아왔다.

저녁은 밥과 이탈리아식 소시지를 곁들인 미트볼 요리다. 거기에 검붉은 부르고뉴 와인을 마셨다. 디저트는 레몬파르페, 커피, 코냑, 초코비스킷 그리고 시가. 나도 한 대 피웠다. 15년 전에 담배를 끊었지만 모기가 워낙 극성이었고, 우르반의 끊임없는 권유를 물리치지 못했다. 맛은 전혀 나쁘지 않았다.

나는 설거지를 마친 후 〈파리와 영원〉 3장을 읽었다. 역시 예상대로 재미있었다. 나는 우르반에게 찬사를 보냈고, 우르반은 턱수염을 매만지며 겸연쩍어했다.

곧 우리는 학창시절 선생님 이야기로 시간을 보냈다. 블룸 교감선생님, 언어계열 링곤스트룀 선생님, 물론 우린 선생님도 빠지지 않았다. 야생난에 대해서는 약속이라도 한 듯 둘 다 한마디도 꺼내지 않았다. 나중에는 뜨거운 증기욕과 나뭇잎 마사지, 그리고 맥주를 즐기다 한밤중의 시꺼먼 물속으로 뛰어들기도 하며 몇 시간을 보냈다.

물론 시시콜콜한 뒷담화도 빠지지 않았다. 그러다 곯아떨어졌는데, 아마 새벽 2시가 넘어서였을 것이다.

켈러 형사는 목요일 오전 11시쯤 낡은 뷰익 자동차를 타고 나타났다. 나는 그의 얼굴을 알아보지 못했다. 사실 그에 대한 인상이 그리 깊지 않았다. 수사 당시에도 그와 이야기한 적이 없었고, 그저 신문기사에서 사진을 본 게 전부였다.

당시에 나도 다른 사람들과 마찬가지로 신문을 받았다. 두 번이었다. 두 번 다 약간 불그스레한 얼굴의 지극히 평범한 경찰관이 담당했다. 녹음기도 켜져 있었다.

그 더운 날 오전, 켈러 형사를 처음 봤을 때 그가 점점 쪼그라들어 삶에서 사라지고 있는 게 아닐까 하는 생각이 들었다. 양복, 안경, 자동차, 서류 가방 할 것 없이 그에게는 모든 것이 너무 커보였다.

그는 갈색 서류 가방을 삐걱거리는 정원 탁자 위에 힘겹게 올려놓았다. 나는 그의 체중이 우르반의 3분의 1이나 될까 하고 생각하다가 사람을 외모로만 판단해서는 안 된다는 우린 선생님의 말을 떠올렸다. '호모 바나니쿠스 논 에스트(Homo bananicus non est)', 그가 라틴어 2교시째부터 매번 농담 삼아 꺼내던 말이었다.

"옛날 사건 자료 좀 가져왔지."

켈러가 말했다.

"이쪽이 헨리 마르텐스인가?"

우리는 서로 인사를 하고 자리에 앉았다. 우르반이 시원한 맥주 세 병을 꺼내 와 마개를 땄다. 켈러는 재킷을 벗어 의자 등받이에 걸치고 셔츠 소맷자락을 걷어붙였다. 분명 잠자고 있던 형사의 본능이 깨어나고 있는 것이리라.

켈러는 탁자 위에 양 팔꿈치를 올리고 우리를 번갈아 쳐다보았다. 그의 생김새는 어딘가 새를 연상시키는 데가 있었다. 특히 머리, 그리고 네 치수는 커 보이는 셔츠 칼라 위로 삐죽 솟은 가느다란 목을 돌리는 움직임이 그랬다. 그는 가느다란 콧수염과 더욱 가느다란 백발을 매만지더니 말했다.

"베라 칼 사건. 그래, 할 얘기라는 게 뭔가?"

30분 남짓 지난 후 그는 만족한 표정으로 의자에 기대앉으며 맥주잔을 비웠다. 뾰족하게 튀어나온 목젖이 열 받은 속도 기록계처럼 위아래로 격렬하게 움직였다.

"믿을 수가 없군."

그가 자신의 결론을 말했다.

"이렇게 중요한 정보를 30년 동안 숨겨 왔단 말이야? 아무리 공소 시효가 지났다고 해도 말이지. 내가 몇 살만 젊었어도 내 주먹이 자네 얼굴로 날아갔을 거야."

"베라에 대해 안 좋은 소문이 날까 봐 그랬습니다."

내가 말했다.

"쓸데없는 소리."

켈러가 딱 잘라 말했다.

"다 지나서 하는 핑계지. 죽은 사람에게 소문이 무슨 상관이야?"

"유족을 생각해서 그랬습니다. 베라의 부모님이요."

내가 지지 않고 받아쳤다.

"유족은 무슨? 저 살 궁리 한 게지."

켈러가 반박했다.

"자자."

우르반이 중재에 나섰다.

"뭐 어쨌든 말 안 한 건 사실이고요, 지금 와서 그 사실이 바뀌진 않으니까요. 문제는 만약 헨리가 실토했다면 수사에 어떤 영향을 끼쳤을까요?"

"어떤 영향을 끼쳤냐고?"

켈러는 빈 맥주잔을 바라보며 콧수염을 만졌다.

"그야 용의자가 됐겠지."

그가 나를 쳐다보며 내뱉듯 말했다.

"뭐 그건 본인이 더 잘 알겠지만."

나는 아무 대꾸도 하지 않았다. 우르반은 시가에 불을 붙인 후 주의를 환기시키려는 듯 연기를 크게 내뿜었다. 그리고 켈러에게 물었다.

"그런데 그때 용의자가 있긴 했습니까?"

"용의자는 무슨?"

켈러가 불퉁거렸다.

"백날천날 그 사건만 붙들고 있은들 시체 없는 사건에 용의자가 있을 리 있나? 잠재적 용의자 선상에 오른 인물이 몇 있긴 했어. 반년 전에 출소한 강간범, 실종자의 동선 가까이에 살던 성질 급한 늙은이. 하지만 둘 다 알리바이가 있었어."

"그럼 목격자는요?"

우르반이 물었다.

"그날 밤늦게 봤다든가 하는 사람은 없었나요?"

켈러는 서류 가방에서 서류철을 하나 꺼내 뒤적거렸다. 그러더니 그 속에서 종이 한 장을 빼냈다.

"믿을 만한 증인은 아니었어. 약간 나사 빠진 인간들, 미친 여자…… . 예를 들면 여기 이 여자."

그는 잠시 말없이 손에 든 서류를 들여다보았다.

"페이시넨이라는 여자가 증언하길 새벽 3시 45분에 자전거를 타고 가는 천사를 봤다고 했어. 팜파스 지구 외곽 바렌 가에서. 어두운 머리색의 천사가 자전거를 타고 서쪽으로 갔다고. 정확히는… 그리고 한 달 뒤 신문에 난 사건 기사를 잔뜩 읽고 와서는…… . 가만, 이 여자 말이 맞을 수도 있었잖아. 그때 우리는 시간 차이만 생각하고 밀쳐둔 거였거든. 밤 11시쯤 출발했으니까 다섯 시간 후에는 한참 멀리까지 갔을 거라고만 생각했지. 중간에 뭔가 하지 않았다면 말이야, 흠."

"그랬군요."

내가 말했다.

켈러가 서류를 더 찾는 동안 우르반은 맥주를 더 내왔다. 나는 한 모금으로 마시기에 딱 적당한 양의 맥주를 들이켠 후 그때 내가 사실대로 말했다면 어떻게 됐을까 생각해 보았다. 부모님은 뭐라고 하셨을까? 베라의 부모님은? 선생님들은? 졸업장은 받을 수 있었을까? 그런 시나리오에서 긍정적 결과가 나오기는 힘들었을 것이다. 나는 당시 입을 다물기를 잘했다고, 그 정도의 이성을 간직하고 있었다니 참 다행이라고 혼자 조용히 안도했다. 사실 솔직히 말하면 이성과는 별개의 문제인 것도 같지만.

"추리는요?"

우르반이 물었다.

"추리 같은 거 없었어요? 언론에 새어나가지 않은 추리가 있었을 거 아닙니까?"

"있었지."

켈러가 한숨을 푹 쉬며 말했다.

"팩트 한 줌에 추리만 한 트럭 있었지. 자네들은 모르겠지만 난 수사가 종료된 뒤에도 몇 년간 야생난 사건을 손에서 놓지 못했어. 하지만 시간이 흐른다고 해서 알아지는 건 없더군……. 처음부터 진전이라고는 없던 사건이었고, 나중에도 그건 똑같았어."

"그랬겠네요."

우르반이 말했다.

"그런데 경찰에서는 처음부터 베라가 죽었다는 전제하에 수사를 폈던 거 아닙니까?"

켈러는 잠시 생각에 잠겼다.

"이거 하나는 확실해."

그가 말했다.

"만약 베라 칼이 집에서 도망친 거라면 그건 사전에 계획된 거였을 거야. 그냥 갑자기 든 생각일 수가 없어…….
물론 이 가능성을 뒷받침해 주는 건 그 빌어먹을 아론형제
교단뿐이지만. 내가 그 목사, 아버지라는 사람하고도 몇 시간씩 얘기해 봤는데, 그런 고지식하고 엄한 아버지 밑에서
자랐다면 세발자전거 배우자마자 도망갔겠다 싶더라고."

우르반과 나는 말없이 고개를 끄덕였다.

"그 교단은 아직도 있습니까?"

우르반이 물었다.

켈러는 고개를 저었다.

"한 삼사년 있다 흩어졌지. 그 뒤로는 교인도 삼사십 명

정도밖에 안 됐을 거야. 딸이 그렇게 된 뒤로 목사가 이상한 데 꽂혀가지고…, 어쨌든 그 뒤로 점점 망해가더라고. 아무리 악한 것에도 선한 면이 있기 마련인데…….”

다시 침묵이 감돌았다.

“그러면 이 새로운…, 새로운 국면은요?”

우르반이 물었다.

“형사로서 어떤 생각이 드십니까? 30년이 지난 지금 베라 칼이라면서 헨리와 얘기하고 싶다고 하는 이 사람은 누굴까요?”

켈러는 자신의 녹색 나일론 셔츠의 맨 윗단추를 풀더니 우리를 차례로 쳐다보았다. 처음에는 우르반을, 그다음에는 나를.

“드는 생각이야 많지. 하지만 내가 확실히 아는 건 둘 중 하나가 거짓말을 하고 있다는 거야. 그 여자 아니면 자네들.”

그가 잠시 생각한 뒤 덧붙였다.

“아니면 셋 다일 수도 있고.”

그리고 남은 맥주를 다 마시더니 자리에서 일어섰다.

“토요일에 그 여자 만난 다음 나한테 연락하게. 일이 어떻게 되든 꼭 연락해. 안 그러면 경찰에 고발할 테니까."

그는 그 말만 남기고 휙 돌아섰다. 그리고 그 거대한 차에 오르더니 부릉부릉 소리를 내며 사라졌다.

옆을 보니 우르반이 벌어진 입을 다물지 못하고 있었다.

그 후 이틀간 우리는 우르반할에 콕 처박혀 지냈다. 우르반이 먹을 걸 넉넉히 준비해 두어서 걱정은 없었다. 우리는 먹고 마시고 이야기하며 모든 가능성을 따져 보았다. 틈틈이 낚시도 하고 사우나도 했다. 날씨는 점점 안 좋아졌지만 나쁠 건 없었다.

나는 그새 〈파리와 영원〉을 다 읽었다. 느닷없긴 하지만 개연성 있는 결말이었다. 나는 내 친구에게 그 점을 칭찬해 주었다. 그리고 다음 주에 한 번 더 꼼꼼히 읽고 표현을 다듬기로 했다.

금요일 밤에는 통 잠을 잘 수 없었다. 좁은 침상 위에서 이리 뒤척 저리 뒤척이며 지붕 위로 지나가는 빗소리를 들었다.

토요일 아침, 우리는 처음으로 집 안에서 아침 식사를 했다. 하지만 오전이 가기 전에 파란 하늘이 빼꼼히 모습을 드러냈다. 나는 그게 좋은 징조이기를 바랐다.

켈러 형사가 뷰익을 타고 떠난 시점으로부터 정확히 이틀 후 또 다른 차가 울퉁불퉁한 비탈길을 내려왔다. 이번에는 연식이 좀 돼 보이는 흰색 르노였다. 차가 장작더미 옆에서 멈추었고 시동이 꺼졌다. 문이 열리고 사람이 내리는 그 짧은 시간 동안 내 머릿속에서는 지나온 인생의 순간들이 훅 스쳐 지나갔다.

10

차에서 내린 남자는 허리를 쭉 폈다. 서른다섯 살쯤 돼 보였고, 온몸이 근육질에 키가 190센티미터는 될 것 같았다. 청바지에 운동화, 얇은 방풍 점퍼 차림에 소매는 걷어 올렸다. 건강한 구릿빛 얼굴에 밝은 색깔 머리는 스포츠식으로 짧았다. 세계 챔피언을 따고 막 집에 도착한 핸드볼 선수 같다고나 할까? 나는 우르반 쪽을 쳐다보았다. 내게서 5미터쯤 떨어져 서 있던 그는 불 붙이지 않은 피처붐을 손에 든 채 뜨악한 표정을 짓고 있었다.

남자는 무표정한 얼굴로 잠시 우리를 쳐다보다가 조수석으로 가서 문을 열었다. 49세쯤 돼 보이는 여자가 내렸다. 머리색이 어두웠고 청초한 느낌의 미인이었다. 그녀는 진녹색 면 소재 원피스에 같은 색깔 카디건을 어깨에 걸치고 있었다.

그녀일 수도 있고 다른 누군가일 수도 있다.

그렇게 얼어붙은 순간에서 풀려나는 데 얼마나 시간이 걸렸을까…, 그 짧은 시간 동안 내 마음속에서는 '베라 칼이다 아니다'가 여러 번 바뀌었다.

"어서 오십시오."

이윽고 우르반이 침묵을 깨고 말했다.

"전 우르반 클레르보트라고 합니다. 이쪽은 헨리 마르텐스. 우리 초면인 게 맞지요?"

"아담 체르니크라고 합니다."

남자가 우르반이 내민 손을 잡으며 말했다.

"피터스."

여자가 말했다.

"에바 피터스예요."

순간 가슴을 옭죄고 있던 끈이 조금 헐거워지는 느낌이었다. 숨쉬기가 훨씬 편했다. 그러나 동시에 모든 게 시큰둥해졌다. 아주 많이 시큰둥해졌다.

"전화하신 분이죠?"

우르반이 말했다.

그녀는 고개를 끄덕였다.

"그런데 다른 이름을 대지 않으셨던가요?"

"그럴 만한 이유가 있었어요."

그녀는 시종일관 뻣뻣한 태도에 심각한 표정이었다. 남자도 마찬가지였다. 우르반이 손짓으로 일행을 탁자로 안내했다.

"할 얘기가 있다고 하셨죠? 맥주나 커피 드릴까요?"

여자는 고개를 저었고 남자는 "괜찮습니다."라고 말했다.

한동안 아무도 말이 없었다. 나는 그것이 일종의 전략이라는 것을 어렴풋이 감지했다. 브리지 게임을 할 때처럼 먼저 말을 시작하는 사람이 첫 번째 패를 내는 셈이다. 하지만 왜 그래야 하는지 이해할 수가 없었다.

"무슨 생각이신 건지 설명 좀 해 주시겠습니까?"

우르반이 답답함을 참지 못하고 말문을 열었다.

"그쪽 덕분에 지난 며칠간 우린… 특히 여기 이 친구는 골치깨나 아팠단 말입니다."

"여기 이 친구, 헨리 마르텐스 씨요?"

그녀가 말꼬리를 잡았다.

"네, 맞습니다."

내가 나섰다.

"누구신데 베라 칼이라고 주장하시는 겁니까?"

그녀는 무의식적으로 희미한 미소를 지었다. 순간 나는 그녀가 겉으로만 그런 척할 뿐 그것이 진짜 그녀의 모습이 아니라는 것을 직감했다. 그녀는 팔로 입을 가리고 헛기침을 두어 번 했다.

"여기 아담은 이 일과 아무런 관련이 없다는 걸 미리 말해 둘게요."

그녀는 그렇게 말하며 거인 핸드볼 선수 같은 남자를 가리켰다.

"아담은 제 안전 때문에 동행한 거예요. 그리고 참고하시라고 말씀드리는 건데 몇몇 사람들에게 제 행선지를 말하고 왔어요."

"뭐하자는 겁니까?"

우르반이 말했다.

"그게 무슨 뜻입니까?"

나도 말했다.

그녀는 손가방에서 담배를 꺼내 피우기 시작했다. 나는 체르니크를 쳐다보았다. 보디가드라니 어이가 없었다.

"사촌이에요."

에바 피터스가 말했다.

"저는 베라 칼과 사촌관계입니다. 아시겠어요?"

우르반은 머리를 설레설레 저었다. 나도 마찬가지였다.

"제가 들은 말이 있어요."

"무슨 말이요?"

"경찰은 전혀 몰랐던 거죠."

나는 분노가 치미는 것을 느꼈다. 어쩌면 그것은 분노가 아니라 두려움이었을 것이다.

"알고 계신 게 뭔지 설명을 좀 해 주실 수 있겠습니까?"

내가 말했다.

"예를 들면 베라에게 무슨 일이 일어났는지요. 뭔가 알고 계신 겁니까?"

"왜 그렇게 생각하시죠?"

그녀가 잠시 망설이다 물었다.

"아니면 왜 이렇게 비밀스러운 척을 하는 겁니까?"

우르반이 끼어들었다. 아까보다 더 화난 표정이었다.

그녀가 2초 정도 뜸을 들인 후 말했다.

"왜냐하면 댁의 친구분이 제 사촌의 죽음과 관계가 있다는 걸 알기 때문이에요."

"빌어먹을, 지금 무슨 소릴 하는 거예요?"

우르반이 버럭 화를 냈다.

체르니크는 안경을 고쳐 쓰며 상체를 앞으로 쭉 내밀었다.

"잠깐만요."

내가 중재에 나섰다.

"장담하건대 그건 전혀 사실이 아닙니다. 우린 베라에게 무슨 일이 있었는지 모릅니다. 우르반도, 저도 전혀 몰라요. 제 생각엔 먼저 설명을 하시는 게 좋을 것 같습니다."

그녀는 혼자 생각을 정리하는 듯 말없이 담배만 피웠다. 체르니크와 전혀 시선을 주고받지 않는 것으로 보아 그는 정말 아무것도 모르는 것 같았다. 그녀의 말대로 경호원 역할이었다. 그의 굵은 팔뚝을 보니 그가 그 역할을 상당히 잘 해내리라는 확신이 들었다. 특히 상대인 우리들의 신체 조건을 봤을 때는 더욱.

우르반은 양동이에서 맥주 네 병을 건져왔다.

"좋아요."

이윽고 에바 피터스가 입을 열었다.

"제가 알고 있는 걸 말할 테니 어떻게 해명하는지 한번 보죠. 컵 하나 주시겠어요? 병째 마셔 버릇하지 않아서요.”

우르반은 다시 한 번 일어서야 했다.

“제가 뭘 해명해야 하는지 말씀하시면 해명을 하지요.”

내가 말했다.

그녀가 드디어 설명을 시작했다.

“전 베라와 친했어요.”

그녀의 목소리는 아까보다 훨씬 부드러웠다. 그리고 그게 그녀에게 훨씬, 훨씬 더 잘 어울렸다.

“사촌지간이었지만 친자매나 다름없었지요. …멀리 떨어져 살았는데도요. 우린 둘 다 외동딸이었고, 나이도 두 달 차이밖에 나지 않았어요. 그 사건은 제게도 큰 충격이었어요. 베라의 부모님만큼이나 힘들었어요⋯⋯.”

“집이 어디였는데요?”

내가 물었다.

“린덴이요. 여기서 육칠십 킬로미터 떨어진 곳이에요. 하지만 방학 때나 주말에 항상 함께 놀았어요. 베라의 엄마가 제게 이모니까 서로 자매지간이에요. 물론 남편들은 공통점이 하나도 없었지만요. 그렇게 된 거예요.”

나는 고개를 끄덕였다. 우르반이 컵에 맥주를 따랐다.

"베라가 사라진 건 정말 충격이었어요. 실종되고 나서 저도 다른 사람들처럼 어떻게 된 건지 많이 궁금했어요. … 30년이 지난 지금까지도요. 하지만 결국 그 이유를 영영 알 수 없겠다는 생각이 들더라고요. 그래서 저도 다른 사람들처럼 밤중에 범죄의 희생양이 된 거라고 생각하게 됐죠. 어떤 불한당이 베라를 살해하고 시신을 유기한 거라고요. 그런데 작년 봄……."

그녀는 잠시 말을 멈추고 맥주를 한 모금 마셨다. 그리고 새 담배에 불을 붙였다.

"…작년 봄에 루트 이모가, 베라의 엄마죠. 병상에서 임종을 맞게 됐어요. 베라의 아버지 아돌푸스는 이미 10년도 전에 저세상으로 갔고요."

"알고 있습니다."

나도 모르게 말이 튀어나왔다. 그녀는 잠시 의아한 표정을 짓다가 말을 이었다.

"루트 이모는 여러 병을 앓았어요. 하지만 살아야겠다는 의지가 있었죠. 거의 3년째 병상에서 꼼짝도 못하는 상태였는데도 말이에요. 뭐, 전혀 못 일어나는 건 아니었고요. 그런데 지난 4월에, 몇 달 안 된 일이에요. 병원에서 이모가 나를 찾는다고 전화가 왔어요. 전 차를 타고 병원으로 갔어요. 아시는지 모르겠는데 바닷가 쪽에 울멘탈이라는 곳이 있거든요. …먼저 의사와 얘기했는데 몇 시간 안 남았다고 하더라고요. 제가 그 의사 말을 잘 이해한 거라면 이모가 갑자기 병과 싸우기를 포기했다는 거예요. 하지만 죽기 전에 제게 꼭 하고 싶은 말이 있다고 했대요. 저희 부모님도 몇 년 전에 돌아가셔서 이모에게는 제가 살아 있는 마지막 혈육이었거든요. 그리고 실제로도 이모는 제게 할 말이 있는 것 같았어요…….”

“이모님이 찾으셔서 놀랐나요?”

우르반이 그녀의 말을 끊고 물었다.

“제 말은… 그전에 병문안을 갔었나요?”

“아니요, 자주 가진 않았어요.”

에바 피터스는 솔직하게 대답했다.

“울멘탈은 꽤 먼 데다 이모는 말하는 게 자유롭지 않았어요. 몇 년 전에 중풍이 와서 말이 어눌하고…….”

“뭐라고 하시던가요?”

내가 물었다. 우르반이 말을 끊어서 약간 짜증이 난 상태였다.

"왜 꼭 불러달라고 하신 거죠?"

내 질문에 그녀는 갑자기 난감한 표정을 지으며 옷자락
만 매만졌다.

"잘 모르겠어요. 이모가 정확히 뭘 말하려고 했는지…….
만약 알았다면 경찰에 알렸겠죠. 그쪽이 나타나지 않았다
면 언젠가는 경찰에게 갔을 거예요."

"아니, 그게 무슨 빌어먹을……."

우르반이 욱하는 것을 나는 손으로 제지했다.

"계속 말씀하시죠."

내가 그녀에게 말했다. 그녀는 고개를 끄덕였다.

"병실에 가보니 이모는 이미 상당히 쇠약해진 상태였어
요. 그래도 눈빛만은 아직 살아서 반짝반짝하더라고요. 눈
에만 힘이 넘치는데…, 뭐랄까? 의욕? 의욕과 고마움이었
어요. 제 생각엔… 와줘서 고마운 마음과 말해야 하는 걸
늦기 전에 어서 말하고 싶은 의욕이 넘쳤던 것 같아요. 그
렇게 오래 기다리지 않았더라면, 아니면 조금 힘이 더 남아
있었더라면 좋았겠지만 그런 상황이 아니었어요. 전 침대
가장자리에 앉아 이모의 손을 잡았어요. 이모는 불타는 눈
빛으로 저를 쳐다보더니 말을 하려고 입술을 움직였어요.

하지만 소리가 나오지 않는 거예요. 저는 몸을 기울여 이모의 입에 귀를 가져다 댔어요. 바람소리 같은 소리만 났어요. 전 간호사를 불러서 어떻게 해 볼 수 없느냐고 물었어요. 그랬더니 어깨를 으쓱하며 안됐다는 표정만 짓더라고요. 간호사가 나가고 나서 루트 이모는 남은 힘을 모두 짜냈어. 저는 다시 몸을 낮춰 귀를 기울였어요. 이번에는 말이 들렸어요."

"무슨 말인지 알아들었나요?"

내가 물었다. 우르반은 다시 벌어진 입을 다물지 못했고, 체르니크마저 귀를 쫑긋하는 게 보였다.

"네."

에바 피터스가 대답했다.

"무슨 말인지 알아들었어요. 분명히 알아들을 수 있었어요. 이름을 두 번 말했거든요. '베라… 적었어… 헨리 마르텐스, 헨리 마르텐스 책임…….' 그게 다예요. 그렇게 말하고 눈을 감았어요. 그리고 15분 후에 임종하셨어요."

모두 입을 다물었다. 그때 마침 구름 사이로 새어나온 햇살 한 줄기가 에바 피터스의 옷 위로 나뭇잎 무늬의 명암을 드리우며 미세하게 떨렸다. 나는 마른 침을 꼴깍 삼켰고,

아담 체르니크는 팔짱을 꼈다.

"그 말 다시 한 번 해 주실래요?"

우르반이 말했다.

"베라… 적었어… 헨리 마르텐스, 헨리 마르텐스 책
임…… . 이름을 두 번 말했어요. 제가 두 귀로 똑똑히 들었
어요."

나는 의자에 등을 기댔다. 해는 마음이 바뀌었는지 다시
구름 속으로 숨어버렸다.

11

결정을 내리는 데는 0.5초 정도 걸렸지만 이야기를 다 마칠 때까지는 30분이 걸렸다.

나와 우르반의 이야기. 사마리아 농장을 방문한 일이나 켈러 형사를 만난 일도 굳이 숨길 필요가 없었다. 에바 피터스는 담배를 피우며 내 말을 경청하다가 이따금씩 질문을 하기도 했다. 내 말을 다 믿는 눈치였다. 못 믿을 이유도 없었다. 사실 그리 욕먹을 짓을 한 것도 아니었다. 베라와 함께 보낸 밤에 대해 이야기할 때는 좀 민망했지만 에바는 그 지점에서 약간 안도하는 것 같았다. 베라가 죽기 전에 단 한 번이라도 사랑의 기쁨을 경험했으리라는 생각 때문이리라.

베라는 죽지 않았을까? 정말 죽은 게 맞을까? 아직까지 그걸 모른다는 게 왠지 허무하게 느껴졌다. 에바 피터스 쪽이나 우리 쪽이나 아는 걸 다 말한 상태였다. 그러나 우르반의 간이 탁자에 둘러앉아 아무리 머리를 짜내도 이거다 싶은 지점에 도달하지 못하고 있었다.

1967년 5월 28일 밤, 도대체 무슨 일이 일어난 걸까? 정확히 말하면 이른 새벽이다. 그 몇 시간이 우리에겐 가깝고도 멀게만 느껴졌다.

내가 K에 도착한 이후 보인 에바의 행동은 이제 설명이 됐다. 그녀는 4월에 이모를 저세상으로 보낸 뒤 아마추어적인 방식으로 유언의 수수께끼를 풀어보려 했다. 그래서 베라가 졸업 전 2년간 헨리 마르텐스라는 남학생과 한 반이었다는 사실을 알게 됐다. 당시 베라와 같은 반이었던 몇 명에게 나와 베라가 사귀는 사이였는지도 넌지시 물어봤다. 그러나 모두 고개를 젓거나 부정적인 대답을 내놓았다. 그녀는 내가 어디에 사는지 몰랐고 그걸 알아낼 방법도 알지 못했다. 일주일 전 내가 갑자기 K에 오기 전까지의 상황은 그랬다. 그런데…, 알고 보니 에바는 재무담당으로 4년째 콘티넨탈 호텔에서 일하고 있었다. 우르반 득점, 나는 속으로 생각했다. 그런 경위로 에바가 체크인 리스트에서 내 이름을 발견하게 된 것이다. 그밖에 다른 뒷이야기는 없었다.

그녀는 칼 부인이 임종 전 남긴 유언에 어떤 뜻이 담겨
있는지 몰랐기 때문에 여러 날 고민한 끝에 과감하게 베라
칼의 이름으로 내게 연락을 취하기로 했다. 그렇게 해놓고
내 반응을 살필 참이었다. 그녀는 전 남편의 동생이면서 좋
은 친구로 지내고 있는 아담 체르니크를 끌어들였다. 자세
한 속사정은 모르는 상태로 말이다. 두 사람은 월요일에 K
에서 우르반할까지 나를 미행했다. 그리고 우르반의 자동
차등록증을 이용해 별장 주소와 휴대폰 전화번호를 알아낸
것이다. 그게 전부였다. 간단했다.

그들이 토요일까지 기다린 것은 체르니크가 시간을 낼
수 없었기 때문이었다. 그녀 혼자서는 우리를 만날 엄두가
나지 않았다고 한다. 믿거나 말거나……

일은 그렇게 된 거였다. 이제 우리는 모든 패를 다 내놓
았고, 모두 한 배를 탄 처지라는 것을 알게 됐다. 처음에는
그 사실에 안도했지만, 적어도 나는 그랬다. 그 안도감은
곧 절망감에 눌리고 말았다.

그것은 앞으로 한 발자국도 나아가지 못한 현실, 베라에
게 무슨 일이 일어났는지 답을 찾지 못한 데서 오는 절망감
이었다. 처음에 나는 에바와의 만남을 앞두고 엄청나게 긴

장했었다. 그건 에바 쪽도 마찬가지였다. 그런데 이제 그녀가 누군지 알게 됐고, 적대감도 사라지니 원래의 질문이 고개를 쳐든 것이다.

끊임없이 반복되어 온 오래된 질문, 30년 전 그날 밤 베라에게 무슨 일이 일어났는가?

"젠장."

우르반이 불쑥 내뱉었다.

"오늘이야말로 비밀이 밝혀질 거라고 내심 내기했는데 아무래도 질 것 같군. 나올 카드는 다 나왔는데 상황은 여전히 빌어먹게 꼬여 있고……."

"아직 안 나온 카드가 있어."

내가 그의 말을 끊고 말했다.

"무슨 뜻으로 그런 말을 하셨을까? 누구 얘기야?"

"누구긴 누구야? 루트 칼이지. 칼 부인이 무슨 뜻으로 그 말을 남겼는지 알게 되면 답을 찾을 수 있어."

"그럼 칼 부인이 알고 있었다고 생각하는 거야?"

우르반이 물었다.

"넌 아냐?"

우르반은 대답하지 않고 시가만 뚫어지게 쳐다보았다.

"계속 얘기해 봐요."

에바 피터스가 말했다.

"흠."

나는 목을 가다듬고 말을 이었다.

"처음에 그 말의 뜻을 생각해 보고 어떤 결론을 내렸죠?"

"최종 결론은 얻지 못했어요. 처음에는 당신이 베라를 죽인 사람이고 이모가 그 사실을 알았던 거라고 생각했어요. 하지만 다시 생각해 보니 이모가 그 사실을 알고 있으면서 말하지 않은 게 이상했어요. 그것에 대한 답은 찾을 수 없었어요."

"그런 답은 존재하지 않으니까요."

내가 말했다.

"난 베라를 죽이지 않았습니다. 난 베라를 사랑했어요."

"그거랑 그건 좀 다르지."

우르반이 중얼거렸다.

그때 아담 체르니크가 안경을 벗으며 대화에 끼어들었다.

"미안한데, 내가 보기엔 모두 혼란스러워하고 있는 것 같아요."

그는 그렇게 말하며 잘 관리된 치아를 드러냈다.

"베라의 어머니가 그날 밤 무슨 일이 있었는지 정말 알았다고 생각해요?"

나는 생각을 집중했고, 우르반은 수염을 긁적였다.

"알았어."

에바 피터스가 말했다.

"알았다고 생각해 보자고."

"어떻게 알았을까요?"

체르니크가 물었다.

생각의 구름이 소리 없이 좌중 위로 지나갔다.

"범인이 칼 부인에게 편지를 써서 자백했을 수도 있죠."

우르반이 아이디어를 냈다.

"그래서 '적었어'라고 한 거 아닐까요?"

"그리고 헨리 마르텐스라는 이름으로 서명을 한 거죠."

내가 덧붙였다.

"달리 생각해 볼 수도 있어요."

체르니크가 말했다.

"그 말이 정확히 뭐였죠, 에바?"

"베라, 헨리 마르텐스, 헨리 마르텐스 책임, 적었어."

에바는 네 번째인가 다섯 번째로 그 말을 반복했다.

"…적었어……."

체르니크가 마지막 말을 되뇌었다.

"그 앞에 무슨 말이 빠져 있어요. 그 앞 단어가 '내가'라면 어떨까요? 그게 무슨 뜻일까요?"

"내가 아는 걸 적어 놨다."

에바가 말했다.

"나도 그 생각을 했지. 그런데 아무리 생각해도 모르겠어. 이모의 메시지에 분명 빠진 단어가 있는데…, 그게 뭔지 알아야 말이지."

"찾아보긴 했어요?"

아담 체르니크가 물었다.

"적어 놨을 법한 게 있을 텐데. 유품 확인했을 거 아니에요?"

"시간이 없어서 다 보진 못했어."

에바가 솔직하게 말했다.

"지하실 창고 반을 차지하는 양이라…, 혹시 관심 있으면……."

"만약 칼 부인이 베라에 관해 뭔가 적어 놨고, 정말 그게 세상에 알려지길 바랐다면 찾을 수 있는 곳에 보관하지 않았을까요?"

우르반이 미심쩍은 표정으로 말했다.

"그리고 아마 오래전에 적어 놓으셨을 거예요."

에바 피터스가 말했다.

"가시기 전에는 그렇게 맑은 정신이 아니었거든요. 논리에 맞는 글을 기대할 수 없는 상태였고……."

그런 관점에서 토론이 계속 이어졌다. 그러나 내 생각은 자꾸만 다른 방향으로 달려가고 있었다.

나는 마음속에 그녀의 모습을 다시 떠올려 보았다. 문제의 그날 밤…, 완전히 어두워지지 않은 여름밤의 희미한 빛 속에서 빛나던 아름다운 몸……. 서로를 어루만지던 손길, 나를 사랑하던 그녀, 나를 받아들이던 그녀, 내 등을 다리로 감싸던 그녀…, 그리고 나를 깨우지 않으려고 조용히 내 방을 빠져나갔을 그녀. 옷을 입고 내게 남기는 마지막 쪽지를 썼을 그녀. 어떻게 될지는 모르겠지만 사랑한다고……. 베라는 조용히 계단을 내려갔을 것이다. 하얀 드레스에 풍성한 까만 머리를 나부끼며 자전거에 올라탔을 것이다. 그리고 6월의 공기 속으로, 동터 오는 청순하고 아름다운 새벽 풍경 속으로 사라졌을 것이다. 1967년 초여름, 그 여름은 위대한 플라워 파워의 여름이 될 것이었다. 그녀는 경험하지 못했지만.

그다음에 일어났을 일은 상상이 되지 않았다. 그러다 문득 깨달았다. 아니 깨달은 게 아니라 감을 잡았다. 천천히 감이 왔다. 베라는 범죄의 희생양이 된 게 아니었다. 밤길에 마주친 불한당의 손에 죽임을 당한 게 아니었다……. 왜냐하면 오늘 밝혀진 이 정보가 사실이라면 그게 의미하는 건 단 하나였다. 맙소사……! 나는 속으로 뇌까렸다. 아니야, 그렇게 된 건 아니었을 거야.

우리는 에바 피터스의 창고에서 세 시간 동안 루트 칼의 유품을 뒤졌다. 유품이라고 해 봐야 다 처분하고 남은 것들이었다. 옷과 이불, 커튼 따위는 세컨드 스토어와 복지 기관에 전부 기부했고, 다른 것들도 칼 부인이 아직 살아 있을 때 여기저기 나눠 주었다. 노부인들이 으레 그렇듯 루트 칼도 다가오는 죽음을 준비했다. 미리미리 처분해서 자신의 흔적이 많이 남지 않도록 했다. 그럼에도 불구하고 남은 것들이 꽤 있었다. 책장과 상자에 담긴 책, 잡지, 종이 뭉치들이었다. 예를 들어 손으로 쓴 칼 목사의 설교 원고

와 신학 논문 따위였다. 1학년 때부터 모은 베라의 받아쓰기 공책과 산수공책도 있었는데, 그걸 손에 쥔 순간 묘한 경외심이 들며 이상한 기분에 사로잡혔다. 그 밖에 아론형제교단의 교인 명단, 회합 일지 모음 등이 있었다.

지하실에 쭈그리고 앉아 물건을 뒤지는 일은 결코 즐겁지 않았다. 그래서 한 시간 반쯤 지나 아담이 갑자기 스포츠클럽에 약속 있다며 나갔을 때 그 말을 그대로 믿기 어려웠다. 어쨌든 우리가 먼지를 뒤집어쓴 채 물건들을 대충 훑었을 무렵 우르반에게 번뜩이는 아이디어가 떠올랐다.

"유언장은 없었나요?"

그가 물었다.

"유언장이요? 없었어요."

에바 피터스가 허리를 펴며 말했다.

"제가 유일한 상속인이고 물려받은 건 여기 이것들하고 통장에 있던 몇 백 크로나가 전부예요. 그러고 보니 공증인이 있긴 했는데……."

"공증인이요?"

내가 물었다.

"뭣 때문에요?"

에바는 손등으로 이마에 묻은 땀과 먼지를 닦았다.

"몰라요. 아마 칼 목사 시절의 인연이 남아 있었던 거 아닐까 싶어요. 헤겔이라는 사람인데 연락이 와서 유언장은 없다고 알려 줬어요."

"유언장이 없다고요?"

내가 물었다.

"전화해서 그렇게 말했어요?"

"네."

"그 말 말고 다른 얘기는 안 했어요?"

우르반이 이상하다는 듯 물었다.

"네, 그게 다였어요."

에바가 대답했다.

"헤겔이라고 했죠?"

우르반이 막 뒤지고 있던 서류 가방을 닫으며 말했다.

"올라가서 전화 한번 해 봅시다. 이제 이건 더 이상 못하겠어요."

헤겔의 사무실은 그로테 광장 남쪽 고풍스러운 고급 주

택가 사이에 있었다. 토요일이었고 이미 저녁 6시였지만 그는 사무실에서 만나자고 했다.

나는 아직 어떻게 해결이 날지 감이 잡히지 않았지만, 그가 만나자고 한 건 좋은 징조로 여겨졌다. 그러나 막상 유겐트슈틸 건물의 유려한 전면부 앞에서 문이 열리길 기다리다 보니 갑자기 도망치고 싶다는 생각이 강하게 들었다.

아주 강하게.

12

"흔치 않은 지침이라니요?"

우르반 클레르보트가 눈썹을 치켜 올리며 물었다.

"그게 무슨 뜻입니까?"

우리는 헤겔의 널찍한 공증 사무실의 가죽 소파에 반쯤 파묻힌 채 앉아 있었다. 나와 우르반은 소파에, 에바 피터스와 헤겔은 맞은편 안락의자에 앉았다. 헤겔은 우르반이 권하는 피처붐을 반갑게 받아 들고 의자 등받이에 막 등을 기댄 참이었다.

나는 곁눈질로 그를 살폈다. 어떻게 보면 미국 법정 영화에 나오는 전형적인 '굿 가이'의 인상이었고, 그 인상은 다분히 의도된 면이 있어 보였다. 나이는 예순서너 살 정도 돼 보이지만 운동을 열심히 한 듯 몸이 단단했고 희끗희끗한 구레나룻이 고상한 인상을 주었다. 옷은 어두운색 정장에 하늘색 와이셔츠, 점잖은 색의 넥타이 차림이었다.

에바의 창고를 뒤지며 땀과 먼지로 뒤범벅이 된 터라 나는 내 모습이 꾀죄죄하게만 느껴졌다. 시가 연기가 땀 냄새를 덮어 주기만을 바랄 뿐이었다.

"이미 말씀드렸듯이 흔치 않은 지침입니다."

헤겔이 말을 반복했다.

"제 기억에 이와 유사한 경우는 이제까지 없었습니다. 하지만 저희는 의뢰인의 뜻을 따를 수밖에 없습니다. 그게 업계의 규칙이니까요."

그는 손가락으로 누런색 서류 봉투를 두드리며 잠시 더 뜸을 들였다. 그리고 안달이 난 표정이 재미있다는 듯 우리를 차례로 둘러보았다.

"젠장, 그러니까 그 뜻이 뭐냐고요?"

우르반이 더 참지 못하고 폭발했다.

"흠흠."

헤겔이 헛기침을 했다.

"전 거의 30년 동안 이 서류를 보관해 왔습니다. 정확히 말하면 28년이네요. 딸이 실종되고 2년 뒤 칼 부인이 제게 맡기셨죠. … 이 편지와 지침 말입니다."

그는 다시 잠시 말을 끊었다. 하지만 이번에는 아무도 끼어들지 않았다.

"처리 지침은 다음과 같습니다. 칼 부부가 생존해 있는 동안에는 어떤 경우에도 타인의 손에 편지를 넘기지 말 것. 그리고 칼 부부의 사망 후 누가 됐든 문의해 오는 사람에게 전달할 것. 보관 기간은 10년을 넘기지 말 것. 10년이 넘으면 폐기할 것. 읽지 않은 채로."

"뭐라고요?"

에바 피터스가 놀라서 외쳤다.

"누가 됐든이라고요? 사후에 누군가에게 전달하는 게 아니고요?"

"네. 지침이 그렇습니다. 아무튼 저희에게 의뢰인의 뜻은 곧 법이죠. 흔치 않은 지침 아닙니까? 제 생각엔 아마 신의 뜻에 맡기려던 게 아닌가 싶습니다. 물론 다르게 해석하실 수도 있겠지만……."

"하지만……."

에바가 말했다.

"그런데 지금 저희가 문의를 한 거잖아요?"

"맞습니다."

헤겔이 시거를 피우며 말했다.

"이렇게 오셨으니 전 제 의무를 다하겠습니다. 자 여기 있습니다. 열어 보셔도 됩니다."

그가 에바에게 서류 봉투를 내밀었다. 봉투를 건네받은 에바는 무게를 가늠하듯 들어보더니 앞뒤를 살폈다.

"받는 사람이 누군지도 안 써 있네요?"

"그렇습니다. 이름과 날짜뿐입니다."

잠시 침묵이 흘렀다.

"어서 열어요!"

우르반이 재촉했다.

"읽어봅시다!"

헤겔이 편지 봉투 뜯을 때 쓰는 가느다란 칼을 내밀었다. 에바는 봉투를 뜯고 내용물을 꺼냈다. 두 번씩 접힌 편지 두 장이었다. 손으로 쓴 글씨였다. 에바는 탁자 위에 편지를 올려놓고 손바닥으로 편 다음 첫 장을 들여다보았다.

"소리 내서!"

우르반이 참지 못하고 말했다.

"빨리 좀 읽어봐요. 궁금해 죽겠네."

에바는 크게 숨을 들이마신 뒤 편지를 읽기 시작했다.

"하늘에 계신 아버지 전능하신 주여, 더 이상 어찌할 바를 몰라 아버지 앞에 이렇게 고백하나이다……."

우리는 월요일 오전 상황이 마무리될 때쯤 출발하기로 했다.

일요일에는 온종일 우르반의 별장에서 보냈지만 우르반의 휴대전화로 진행 상황을 전달받을 수 있었다. 그날, 일요일은 모든 게 정체된 듯한 날이었다. 하늘은 납빛으로 흐렸고 공기 중에는 바람 한 점 없었다. 햇살은 구름을 뚫고 나오지 못했고, 피부에도 온기가 전해지지 않았다.

우리는 배를 타고 호수로 나가 낚싯대를 드리운 채 서너 시간을 보냈다. 하지만 미끼를 무는 물고기는 없었다. 식사는 토요일 저녁에 K에서 사온 인스턴트식품으로 때웠다. 저녁에는 사우나를 하며 우르반이 쓴 소설의 플롯에 대해 이야기를 나누었다. 하지만 둘 다 야생난에 대해서는 거의 언급하지 않았다.

원래는 우리가 현장에 가는 것이 허용되지 않았지만 켈러 형사가 미리 손을 쓴 것 같았다. 이번 일은 일반적인 경찰 수사라기보다는 모양을 갖추느라 하는 형식적인 절차였다. 게다가 켈러 형사도 이미 은퇴한 사람이 아닌가.

에바 피터스, 우르반, 나는 켈러 형사의 뷰익에 함께 타고 현장으로 향했다. 우리 앞에 순찰차가 한 대 앞서갔고, 뒤에도 한 대가 따랐다. 켈러 형사의 얼굴에는 인생의 마지막 작전을 수행하러 가는 사람의 근엄함이 서려 있었다. 운전대 앞에 앉아 이쑤시개를 잘근잘근 씹는 모습은 전보다 더 쪼그라든 듯했고, 더 고집스럽게 생각에 몰두하는 표정이었다.

그럴 만도 하지, 나는 그렇게 생각하다 문득 집에 남겠다고 할 걸 하고 때늦은 후회를 했다.

나와 함께 뒷좌석에 앉은 에바 피터스는 애타는 마음에 연신 한탄을 해댔다.

"왜 진즉 그 생각을 못 했을까요? 이모가 모든 걸 알고 있다는 게 뭘 의미하는지 알아챘어야 했는데……."

"그게 그렇게 간단한 문제는 아니죠."

내가 위로의 말을 건넸다.

"아니에요. 간단해요."

에바가 반박했다.

"뭐가 됐든, 이모가 뭔가 알고 있었다면 그건 그날 밤 베라가 집에 갔다는 뜻이잖아요."

"네, 맞아요. 언제나처럼 집에 간 겁니다."

우르반이 조수석에서 대꾸했다.

"법적인 문제를 제멋대로 결정하고 입을 다물어 버리다니 이건 정말 아니죠!"

"법이 하나가 아니라고 생각하는 사람들도 많다네."

켈러 형사가 마뜩찮은 표정으로 말했다.

"이 정도쯤이야 하면서 사적 제재를 아무렇지도 않게 여기는 사람들 말이야. 예를 들면 좌파 급진주의자들 중에도 많지."

"그래도 전 루트 이모가 그렇게까지 무책임하다고는 생각하지 않아요."

에바가 반박에 나섰다.

"어떤 방식으로든 이모는 그 벌을 받았고, 당시에 사실을 말했다고 해서 달라지는 게 있었을까요?"

그 말에 켈러 형사는 얼굴을 찡그리며 불편한 심기를 드러냈다.

"이 사건은 말 안 하고 입 다무는 사람이 왜 이렇게 많은 거야?"

그의 시선이 룸미러를 통해 나와 마주쳤다.

"그 사건 수사하는 데 얼마나 많은 세금이 들어갔을지 한번 생각해 보쇼!"

그 말에는 나도 할 말이 없었다. 다른 사람들도 마찬가지였다.

사마리아 농장에 도착한 것은 11시가 막 넘어서였다. 클라우센은 혼자 잔디밭에 서 있다가 차에서 내리는 우리에게 인사를 건넸다. 빨간색 볼보가 없는 것으로 보아 클라우센 부인이 아이들을 데리고 자리를 피한 것 같았다. 잘한 일이었다. 그들의 평화로운 전원생활에 이런 트라우마를 안겨 줄 필요는 없었다. 이미 벌어진 일만으로도 충분히 끔찍하니까.

작업복 차림의 경찰관 여섯 명이 트렁크에서 삽을 꺼내더니 지휘관과 켈러 형사의 지시에 따라 지정된 장소로 이동했다. 우리는 멀찌감치 떨어져서 그 모습을 지켜보았다. 그러다 땅 파는 작업이 본격적으로 시작되자 클라우센은 커피를 준비하러 집 안으로 들어갔고 우리는 지난번에 앉았던 플라스틱 탁자에 둘러앉았다.

가만히 보니 에바가 흐느껴 울고 있었다. 나는 어색한 손짓으로 그녀의 팔을 다독였다. 그녀는 손수건을 꺼내 코를 풀었다.

"이건 너무해요."

에바가 말했다.

"맞아요, 너무해요."

내가 고개를 끄덕이며 말했다.

"그리고 사실 같지가 않네요."

그녀가 말을 이었다.

"그런 일이 있었다는 게 도저히 믿어지지 않아요. 머리로는 딱 그랬을 거란 걸 알겠는데……. 이모부한테 그런 욱하는 성질이 있었거든요."

"그런데 이거 하나는 정말 이해가 안 되네."

우르반이 헛기침을 하며 말했다.

"뭔데?"

내가 물었다.

"베라가 그렇게 멍청할 정도로 솔직하지 않았다면 그런 일은 일어나지 않았을 거 아냐?"

우르반은 한숨을 푹 쉬었다.

"그냥 거짓말을 하면 됐잖아. 새벽 4시 반에 집에 들어와서 술에 취해서 같은 반 남자아이와 잤다고 하면 어쩌자는 거야? 뭘 바라고 그런 말을 하냐고?"

"평소에 이모부는 베라를 때리지 않았어요."

에바가 말했다.

"때릴 줄 알았다면 말 안 했을 수도 있죠. 베라는 천성이 솔직한 아이였어요……. 그리고 사고였다는 걸 잊지 말아요. 하필이면 그렇게 운 없이 넘어져서……."

그녀는 말끝을 흐렸고, 우르반은 말없이 고개를 끄덕였다. 그런 다음에는 모두 입을 굳게 다물었다. 이제 남은 일은 기다리는 것뿐이었다.

나는 눈을 감고 그날의 상황을 머릿속에 그려 보았다. 토요일 저녁부터 시작해 내 머릿속에서 수도 없이 되풀이된 장면이다.

부모는 식탁에 앉아 초조하게 기다린다. 밤을 꼬박 새운 얼굴에는 불안이 가득하다. 베라가 들어와 방 한가운데 선다. 내 상상 속에서 그녀는 나에 대한 사랑의 힘으로 강해져 있다. 그녀는 무슨 일이 있었는지 다 이야기한다. 하나도 빼놓지 않고 솔직하게. 고지식한 목사 아버지는 의자에서 일어나 말없이 체벌을 가한다.

레인지 모서리 위로 쓰러지는 베라.

1분도 안 돼 숨을 거둔 베라.

어머니의 표현에 의하면 그랬다. 1분도 안 돼 숨이 끊어졌다고.

우두커니 서 있는 남편과 아내. 이 남편이 하나님의 사람이다, 분노에 휩싸여 딸을 죽인 남자……. 밖에는 싱그러운 여름날 아침이 시작되고 있다. 활짝 피어난 라일락꽃 가지 위에서 참새들은 지저귀는데, 차가운 부엌 바닥에는 딸의 붉은 피가 흐르고 그들은 그렇게 대책없이 서 있다. 그들은 분명 그녀를 살리기 위해 미친 듯이 움직였을 것이다. 그러나 이제는 속수무책으로 서 있을 뿐이다.

크벰 디 딜리군트 아돌레센스 모리투르(Quem di diligunt adolescens moritur). 기도문도 외웠을 것이다. 그날 아침 그들은 그 크신 은혜 속에 외동딸을 죽게 하신 이해할 수 없는 신을 향해 수천수백 개의 기도문을 올려 보냈을 것이다. 그것도 아버지의 손에 의해.

그리고 어쩌면, 어쩌면 그 높고 크신 뜻을 헤아릴 수 없는 아론형제교단의 신은 그들에게 대답을 내려 주었는지도 모른다. 너희를 용서하노라. 시신을 땅에 묻고 흔적을 지워라. 신은 사랑하는 인간을…….

그리고 그 죄, 그 무시무시한 죄를 그들에게서 거두어 헨리 마르텐스에게 지우셨는지도 모른다. 왜냐하면 그것은 헨리 마르텐스의 죄이므로…….

에바가 내 어깨에 손을 올렸을 때 나는 움찔했다.

더운 여름 공기 속에서 몸이 부르르 떨렸다.

"뭔가 발견했나 봐요."

에바가 거의 속삭이듯 말했다.

"썩은 나무라는데 아마 관인 것 같아요."

그렇다, 그들은 그녀를 위해 관을 마련했다. 편지에도 그렇게 쓰여 있었다.

그리고 이제 그걸 파내려는 것이다. 내가 야생난을 파내는 건 아니지만 나는 가서 지켜보기로 했다. 에바 피터스도 나와 함께 그 현장을 지켜봤다.

나는 눈물을 줄줄 흘리며 그녀의 손을 잡았다. 마치 당연히 그녀의 손이 있어야 할 곳인 듯 자연스러운 느낌이었다.

그 일에 관한 모든 것
ALL INFORMATION FALLET

S라는 청년이 대학도시에 살 때 있었던 일이다.

그는 부모님을 일찍 여의었고, 유일한 혈육인 누나마저 이 이야기가 시작되기 몇 년 전 호주로 이민을 간 상태였다. 생존하는 가족이 없다시피 했지만 매사에 긍정적이고 구김살 없이 잘 자란 인상을 주는 청년이었다. 그는 대학에서 몇 년간 다양한 공부를 했는데, 어느 전공에서나 좋은 성적을 거두었다. 결국 교사가 되는 게 좋겠다는 결론을 내렸고, 꼼꼼한 성격에 혹시나 잘못된 길에 들어서서 후회하는 일이 없도록 H시의 여름학기 상급 과정 임시 교사 자리에 지원하기로 했다. 그리고 합격했다. 만일 이 기간을 잘 넘기고 적성에 맞는다면 교직대학원에 지원할 생각이었다. 졸업 성적이 좋으니 어렵지 않게 합격하리라 생각했다.

그는 앞으로 일하게 될 학교 근처에 하숙을 구했다. 그리고 그때까지 살던 방 두 개짜리 집과 여자친구를 대학도시에 남겨 둔 채 1월부터 교직을 수행하기 위해 H시로 떠났다.

학교에는 40명 남짓 되는 다양한 성향과 연령대의 교사들이 있었다. 학교의 위치도 빈넨제 호수가 내려다보이는 전망 좋은 곳이었다. S는 가자마자 바로 새로운 환경에 적응했다.

오래된 광산 도시인 H시에는 유일한 기업인 철강회사가 있었다. 일할 수 있는 주민의 대부분이 이 회사에서 밥벌이를 한다고 해도 과언이 아니었다. 학교는 순수한 상급학교로, 학생수가 400명가량 됐다. 그중 3분의 2는 시내에서, 나머지 3분의 1은 인근 지역에서 오는 학생들이었다. 대략 보자면 그랬다. 교정에는 이 학교의 유명한 졸업생을 기리는 청동상이 세워져 있었다. 전국선수권대회에서 10회 이상 우승한 경력이 있는 스키선수다.

S는 7학년, 8학년, 9학년에서 영어와 스웨덴어를 가르쳤다. 그는 곧 교사 일이 자신의 적성에 맞는다는 것을 느꼈다. 어느 모로 보나 잘 맞았다. 아이들도 예쁘고 다른 교사들과 어울리는 것도 싫지 않았고, 교수 능력을 익히고 수련할 수 있는 수업 자체도 매우 고무적으로 느껴졌다. 특히 8,

9년 정도밖에 나이 차이가 나지 않는 9학년들과 함께할 때는 그 만족감이 더욱 컸다. 그가 볼 때 학생들도 교사로서의 그를 좋아하는 것 같았다. 그리고 그는 그가 가르치는 9학년 학급의 담임이기도 했다. 신장에 문제가 있어 골골대는 신경질적인 늙은 여교사의 후임으로 간 것인데, 그런 의욕도 열정도 없는, 닳고 닳은 교육자를 대체하게 된 것이 얼마나 다행인지 몰랐다.

학기가 끝나가고 있었다. 5월은 성적표를 작성하는 달이다. 그런데 졸업 3주 전 끔찍한 사고가 일어났다. 그가 맡은 9학년 학급의 소피아라는 여학생이 수요일 아침 등굣길에 교통사고를 당한 것이다. 사고는 몇몇 행인들에게 목격됐지만 운전자는 뺑소니를 쳐버렸다. 경찰은 폭넓은 수사를 펼쳤으나 뺑소니 운전자 검거에 실패했다.

소피아의 죽음은 여름방학을 앞둔 몇 주간 학교에 어두운 그림자를 드리웠다. H시의 아름다운 교회에서 열린 장례식에는 전교생의 절반이 넘는 학생이 참석했다.

그리고 그다음 날 학교장을 위시한 교직원 전체가 특별회의를 열었다. 소피아의 죽음을 애도하기 위한 자리였다.

이 회의에서는 비록 이 세상 사람이 아니지만 소피아에게 졸업장을 수여한다는 결정이 공표됐다.

학교 운영위원회와 전공과목 교사들의 동의하에 이뤄진 결정에 대놓고 반대하는 사람은 없었다. 9년간이나 학교에 다녔고, 졸업에 필요한 시험도 다 치렀기 때문에 그럴 만하다는 것이었다.

금요일, 하숙집에 돌아온 S는 견딜 수 없는 슬픔에 잠겼다. 원래 주말이면 늘 대학도시에 있는 여자친구에게 갔으나 그 주에는 H시에 머물기로 했다. 혼자 조용히 앉아서 학생들의 성적표를 작성할 시간이 필요했다. 화요일에는 모든 학생의 성적이 서류에 올라 있어야 했다. S는 이런 종류의 결정을 내리는 일이 처음이기 때문에 더욱 신중하고 정확하게 일에 임하고 싶었다.

그러나 소피아의 일이 무겁게 가슴을 짓눌렀다. 혼자 우두커니 앉아 있다 보니 소피아에게 점수를 준다는 것이 무슨 소용인가 하는 생각이 들었다. 이미 죽어버린 어린 학생에게 성적이 다 무슨 소용이란 말인가. 그리고 어떤 기준에 따라 점수를 매겨야 하는지 기준도 애매했다.

교장은 소피아가 사고를 당하지 않았을 때와 똑같이 점수를 매기라고 했다. 소피아의 성적표가 담긴 황토색 서류봉투는 바다 위를 나는 백조 두 마리가 새겨진 학교 도장이 찍힌 채 졸업식 날 소피아의 부모에게 전달될 것이다. 어찌됐든 딸이 졸업장을 받았다는 사실이 소피아의 부모에게 조금은 위안이 되리라는 생각에서 나온 발상이었다.

죽은 학생에게 점수를 주는 것이기에 더욱 공정해야 한다는 말도 나왔다. 죽은 사람에게는 반박의 기회가 없기 때문이다. 소피아의 성적표는 어떤 이의 제기도 없이 영원히 스스로를 대변하는 것이어야 했다.

어느 정도 시간이 지나자 S는 거부감과 절망감을 떨쳐낼 수 있었다. 소피아의 것은 맨 뒤로 미뤄두고 먼저 다른 학생들의 점수를 매기기로 했다. 그래서 토요일 늦은 저녁이 되어서야 소피아의 차례가 돌아왔다.

영어 점수를 매기는 것은 어렵지 않았다. 소피아가 그동안 제출한 작문과 과제는 반에서 두세 번째 안에 들 정도로 우수했고, 발표 수업에서도 가장 잘하는 축에 속했다. 가을 성적표에도 '매우 잘함'이라고 돼 있었기 때문에 S는 가벼운 마음으로 9학년 졸업 성적표에 똑같은 점수를 써넣었다.

스웨덴어는 좀 달랐다. 8학년 끝날 무렵에는 이 과목에서도 '매우 잘함'이었지만 9학년 1학기가 지나면서 '잘함'으로 내려앉았다. 올봄 소피아는 다시 A학점을 받기 위해 꾸준히 노력했지만 확실하게 A라고 말하기에는 간당간당한 상태였다. 그 안타까운 사정이 아니더라도 결정하기 힘든 경우였다. 소피아는 이른바 비교과제에서 91점을 받았다. A를 주기엔 좀 부족한 점수였다. 소피아는 작문 두 개를 제출했는데 하나는 A를 받았고, 다른 하나는 B를 받았다. 그리고 4월에 본 문법시험에서는 총점 68점 중 62.5점을 받았다. B를 주기엔 너무 잘했고, A를 주기엔 조금 모자랐다. A를 받으려면 63점을 넘겨야 한다.

S는 점수들을 다시 한 번 훑어보며 신장병을 앓던 무뚝뚝한 전임 여교사의 말을 떠올렸다. 크리스마스 전에 만났을 때 그녀는 소피아가 정확히 A와 B 사이의 경계에 있는 학생이라며 이번에는 좀 못한 점수를 주기로 했다고 말했다. 중간 성적표니 크게 중요하지 않고, 이 점수에 자극받아 봄 동안 열심히 하리라는 기대에서였다.

S는 A를 주기로 마음을 정하고 점수를 써넣기 위해 팔을

들었다. 그러나 다음 순간 뭔가 팔을 잡아당기기라도 한 듯
멈칫했다. 아마도 양심 때문이었으리라. 그의 반에는 소피
아와 거의 비슷한 상황인 여학생이 있는데, 그 아이에게는
방금 B를 주었던 것이다. 소피아가 죽었다고 해서 특혜를
받아도 되는 걸까? 어쩌면 다른 여학생, 엘레노어에게 더
나은 점수를 줘야 하는 게 아닐까?

엘레노어는 문학에서 특별 과제까지 제출하지 않았는
가? (작가 C.S. 루이스에 관한 작문인데, 점수는 딱 A와 B 사이에
걸쳐 있었다. S는 노련한 선배 교사의 조언에 따라 이 작문에 공
식적으로 점수를 매기지 않았다.) 반면 소피아의 카린 보예에
대한 작문은 읽어보지도 못했다. 제출 기한이 수요일까지
였으므로 아마 사고 당일 소피아의 가방 안에 들어 있었을
것이다. 물론 과제물을 전달받지는 못했다.

살다 보면 답을 내기 어려운 문제도 있구나, S는 생각했
다. 하지만 어떻게든 답을 낼 수는 있으리라.

그는 차를 끓인 후 여자친구에게 전화를 걸었다. 한동안
여름휴가 계획에 대해 시시콜콜한 이야기를 나누던 그는
점수 매기는 일로 고민이라고 털어놓았다. 그의 여자친구
는 심리학 전공으로 남의 말을 잘 들어주는 사람이다. 그가

자초지종을 얘기하고 자세한 상황을 말하자 그녀는 꼭 공정하게 처리해야 할 일이라고 말했다. 하지만 그녀 자신은 그 여학생의 실력을 자세히 모르니 구체적인 조언을 할 수는 없다는 것이었다.

"A를 줘, B를 줘?"

S가 물었다.

"그건 네가 결정해야지."

그녀가 말했다.

"넌 최선의 결정을 내릴 수 있을 거야. 천성이 공정하잖아."

S는 통화를 끝낸 후 차를 석 잔 마시고 담배 여섯 개비를 피웠다. 그리고 특별 과제가 결정적인 역할을 하리라는 결론에 이르렀다.

S는 차를 두 잔 더 마시고 담배 네 개비를 피웠다. 그리고 마음을 정한 뒤 잠자리에 들었다. 성적 기록부는 펼쳐진 그대로 창문 앞 책상 위에 놓여 있었다.

창밖으로 꽃이 활짝 핀 사과나무 한 그루가 보였다. 레이스 커튼 사이로 들어온 초여름 공기는 담배 연기를 밖으로 실어 날랐고, 그는 금세 잠이 들었다.

다음 날 아침, S는 아침 식사를 한 후 일요신문을 읽었다. 그리고 교무수첩을 가져와 죽은 여학생 부모의 연락처를 찾아 전화를 걸었다. 네 번 신호가 간 후 누군가 전화를 받았다. 여자 목소리인 것으로 보아 소피아의 어머니인 것 같았다. 그는 한 학기 동안 소피아의 영어와 스웨덴어 선생님이었다고 자신을 소개했다.

"네, 제가 엄마인데요."

그녀가 힘없는 목소리로 말했다.

"무슨 일이시죠?"

S는 소피아의 성적표를 작성 중인데 실력 평가에 분명치 않은 부분이 있다고 설명했다.

"소피아는 이미 죽었는데요?"

"그래도 다른 아이들과 똑같이 졸업장을 주기로 운영위원회에서 결정을 내렸습니다."

"아 네, 그런데 왜……?"

"그게 최선이라고 생각했기 때문입니다."

S는 죽은 아이의 집에 전화를 건 게 잘한 짓인지 잠시 회의가 들었다. 어려운 문제가 있을 때는 언제나 그렇듯 하룻밤 동안 잘 생각해 보고 내린 결정이었는데도 말이다.

"아, 그래요⋯⋯."

소피아 어머니의 목소리는 슬프게 들렸다. 그러나 딱히 학교의 결정이 잘못됐다고 생각하는 것 같지는 않았다.

"최선을 다해 평가하려고 노력하고 있습니다."

S가 말을 이었다.

"그리고 소피아가 더 이상 이 세상에 없기 때문에 더욱 공정하게 해야겠지요."

수화기 끝에서 재채기인지 흐느낌인지 알아들을 수 없는 짧은 소리가 났다.

"제가 학교에 온 지 얼마 되지 않아서 평가도 많이 해 보진 않았습니다만⋯⋯."

"원하시는 게 뭐죠?"

소피아의 어머니가 그의 말을 끊고 물었다.

"폐가 되지 않는다면⋯⋯."

S가 말했다.

"네, 뭐요?"

그녀가 대답을 재촉했다.

"소피아가 쓴 작문을 읽어보고 싶습니다. 그러니까 그 일이⋯ 수요일까지 제출하도록 돼 있었는데, ⋯카린 보예에 관한 겁니다. 분명 소피아 가방에 들어 있을 겁니다. 그일… 그날 메고 있던 가방에요. 부모님이 가방을 가지고 계실 것 같아서요."

잠시 침묵이 흘렀다.

"다시 전화 드려도 될까요?"

그녀가 물었다.

"먼저 남편과 상의해야 할 것 같아요."

"물론입니다."

S가 말했다.

"번거롭게 해드려서 죄송합니다. 그런데 도저히 다른 방법이 떠오르지 않아서요."

"아니에요, 괜찮습니다."

그녀는 그의 전화번호를 받은 뒤 전화를 끊었다.

S는 통화를 마친 후 샤워를 하고 옷을 갈아입었다. 옷을 다 입고 나자 전화벨이 울렸다. 소피아의 아버지였다.

"한 시간 전에 통화한 것 때문에 아내가 좀 흥분한 상태입니다."

그가 말했다.

"죄송합니다. 그럴 생각은 정말 없었는데……."

"학교에서 그런 결정을 내린 게 어디 선생님 잘못이겠습니까?"

"전 소피아가 공정하게 평가받기를 바라는 마음뿐입니다."

"그래야지요."

그가 말했다.

"그 점에 있어선 저희도 같은 생각입니다. 그리고 카린 보에 작문은 찾았습니다만 이걸 그냥 내드리기는 좀 그래서……."

"무슨 말씀이신지?"

S가 물었다.

"작문은 마음껏 보셔도 좋습니다."

그가 설명했다.

"하지만 여기 저희 집에 와서 보셔야 합니다. 이해하시겠습니까?"

"네, 이해는 하겠는데……."

"30분 후에 오시면 시간이 딱 맞겠습니다. 오후에는 일이 좀 있어서요."

"네, 그런데……."

"주소는 로젠슈티겐 12번지입니다. 그럼 11시쯤으로 생각하고 있겠습니다."

"네, 고맙습니다. 그러죠."

S가 말했다.

"시간 괜찮습니다. 가겠습니다."

로젠슈티겐 거리는 H시 남쪽 끝에 새로 조성된 주택단지였다. 앞에 작은 뜰이 있고 낮은 지붕에 흰색으로 칠해진 벽돌건물들이 죽 늘어서 있었다. S는 여성용 자전거 두 대가 매여 있는 작은 자전거 거치대에 자전거를 세워 놓고, 문에 달린 철제 고리로 문을 두드렸다.

여덟, 아홉 살쯤 돼 보이는 빨강머리 남자아이가 문을 열어 주었다. 소피아도 빨강머리였다.

파란색 트레이닝복에 맨발 차림인 아이는 자신의 지저분한 발만 빤히 내려다보았다. S가 엄마 아빠 계시냐고 묻자 아이는 여전히 고개를 숙인 채 테라스에서 기다리신다고 했다.

"네가 소피아 동생이구나?"

S는 그렇게 말하며 복도에 들어섰다.

아이는 흐느끼며 오른쪽에 있는 방으로 들어가 문을 닫아버렸다. 그때 나이를 짐작하기 힘든 한 여자가 S에게 다가왔다. 낡은 하늘색 앞치마를 둘렀고 걸을 때 발을 들지 않고 걸었다. 가느다란 머리칼은 색이 없었고, 전체적인 인상에서 부상당한 새가 떠올랐다. S가 어릴 때 돌보던 새 같았다.

"밖에서 얘기하시죠."

그녀가 열린 유리문을 가리켰다. S는 그녀를 따라 타일이 깔린 자그마한 테라스로 나갔다. 흰색 플라스틱으로 된 타원형 탁자가 있고, 의자 네 개가 탁자를 빙 둘러싸고 있었다. 머리숱이 적은 50대 남자가 그중 하나를 차지하고 앉아 있었다. 어두운색 계열의 바지에 흰색 반팔 셔츠, 넥타이 차림이었다. 그는 반쯤 일어서며 S에게 손을 내밀어 악수했다. 윗입술 위로 불그스레한 콧수염이 듬성듬성 나 있는데 언청이의 흔적인 듯 입술 모양이 이지러져 있었다.

S는 맞은편 의자에 앉아 주위를 둘러보았다. 미동도 하지 않는 앵무새 두 마리가 든 새장, 잔디 깎는 기계, 붉고 흰 꽃들이 피어 있는 길쭉한 화단, 잔디밭으로 통하는 포장된

오솔길, 잔디밭 위에 축 늘어져 있는 배드민턴 네트, 비닐 포장에 담긴 채 키 작은 유실수에 기대진 배드민턴 채 한 쌍. 탁자 위에는 보온 주전자와 찻잔이 놓여 있었다. 소피아의 어머니는 다시 집 안으로 들어가 쿠키가 담긴 작은 쟁반과 노란색 서류철을 들고 나왔다.

"뭐라고 위로의 말씀을 드려야 할지 모르겠습니다."

S가 말했다.

"얼마나 상심이 크십니까?"

소피아의 어머니는 말없이 고개를 끄덕인 후 자리에 앉았다.

"누가 그 마음을 알겠습니까?"

소피아의 아버지가 말했다.

"그 일이 있은 후 애 엄마는 잠을 한숨도 못 잤습니다."

S는 소피아의 어머니를 찬찬히 쳐다보았다. 눈 밑에 짙은 그늘이 져 있고 비몽사몽인 듯 피곤해 보였다. 그녀는 묻지도 않고 잔 세 개 모두에 커피를 따랐다.

백회색 푸들이 테라스로 나와 기웃거리더니 다시 집 안으로 들어갔다.

"피피예요."

소피아의 어머니가 말했다.

"소피아가 열 살 생일선물로 받았죠. 주인이 갑자기 없어진 게 이상한가 봐요."

"귀찮게 해드려서 정말 죄송합니다."

S가 말했다.

"점수 때문에 어쩔 수가 없습니다."

"이해합니다."

소피아의 아버지가 말했다.

"과제물은 여기 있습니다. 마가레테, 어서 드려요."

소피아의 어머니가 S에게 서류철을 내밀었다.

"여기요, 읽어보세요."

그녀의 목소리가 파르르 떨렸다.

"저흰 조용히 있을게요. 그리고 쿠키도 좀 드세요. 장례식 치르고 남은 거예요."

"고맙습니다."

S는 그렇게 말하고 서류철에서 손 글씨로 빽빽하게 쓴 종이 여섯 장을 꺼냈다.

"쿠키 좀 드세요."

소피아의 어머니가 다시 권했다.

S는 한가운데 십자가가 그려진 아몬드쿠키 하나를 집어 들고 커피를 한 모금 마신 다음 작문을 읽기 시작했다.

서론은 훌륭했다. 몇 줄 읽지 않아도 바로 알 수 있었다. 카린 보예의 일생이 명확한 개념으로 간결하게 잘 정리돼 있었다. 그리고 소피아는 글씨를 무척 잘 썼다. 지금은 글씨체가 공식적으로 점수에 영향을 미치지 않지만 못쓴 글씨보다는 훨씬 나았다.

"어떤가요?"

소피아의 어머니가 미소를 지으려 노력하며 물었다.

"아주 좋습니다."

S가 작문에서 눈을 떼지 않은 채 말했다.

"아주 열심이었습니다."

소피아의 아버지가 말했다.

"공부 욕심이 많은 아이였죠. 아무도 못 말렸어요."

"네, 재능도 있었습니다."

S가 덧붙였다. 그리고 다시 작문으로 눈길을 돌렸다.

"잘 계발할 수도 있었을 텐데 말입니다."

소피아의 어머니는 탁자 밑으로 남편의 손을 꼭 잡았다. 그러나 두 사람 모두 더 이상의 말을 입 밖에 내지는 못했다. 7, 8분 후 S는 읽기를 마쳤다. 보통 때 같으면 다시 한 번 더 자세히 읽었을 테지만 이번 경우엔 그렇게 하지 않는 게 좋을 것 같았다. 작문은 전체적으로 매우 훌륭했다. 수정 메모도 전혀 할 필요가 없었다. 어느 모로 보나 A를 받아 마땅한, 확실한 A였다. 이것으로 소피아의 스웨덴어 졸업 성적도 긍정적 방향으로 결정이 났다. S는 만족스러운 한숨을 쉬며 작문을 서류철에 넣었다. 그리고 소피아의 부모를 향해 고개를 끄덕였다.

"매우 훌륭한 작문입니다."

S가 말했다.

"어디 내놓아도 자랑할 만한 따님입니다."

"저희도 그렇게 생각합니다."

소피아의 아버지는 생각에 잠긴 표정으로 엄지와 검지로 콧수염을 만지작거렸다.

"그리고 말했다시피 과제에 아주 열심이었습니다."

"네, 열심히 한 흔적이 보입니다."

S가 수긍했다.

"사고 전날 새벽녘까지 그 과제를 붙잡고 있었습니다. 그래서 전 그게……."

소피아의 아버지는 말끝을 흐리며 아내를 쳐다보았다. 소피아의 어머니도 남편을 마주 보았다.

"아주 열심히 했어요."

그녀가 시름에 잠겨 말했다.

"의욕이 있는 학생이었습니다."

S가 대꾸했다.

소피아의 아버지는 허리를 펴며 자세를 고쳐 앉았다.

"성실하고 욕심도 있었죠."

S가 덧붙였다.

소피아의 아버지가 헛기침을 했다.

"그래서 전 그것 때문이라고까지 생각을 했습니다."

그는 작은 철제 새장 속에 갇혀 아무 소리도 내지 않는 새들을 바라보며 천천히 말을 이었다.

"그래서 그렇게 된 거라고요. 그날 아침 아무리 깨워도 일어나지 못하더라고요. 깬 다음에도 너무 피곤해서 비몽사몽이었고요."

S는 아무 대꾸도 하지 못했다.

"3년간 매일같이 다니던 길이에요."

소피아의 어머니가 말했다.

개가 테라스로 나오더니 슬픈 표정으로 주위를 둘러보다가 다시 집 안으로 들어갔다.

"개도 이해를 못 하는 거예요."

소피아의 아버지가 말했다.

"2시 반에 화장실에 갈 때 보니 소피아 방에 아직도 불이 켜져 있었습니다."

S는 불현듯 한기를 느꼈다. 막 시작된 초여름 햇살 아래 앉아 있는데 팔에 소름이 돋고 몸이 으스스 떨려 왔다.

"작문에 점수도 매겨 주십시오."

소피아의 아버지가 말했다.

"소피아가 마지막으로 남기고 간 것인데 점수라도 받아야……."

그는 말을 잇지 못하고 바지주머니에서 손수건을 꺼내 코를 풀었다.

"다른 학생들의 특별 과제에는 점수를 매기지 않았습니다."

S가 말했다.

"하지만 소피아의 경우는 예외를 둘 생각입니다."

"감사합니다."

소피아의 아버지가 말했다.

S는 과제물 수정할 때 쓰는 펜을 꺼내 작문 마지막 장 하단에 'A'라고 쓰고 자신의 서명을 했다.

한 시간 뒤 S는 똑같은 알파벳을 초록색 교무일지에 써 넣었다. 그리고 하루 종일 방에서 시간을 보냈다. 약간의 구름과 온화한 산들바람이 밖으로 유혹하는 초여름 날씨였지만 침대에 누워 몇 시간이고 천장만 바라보았다. 담배를 피우지도 않았고 책을 읽지도 않았다. 바람에 실려 온 사과꽃 향기만이 위로하듯 부드럽게 그를 감쌌다.

같은 해 가을, 그가 살던 대학도시의 교직대학원에 자리가 났다고 연락이 왔지만 그는 정중히 거절했다. 대신 이듬해 봄 B시에 있는 대학에서 문헌정보학을 공부하기 시작했다. 그리고 1982년 스웨덴의 작은 중부 도시에서 사서 일을 시작했다.

HÅKAN NESSER
INTRIGO ORMBLOMMAN FRÅN SAMARIA

작가의 말

'인트리고(INTRIGO)'는 마르담 중심가 케이메르 가에 있는 카페 이름입니다. 2018~2019년에 걸쳐 개봉을 하는 다니엘 알프레드손 감독의 세 영화를 아우르는 제목이기도 합니다.

〈디어 아그네스(Dear Agnes)〉, 〈데스 오브 언 오서(Death of an Author)〉, 〈사마리아(Samaria)〉 이 세 편의 영화는 이전에 나온 소설 〈디어 아그네스〉, 〈레인(Rein, Death of an Author)〉, 〈사마리아의 야생난(Ormblomman från Samaria)〉을 바탕으로 합니다. 이 '인트리고'에는 네 개의 이야기가 나오는데 그중 단편소설 〈톰(Tom)〉은 새 작품으로, 처음 출판되는 것입니다.

책은 책이고 영화는 영화입니다. 이야기가 다른 매체를 만나면 종종 안팎이 바뀌며 뒤집히기도 하고, 또 새로운 표현 방법을 발견하기도 합니다. 심지어 완전히 다르게 풀려나가기도 하지요. '인트리고'의 경우 책과 영화는 모두 정말 중요한 알맹이, 즉 각 이야기의 핵심을 그대로 유지해 보존했습니다.

영화가 전 세계적으로 상영되는 것은 물론 책 또한 14개국에서 출간되어 기쁩니다. 특히 제 작품이 처음으로 한국에 소개되어 이 또한 영광입니다.

스톡홀름에서 호칸 네세르

호칸 네세르 출간 도서 연보

- 안무가(Koreografen), 1988

- 거친 밤(Det grovmaskiga natet), 1993

- 보르크만의 관점(Borkmanns punkt), 1994

- 도착(Aterkomsten), 1995

- 바린의 삼각형(Barins triangel), 1996

- 점이 있는 여자(Kvinna med fodelsemarke), 1996

- 수사관과 침묵(Kommissarien och tystnaden), 1997

- 킴 노박은 게네사렛 호수에서 수영하지 않는다

  (Kim Novak badade aldrig i Genesarets sjo), 1998

- 뮌스터의 가을(Munsters fall), 1998

- 늑대의 시간(Carambole), 1999

- 파리와 영원(Flugan och evigheten), 1999

- 에바 모레노의 가을(Ewa Morenos fall), 2000

- 제비, 고양이, 장미, 죽음(Svalan, katten, rosen, doden), 2001

- 피카딜리 서커스는 쿰라에 있지 않다(och Piccadilly Circus ligger

  inte i Kumla), 2002

- 디어 아그네스(Kara Agnes!), 2002

- 사건 G(Fallet G), 2003

- 비와 그림자(Skuggorna och regnet), 2004

- 닥터 클림케의 관점에서(Fran doktor Klimkes horisont), 2005

- 개 없는 인간(Manniska utan hund), 2006

- 완전한 다른 이야기(En helt annan historia), 2007

- 루스 씨 보고서(Berattelse om herr Roos), 2008

- 베르틸 알베르손 사건의 진실은?(Sanningen i fallet Bertil
  Albertsson?), 2008

- 정원사의 관점(Maskarna pa Carmine Street), 2009

- 외로운 사람들(De ensamma), 2010

- 런던의 하늘(Himmel over London), 2011

- 살인의 밤(Styckerskan fran Lilla Burma), 2012

- 윈스포드의 삶과 죽음(Levande och doda i Winsford), 2013

- 베를린에서의 11일(Elva dagar i Berlin), 2015

- 칼만 사건(Eugen Kallmanns ogon), 2016

옮긴이 | 김진아

숙명여자대학교에서 교육학을 전공하고 독일 베를린 자유대학교에서
교육학 및 연극학 석사를 받았다. 독일 두이스부르크-에센 대학교에서
교육학 강사를 역임하였고, 현재 전문번역가로 활동 중이다. 옮긴 책
으로는 『백설공주에게 죽음을』, 『바람을 뿌리는 자』, 『깊은 상처』, 『사악
한 늑대』, 『서울의 잠 못 이루는 밤』, 『수잔 이펙트』, 『인트리고─레인』,
『인트리고─디어 아그네스』 등이 있다.

INTRIGO
사마리아의 야생난
ORMBLOMMAN FRÅN SAMARIA

초판 1쇄 인쇄 | 2019년 11월 20일
초판 1쇄 발행 | 2019년 11월 30일

지은이 | 호칸 네세르
옮긴이 | 김진아

발 행 인 | 김남석
편집이사 | 김정옥
디 자 인 | 최은미
기획·홍보 | 김민서

발행처 | ㈜대원사
주　소 | 06342 서울시 강남구 양재대로 55길 37, 302
전　화 | (02)757-6711, 6717~9
팩시밀리 | (02)775-8043
등록번호 | 제3-191호
홈페이지 | http://www.daewonsa.co.kr

한국어판 출판권 ⓒ 대원사, 2019

Daewonsa Publishing Co., Ltd
Printed in Korea 2019

ISBN | 978-89-369-2124-8

이 책의 국립중앙도서관 출판시 도서목록(CIP)은
e-CIP홈페이지(http://www.nl.go.kr/ecip)에서 이용하실 수 있습니다.
(CIP제어번호 : CIP2019044553)

INTRIGO

호칸 네세르는 흥미로운 음모를 꾸미는 데 탁월하다. 그는 지난 수십 년 동안에 걸쳐 등장한 스웨덴의 뛰어난 작가 중에서도 가장 빛나는 스타다. '인트리고(INTRIGO)'가 그 증거다.
–Östgöta Correspondenten, 스웨덴

그의 작품들은 스칸디나비아에서 만날 수 있는 최고의 미스터리 소설이다. 드라마적으로 세련된 구성, 단순하지 않은 캐릭터, 심리적으로도 매우 의미심장하다. –Literarische Welt, 독일

호칸 네세르의 작품은 미스터리 소설을 좋아하지 않더라도 읽을 수 있는 소설이다. 그의 스타일은 모든 장르의 벽을 뛰어넘는다. 이것은 심리적인 걸작 그이상이다. 나는 더 이상 말하지 않겠다. 해피 독서! –Trönderavisa, 노르웨이

호칸 네세르의 스타일은 직선적이고 명확하다. 캐릭터는 실제 인간의 요소로 가득하기 때문에 신뢰할 수 있다. –l'Unità, 이탈리아

호칸 네세르는 작가이면서 철학자다. 그 누구도 더 많은 수수께끼, 문학, 야심을 쓰지 못한다.
–Alles over boeken en schrijvers, 네덜란드

이야기는 신비스럽고 스릴 넘치는 미묘함을 지니고 있다. 매우 분위기가 뛰어나며, 놀랍도록 비꼬는 이야기로 가득하다. 참으로 놀라운 독서 경험이다.
–Der Kultur Blog, 독일

이 컬렉션은 스웨덴 미스터리 소설의 대가 호칸 네세르가 문학의 장인으로서의 탁월함과 짧은 형식의 스릴로 가득 찬 복잡한 그림을 처리할 수 있는 능력이 뛰어남을 증명한다. 네세르는 놀라운 음모로 이어지는 다양한 음모를 통해 독자에게 확실한 지침을 제시한다. '인트리고(INTRIGO)'는 하드 코어 호칸 네세르 팬들에게 잘 맞을 뿐만 아니라 훌륭한 저작자라는 자부심도 크게 작용할 것이다. –BTJ, 스웨덴

당신이 호칸 네세르의 팬이라면 분명 '인트리고(INTRIGO)'를 좋아한 것이다.
–Metro, 스웨덴

작가 호칸 네세르는 스웨덴의 어느 작가보다도 더 흥미진진하고, 의미심장한 미스터리와 문학성을 지녔다. –Brigitte, 독일

북유럽 미스터리 소설의 거장
호칸 네세르

흥미진진한 사건이 수면 위로 떠오르지만, 그 아래 보다 더 위협적인 요소가 드러난다. 어두운 밤을 위한 선택!
−Frankfurter Rundschau, 독일

스웨덴 빈티지 범죄! −Fredrik Wandrup, Dagbladet, 노르웨이

절대적으로 탁월한 작가 호칸 네세르. 네세르는 경쟁과 이환율을 묘사하는 방식이 나비처럼 가벼우며 단단히 꾸민다. 네세르와 마찬가지로, 항상 독자는 그의 결정적인 논리에도 불구하고 줄거리가 어디에서 진행되고 있는지 측정할 수 없다. −Motala & Vadstena Tidning, 스웨덴

첫 번째 페이지에서 호칸 네세르라는 것을 알았다.
−Göteborgs-Posten, 스웨덴

'인트리고(INTRIGO)'에 새로 소개되는 소설 〈톰(TOM)〉은 아주 새롭고, 불길한 기운이 정신을 쏙 뺀다. …펼쳐지는 음모는 우아하고 꾸준한 논리를 따른다.
−Dagens Nyheter, 스웨덴

호칸 네세르가 복잡한 음모를 꾸미며 사건을 전개한다는 것은 알고 있을 것이다. 그의 소설은 죄책감, 보복과 비밀 같은 주제를 중심으로 멋지게 회전한다. 호칸 네세르를 아는 사람이라면 무엇보다 〈톰〉, 우아하게 쓰여진 이 이야기를 기대하고 있을 것이다. …집약적이고 축약된 줄거리가 또 하나의 놀라움을 전달하고, 우아하게 비꼬는 말로 끝난다. −Ölandsbladet, 스웨덴

〈디어 아그네스〉는 극도로 유혹적이며 놀라운 반전의 작품이다.
−Helsingborgs Dagbladet, 스웨덴

두 주인공이 주고받는 편지가 주축이 되는 〈디어 아그네스〉는 심리적 긴장감과 추리의 수수께끼로 스웨덴 미스터리 소설의 최고 수준을 보여 준다.
−Norrkopings Tidningar, 스웨덴

〈디어 아그네스〉, 간간한 톤이 긴행으 피면의 편인힘을 조금씩 밝아내는 데 효과적이다. 반전의 엔딩은 독자가 느낄 수는 있지만 정확히는 알 수 없는, 놀라운 것이다. 놀라울 정도의 정확함으로 인간 심리의 어두운 면을 명중시킨다.
−Dagens Industri, 스웨덴